滄海叢刊

借鏡與類比

——中國文學研究的現代化

何冠驥 著

1989

東大圖書公司印行

借鏡與類比：中國文學研究的現代化／何冠驥著 -- 初版 --
台北市：東大出版：三民總經銷；民78
5,273面；21公分

1. 中國文學一比較研究　I. 何冠驥著

819/8723

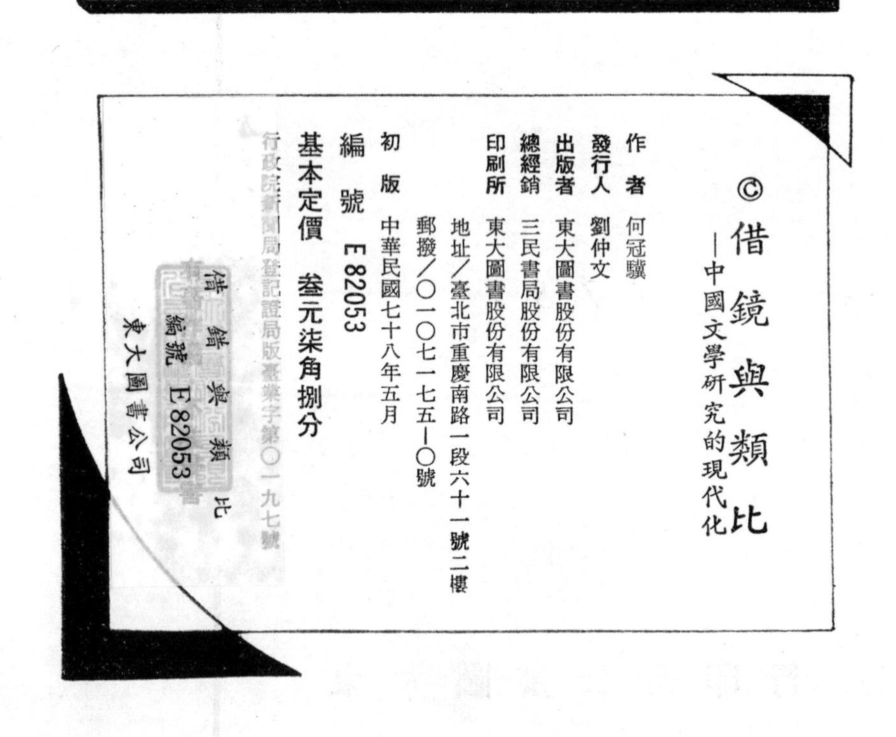

借鏡與類比
—中國文學研究的現代化

作者　何冠驥
發行人　劉仲文
出版者　東大圖書股份有限公司
總經銷　三民書局股份有限公司
印刷所　東大圖書股份有限公司
地址／臺北市重慶南路一段六十一號二樓
郵撥／〇一〇七一七五—〇號
初版　中華民國七十八年五月
編號　E 82053
基本定價　叁元柒角捌分
行政院新聞局登記證局版臺業字第〇一九七號

謹以此書獻給

袁鶴翔、周英雄和 A. Owen Aldridge 三位老師

非序

二十餘年前，大家討論中西比較文學時，多以定義爲主，而在推敲定義時，則又多以傳統的影響或平行研究爲綱，走法國學者所倡導的路子，偶而亦有提到歌德所著重的世界文學，但亦只依此作爲中國文學晉身於世界文學之行列的有力借口。向或亦有人提及德裔美國學者雷馬克的「科際研究」的定義，但實際上作深刻研究的人並不多。今天中西比較文學研究，已進入至另一境界，比起十幾年前的情況，是要進步多了，亦變得更技巧（sophisticated），更多元化。除此之外，又有一種新的現象，卽是純熟的應用西方文學理論，來分析、解釋中國文學，而這種研究對象的中國文學作品，又以古典文學爲多。一時頗有「百家爭鳴」之勢，讓人看得眼花撩亂，感到新奇而有吸引力，但亦引起不少非議和爭論，進而導致對中西比較文學這一學科的質疑。有些質疑是基於對某些研究者膚淺認識的譏刺，但亦有針對本題的探討。於是又有中西比較文學究竟是「甚麼一回事」的討論。但這似乎是在走回頭路；經過十幾年的努力，難道我們還不能確定「中西比較文學」究竟是怎樣的一門學科？當然不是如此。不過我們亦不能否認，由於衆說紛云，各人有各人的一套「法寶」，東一羣，西一堆的學者，往往爭喋不休，而無法達到共識。要不然就是相互排斥，而少能做到知識份子所應有的知性對話。難道我們眞的做不到，如西方學者一般的理性探討嗎？我想不是的。主要的是大家有自己的執著見解而不能容納或接受異意。若能虛心地思考一下研究的對象，和認淸當前比較文學發展的趨勢，或許諸多爭執，都可轉變爲有益的對話，而中西比較文學亦能有較大的發展。

可是若要弄淸研究對象，那豈不是又要回到最基本的問題上來？若要探索中西比較文學究竟是什麼，豈不又兜回到定義的探討這一舊調上來？今天再來談定義，不是有點落伍了？我想並不盡然。比較文學既然是由西方傳來的一門學科，我們亦毋庸諱言這一事實。承認某些學科不是始自我們這一文明古國，並不是一種恥辱，而是一種知性的坦率和誠實。旣然能承認比較文學研究不是始自中國（指其成爲一門正式學科而言），卽要接受這一門學科，我們不妨就先接受西方對這一門學科的定義，再加以伸述。

有幾點有關這一學科的特徵，可以在此一一列出：㈠這一門學科討論不同國家文學的淵源關係，㈡淵源關係往往有因果授受的牽連，㈢有時無淵源關係的不同國家文學亦可有類似的文學現象，這或可指出不同國家文學的共性，㈣文學不是和其它學科完全無關的一門學科，其成長或藝術形態的表現，往往和人類其它知性追求和行爲有關。基於這幾點上，我們可以再增列數項特點來看中西文學的發展趨勢，㈤中西比較文學突出中國文學和西方文學在上述幾點內的關係，㈥中西比較文學更注意異文化文學間的牽連或接觸，這種接觸具有相互刺激性的發展。如此看來，這並非一門膚淺的學科，亦不是野狐禪，是值得大家去探討的一門學問。問題因此不在是否應當探討，而是如何探討才是恰當這一點上面。

關於如何探討這一點，近年來的爭議亦不少。西方有危機論的說法，艾提恩伯勒（Etiernble）、威勒克（Wellek）和魏斯坦因（Wiesstein）三氏都論到過比較文學的危機。孫筑禮更進一步地談到中西比較文學研究所遭遇到的困境，指出「見樹不見林」或「見林不見樹」（淺見和不清）的兩種趨勢。❶

這是由於看問題的人，發現學科研究的偏重性。無可否認，近年來比較文學研究，甚至整個文學研究，已脫離了批評的舊軌跡，而進展至理論的研究中去。而我們對文學作品的評估，亦由價值衡量轉向作品詮釋。前者是 evaluative 的，後者卻是 interpretive 的。雖然二者都需依據某一出發點或標準，但其結論卻大不相同。Evaluative 的文學研究，到浪漫主義時期就衰微了，雖然廿世紀的今天，馬克斯主義的文學觀，還多少保持了這一痕跡，但亦不是一成不變。Interpretive 的趨勢是廿世紀文學研究一大特色，因此理論的發展，亦是多元化。若能認清這一點，我們就可避免爭喋不休的現象，而能共同來探討學問。儘管立場各有不同，但是還是可以交談討論問題的。

❶ 見孫氏載於一九八七年 *Review of Canadian Comparative Literature* 的文章。

在作理論研討時，當注意的是避免產生一種「自我陶醉的幻覺」。[2]這往往會導致「武斷」，亦是使人產生對某種理論的反彈和拒絕的主因。藍屈奇亞（Frank Lentricchia）認爲「反對理論就是反對自我檢驗」，因爲理論是「民主的一個條件」（a condition of democracy），其功效就是「自我反省」（self-reflection）。[3]當然這種唯理論卽是的看法，引起他人的反駁。凱恩氏就認爲，理論旣是對傳統的質疑，這種質疑是否有一點限制？若其終極目的是通過對傳統的質疑，而達到推翻傳統的目的，那亦表示它取代了傳統而成爲另一種傳統。而這一新傳統很快的亦會被質疑，被取代。這一趨勢豈不是會永無休止地發展下去？[4]哈佛大學的雷文教授提出了「多元化」的研究主張，卽是針對這一問題的一種解答。[5]我們若認爲傳統的價值判斷批評太過

[2] 見 William Cain, *The Crisis in Criticism: Theory, Literature and Reform in English Studies* (Baltimore: Johns Hopkins University Press, 1984); G. Graff & R. Gibson ed., *Criticism in the University* (Evanston, Ill.: Northwestern University Press, 1985); Daniel T. O'Hara, "Rerisionary Madness: The Prospects of American Literary Theory at the Present Time," *Critical Inquiry* 9(1983).

[3] 見 Frank Lentricchia, "On Behalf of Theory," in Graff and Gibson.

[4] Douglas Atkins, "Introduction: Literary Theory, Critical Practice,and the Classroom," in *Contemporary Literary Theory*, ed. D. Atkins & L. Morrow (Amherst, Mass. : University of Massachusetts Press, 1989).

[5] Harry Levin, "The Crisis of Interpretation," *Harvard English Studies 15; Teaching Literature. What Is Needed Now*, ed. James Engell & David Perkins (Cambridge, Mass.: Harvard U. P., 1988).

武斷，那我們對某一種詮釋的理論，亦不應該執着。艾特金（Douglas Atkins）就採取了中立的立場，認爲各種理論都應當付諸實行，去應用到文學作品的閱讀和了解上去。❻冠驥的書《借鏡與類比》卽屬於這一種嘗試。全書分甲、乙兩篇。甲篇着重中國文學之研討，但亦求以西方文學理論的觀念，來作試探性的應用，去分析探討中國文學作品，以求獲得它山之石可以攻玉之效。故稱之爲借鏡。乙篇以中西比較文學爲研究對象，分論詩的時間觀，結構主義的可能應用性，以及中西文學作品的對比，從而探討理論的適用性和類比問題的研究。這是結合傳統比較文學研究和新理論應用的試探。末篇的烏托邦一篇論文，我認爲是做到了目前中西比較論文研究最切實的一項研究。他從一個觀念的形成、演進和發展去探討兩個不同文化的文學作品。這是一項實際的工作，既不杜撰「故事」，亦能做到理論觀點的伸展和探討，是一篇值得稱道的論文。

整本書是一個值得讚揚的努力。我不習慣作序，故此篇亦不是序，可以說是一篇讀後感言吧！

袁鶴翔　一九八九年四月二日

---

❻ 見❹。

自序

本書所收的七篇文章都是運用「借鏡」與「類比」兩個研究方法（詳見〈導論〉）而寫成的。

「借鏡」部分共有四篇，分別以西方文學批評的觀點探討中國文學。〈試論中國文學批評史的分期〉原刊於《抖擻》第四十二期（一九八一年一月）。〈粵劇的悲情與橋段——《帝女花》分析〉原刊於《香港文學》第二十三期（一九八六年十一月）。〈從《張鼎智勘魔合羅》看「平反公案劇」的結構公式〉發表於《東方文化》，第二十二卷二期（一九八四年）。〈中國文學中的烏托邦主題〉原以英文發表在《淡江學報》十三卷一期（一九八二年）。

「類比」部分內的三篇文章，可以說是我研習比較文學以來心路歷程的反映。自從大學二年級選讀「比較文學導論」以來，我從事比較文學研究已有九年。從認識比較文學開始，一直縈繞着我腦海中的問題是：除影響和接受這些有「實在關係」的比較研究外，中西比較文學究竟有什麼可為？經過多年反覆思考，筆者的初步答案是：「類比研究」是中西比較文學最有潛力發展的方向。有關「類比研究」的理論，詳見本書〈導論〉，現不先作敍述。但問題是怎樣進行「類比研究」才可以不陷入「爲比較而比較」的窠臼呢？這部分的三篇文章，可以說是爲解決這問題而進行的嘗試。

〈中英詩中的時間觀念〉是一九八一年的作品，發表在《中外文學》十卷七期；後轉載於《文學研究動態》編輯組編的《比較文學論文集》（北京：社會科學院，一九八二年）內。〈結構主義在東西比較文學研究中的用途〉原以英文發表於《淡江學報》，十四卷一、二、三、四合期（一九八三至八四年）；〈從貝克特的《等待果陀》看老舍的《茶館》——兼論中西比較文學的「類比研究」的問題〉是〈結構主義在東西比較文學中的用途〉一文所得到的結論的實踐，原刊於《九州學刊》，二卷四期（一九八八年）。

至於「附錄」的〈幸福保證的謊言——論烏托邦的眞面目〉則刊於《明報月刊》，二六〇期（一九八七年八月）。本書附錄此文，乃希望會對讀者閱讀〈中國文學中的烏托邦主題〉一文有幫助。

今次輯集時，對上述文章都進行了修訂，如讀者發現它們與舊文有不同的觀點，請以本書所載爲準。

本書能夠面世，首先必須感謝袁鶴翔、周英雄和艾德治（A. Owen Aldridge）三位老師的教導和提掖。英雄師更和本書出版有直接的關係。

英雄師是我研究比較文學的啓蒙老師，書中〈中英詩中的時間觀念〉便是我在大學四年級時在他的指導下完成的論文，〈結構主義在東西比較文學研究中的用途〉的初稿，也得到他撥冗審閱及提出寶貴的意見。本書的出版，更是他的功勞。一九八七年九月，我轉回香港大學校外課程部任教。校外課程部是一個行政與教學並重的學系，由於行政工作的繁重，系內有些同事不能專注於學術研究。但系主任李鍔教授卻勉勵我多作研究和著述，又指出文學教師一定要有專書出版才算是有成就。在一次拜訪英雄師的時候，跟他談及李教授對我的勗勉。英雄師便建議我在這幾年來發表的論文中，選擇一些比較有關係的文章結成一書。後來他更推薦本書給臺北東大圖書公司，玉成本書的出版。

鶴翔師也是我的比較文學研究的啓蒙老師。我在中學時選修理科，對文學沒有多大認識。我對文學研究發生興趣，泰半由他啓發。本集中的〈試論中國文學批評史的分期〉一文，便是受到他的啓廸而撰寫的。八一年大學畢業後，我負笈美國伊利諾州大學深造，亦是得到鶴翔師的鼓勵和推薦。當時伊大只給我一個豁免學費的獎學金。當時許多老師和前輩學者給我的意見是，文科生在美國唸研究院的第一年，校方差不多不給予足夠的經濟支援；但到了第二年，問題就會迎刄而解。我在沒有充裕的經濟條件的情況下而決定遠赴美國，就是基於上述信念。怎料美國在八一、八二年間經濟不景氣，而州立大學的經費成爲首當其衝的削減對象。在大學之內人文科學各系所受的影響最大。當時伊大就連一份圖書館助理員的兼職空缺也沒有。至於其他學生可擔任的兼職，一有空缺，就立刻被校方分派給美國本土「半工讀」（work-study）學生。記得我曾經申請過英文系影印室助理員的工作，本來這份工作的申請人不需要有「半工讀」學生的資格，而且習慣上是先到先得的。雖然我當時是第一名應徵者，但負責人卻告訴我，英文系主任已經推薦了六個學生，如果他們都放棄的話，我才可獲聘。在這樣惡劣的經濟環境下，我便在八二年底修畢碩士學位後黯然返港。當時鶴翔師爲香港中文大學英文系主任，由於系內因老師休假而人手不足，鶴翔師便聘用我爲臨時講師，使我不致與學術界脫離。又拙書的出版，承鶴翔師多番鼓勵，並在百忙中惠賜序文，增加了拙書的閱讀價值，在這裏，我必須再一次多謝鶴翔師。

在八四年一月，我重回伊大修讀博士學位，則是艾德治師的關係。艾德治師是我在伊大研究院的指導老師。我對烏托邦文學產生興趣，主要便是得到他的引導。〈中國文學中的烏托邦主題〉的英文本，便是當年交給艾德治師的一篇功課。本來艾德治師是不贊成我在八二年底回香港的，但伊大的經濟實在拮据，所以他也沒有辦法把我留下。八三年八月我們在臺北淡江大學舉行的國際比較文學研討會重逢，他再勸勉我回伊大唸博士，並推薦我爲比較文學系內新開辦的東方文化課程的助教。於是，我便辭去中大的教職，在八四年一月重投伊大的懷抱。

爲了彌補在中大任教而耽誤學業的一年時間，我在回到伊大後便加倍努力。本來系內規定助教最多只能選修三門學科，但艾德治師准我破例多修一個學分。後來艾德治師又爲我爭取到一分研究員獎學金，使我不用教書，專心一意地讀書和做研究。結果我在八四年十二月順利通過博士學位預備試，並在八五年十二月提交博士論文，取得博士學位。

三位老師對我的照顧和提攜，固然令我感激不已。其次從我所見所聞，發現有些老師所以培養學生，目的是要爲找人替自已效勞；他們鼓勵學生從事研究，目的就是坐收漁人之利。我這三位老師不但熱衷研究，他們的作品從不假手於人；而且他們作育學生，只是爲了完成承先啓後的神聖使命，絲毫沒有施恩望報的私心。現在謹以此書獻給他們，表示我對他們的崇敬和謝忱。

除了三位老師，我要向家兄冠彪致謝。他不單是位愛護弟弟的好兄長，也是我的良師益友，我從他治學和做人的態度和方法上，獲益良多。本書的定稿，也多得他提供寶貴意見。他對我的恩情，我是終身不會忘記的。

此外，我還要多謝小姨慧珠，在百忙中替我抄寫部分論文，減輕我的工作負擔。

最後，我也要向慧雯愛妻致意。長久以來，她對我從事學術研究，予以莫大的支持。她給我的關懷、鼓勵、耐心和愛情，亦是促成我完成這部書的動力。我誠意邀請她分享出版這書的喜悅與光榮。

與近來。

的團體、議會、[illegible]

戰後，[illegible]

[illegible]

[illegible]

[illegible]

[illegible]

[illegible]

[illegible]

[illegible]

[illegible]

目次

乙篇：類比

附錄

導論

借鏡與類比

——論中國文學研究的現代化

中國文學源遠流長，文學批評的歷史亦很悠久。文學批評包括理論批評和實際批評兩個層次。就前者來說，批評家針對的是文學的本質和文學的功用；就後者來說，批評家關心的是文學作品的理解與評價。因此，理論批評家研究的是文學的本質和文學的功用；實際批評家則注重找尋作品的意義，或評定作品的優劣與它的各種價值（包括教化功能、文藝價值等）。從現存最早的典籍——《尚書》——中，已見文學批評的濫觴。《尚書‧堯典》說：「詩言志，歌永言，聲依永，律和聲」，❶其中「詩言志」這個觀念，被歷代論詩者奉為圭臬，可說對後世的文學理論有久而不衰的影響。〈毛詩序〉的作者，便是基於「詩言志」的命題來發揮文學具有社會功用的

❶見《尚書正義》（《十三經注疏》本），第三冊（北京：中華書局，一九五七），頁一〇八。

觀點。他認爲因爲「詩言志」，所以《詩》可以「正得失，動天地，感鬼神」，進而可以「經夫婦，成孝敬，厚人倫，美教化，移風俗」。❷由於上古典籍早已散佚，我們不知道詩具有社會教化的實用價值的說法，是否由〈毛詩序〉首先提出的，畢竟，這個說法和「詩言志」一樣，對中國後世的文學批評極具啓發的力量，傳統中國文評家之所以特別注重文學的社會功用，大抵都是受到這個說法的影響。所以，當他們詮釋和評價文學作品時，多從文學的社會功用着眼。於是，描述初民男女相悅的情歌，在「別有用心」的文評家看來，就暗藏了「君臣之道」的大道理，這些情歌也因而被判定爲有價値的作品。然而，由這種索隱式的理解而得出來的意義，與其說是批評家用「以意逆志」的方法從作品深處發掘出來的精髓，不如說是批評家本身主觀的臆測，甚至是他們強加諸作品的個人意見。從今天的眼光看來，過份着重批評家主觀的意願和直覺的感受，對理解作品必然是有損無益的。可是，索隱式的批評方法到今天還有它的支持者，如在《紅樓夢》的研究中，不難找到這種例子。

上述以批評家主觀意見爲依歸的文學批評，亦見諸理論批評上面。例如：中國古代批評家在中國最早的詩歌集《詩經》裏，找到所謂「六義」——風、賦、比、興、雅、頌，並把風、雅、頌說成是《詩經》內詩歌的分類名稱，賦、比、興則是詩法的名稱。但最先出現在《周禮》中的

❷ 見《毛詩正義》（《十三經注疏》本），第五冊，頁四二。

「六詩」，❸就沒有這樣明確的二分法，況且「六義（詩）」的排列次序，也似乎不支持這樣的二分法。究竟後人對「六義（詩）」的解釋是他們借題發揮的結果，抑或眞的是闡述《周禮》作者的原意，我們就不得而知了。

較晚的文學批評雖然日漸多元化，但在作品理解方面，仍不離以文學的功用（尤其社會功用）作爲詮釋和評價標準這個大前提；在理論探討和品評作品優劣方面，亦是以主觀與直覺批評爲主流。南宋以後流行的詩話、詞話，就常被譏爲主觀與印象批評的產品。他們批評的方法，也確與〈毛詩序〉的批評方法大同小異。詩話、詞話的作者，往往預先定下構成好詩妙詞的元素，然後以這些元素作爲衡量作品優劣的尺度。例如：嚴羽（?——約一二六九）以禪喻詩，認爲詩最好要有禪的境界，言有盡而意無窮；又詩中的妙處要如「羚羊掛角，無跡可尋」。其他批評家雖用「氣象」、「性靈」、「肌理」、「境界」等不同尺度，但在批評方法上，與嚴羽並無二致。及至金人瑞（一六〇八——一六六一）論《水滸傳》和《西廂記》，雖說是打破中國文學批評的傳統，以嚴肅的態度，批評傳統文人輕視的小說戲曲，但他採取的批評方法，與前述索隱式的詮釋方法，或詩話式的文學批評亦可謂一脈相承。如他敍述施耐庵作書的原因，完全出於主觀的臆測；討論《水滸傳》的寫法，也大量運用詩話詞話式的批評術語。

❸《周禮注疏》（《十三經注疏》本），第十三冊，頁八四二；在《周禮》中，「六義」叫「六詩」。

誠然，中國傳統文評所用的批評用語，常因爲語義模糊而遭人詬病；而批評家對這些用語的解釋，往往又玄之又玄，令讀者難以理解。例如司空圖（八三七——九〇八）論詩，將詩分爲二十四品，表面上比後世詩話家固執「氣象」、「境界」、「性靈」其中一項爲標準較爲全面。可是，他所謂的二十四品究竟指什麼，品與品之間如何劃分，無疑都十分抽象，使人難明所指。例如「沖淡」一品，司空圖是這樣解釋的：

素處以默，妙機其微。飲之太和，獨鶴與飛。猶之惠風，荏苒在衣。閱音修篁，美曰載歸。遇之匪深，即之愈希。脫有形似，握手以違。❹

讀者就算明白司空圖每一句話的意義，但整體的意義究竟如何，又它與「沖淡」有何關係，似乎仍然很隱晦。至於字面意義和「沖淡」相對的「纖穠」一品，司空圖的解釋如下：

采采流水，蓬蓬遠春。窈窕深谷，時見美人。碧桃滿樹，風日水濱。柳陰路曲，流鶯比鄰。乘之愈往，識之愈真。如將不盡，與古爲新。❺

❹《司空圖二十四詩品》，載（清）何文煥輯，《歷代詩話》（北京：中華書局，一九八一），頁三八。
❺同上。

單憑「沖淡」和「纖穠」的解釋，讀者就很難分辨兩品不同的地方。如果要依據這兩則詩話來辨別那一首詩屬於「沖淡」，那一首詩屬於「纖穠」，難免令人有不知如何入手之嘆。看來，要明白這些術語的眞義，必須有頓悟或參透禪機的慧根，否則只好望門興嘆了。

踏入二十世紀，西方文學作品與文藝思潮相繼湧入中國，除了對中國文學創作有新的啓發之外，對中國文學批評與研究也產生了史無前例的重大影響。在認識文學的本質、文學與人生和社會的多元關係等問題上，中國文學批評家都有新的突破，進而刷新了他們文學批評的標準及研究的方向。最顯著的現象，就是很多人開始採用西方文學批評的理論和方法來創作及批評中國文學作品。白話文運動的開展，使這個現象更爲普遍。時至今日，運用西方文學批評的理論和方法來研究中國文學甚至成爲我國文學批評的主流。

我們實無意貶低中國傳統文評的價值，但無可否認，固有的文學批評導向的確過於抽象，令人難以遵從。就算我們願意努力，結果也未必使人滿意。例如，若我們按照詩話的批評方法研究古典詩歌，我們能否超越前人，在「神韻」、「格調」、「詩仙」、「詩聖」、「詩佛」、「仙才」、「鬼才」等等以外另闢蹊徑，而創立一個新的批評派別呢？如果我們不自創新論，仍然以同樣的批評尺度討論前人批評過或尚未批評的作品，而希望能作出新的見解，實在談何容易。況且，對批評新詩而言，固有的批評方法更顯得格格不入。因此，借用西方文學批評方法來研究中國文學，可以說是順理成章的發展。「他山之石，可以攻玉」。只要我們運用得宜，西方文學批評方法，實有助我們研究中國文學。立竿見影的例子，莫過於西方小說戲曲的理論的輸入。這些理論的輸入使我們重視傳統所輕視的小說戲曲，擴大了我們今天研究中國文學的領域。這種借用外國文學理論或批評方法研究中國文學的方法，筆者稱之爲「借鏡」。

另一方面，現代資訊發達，人類之間的距離日漸縮短，彼此之間的交往相應地日益增加。這些交往，若要在互相尊重與沒有磨擦的情況下進行，雙方必須有一定程度的互相了解。我們和洋人見面，對方跟你擁抱，親面頰，只是表示友善，不是要佔你的便宜。我們春節時貼的揮春雖是紅色，卻不表示屋內有危險，提醒我們小心提防。同一道理，在應用西方文學及批評理論研究中國文學，就一定要注意文化差異的問題，因爲這樣才會消弭不必要的論爭和誤會。例如，我們不能以中國章回小說的結構不符合西方文學敍事結構的模式，而判斷中國小說較西方小說爲落後。若要廻避這些敏感的問題，比較文學的研究方法就提供了一種可行的途徑。

比較文學源於西方，它的研究方法，自然是以西方各國家文學作品的比較爲對象。因此，若要從事中西兩個文化傳統的比較研究，就必須修訂一下有關方法。其次，西方的比較文學和中西比較文學的研究範圍也一定有所不同。目前西方比較文學研究有五大方向：(一)文學關係（影響、類比、文學與其他學科的關係）研究；(二)文學運動與潮流（文學史分期）研究；(三)主題及母題研究；(四)文類研究；(五)翻譯研究。就中西比較文學而言，除翻譯研究另有所屬外，其他四個研究的方向，都可以包括在「文學關係」一項內。以中西烏托邦文學爲例，由於中國的烏托邦思想基本上自成一個獨立的系統，只有少量比較晚出的烏托邦思想曾受西方烏托邦思想的影響。因此我們只能透過類比研究的方法，才可以把中國的烏托邦和西方的烏托邦加以比較。至於那些肯定受過外來影響的烏托邦，更順理成章地屬於「文學關係」（影響研究）的範圍。其他如文類研究、文學運動研究等的情形大致相同。若我們從文類研究的觀點，比較中西文學傳統中的烏托邦文類，也必須透過類比或影響研究的方法來進行。因此，筆者相信，中西比較文學研究最終還是不出「文學關係」研究這個範疇。由於中西兩個傳統中互相影響的例子始終有限，類比研究必然成爲最有潛力的研究方向。

儘管類比研究在中西比較文學研究中的潛力很大，但怎樣應用它才能爲中國文學研究提供一個新路向呢？筆者認爲，只要我們把研究的焦點集中在中國文學上，而把比較作爲詮釋和評價中國文學的手段，類比研究便可以成爲研究中國文學有效的方法。適當的比較，不單有助我們認識中國文學在世界文學上的地位，還可以使我們對個別作品有更深刻的了解。當我們把兩篇表面相似的作品加以比較時，我們很可能會發現一些以前單獨閱讀它們時所忽略的問題；同時一些從前以爲是理應如此的東西，也因此而需要我們再三思考，才能得到合理的解釋。因此，只要我們處理得宜，類比研究實在可以作爲研究中國文學的方法。類比研究也可以和上文提到的「借鏡」方法互相配合。換言之，以西方文學理論爲根據，比較兩篇（個）或以上的中西文學作品或文學現象，從而找出中國文學的特色及個別作品的意義。

艾華特（James Robert Hightower）在一九五三年發表的〈中國文學在世界文學的地位〉中指出：

> 今天我們需要的，是受過其他文學研究訓練的學者運用他們學過的批評方法研究中國文學。只有透過這樣的研究，我們才可以希望中國文學能夠獲得正確的理解，以及說服西方讀者接受中國文學乃世界文學的一分子，同時值得他們注視。❻

誠然，若要奠定中國文學在世界文學中的地位，我們必須採取現代化的批評方法，把中國文學作品介紹給外國讀者。筆者認為，「借鏡」與「類比」，就標誌着現代化的中國文學研究的兩個方向。筆者主張採取「洋為中用」的方法，並不表示它比較中國文學批評為客觀，而是因為這個方法較為有跡可尋，所以更容易為批評家和讀者所接受。

筆者無意全盤否定中國固有文學批評對研究中國文學的價值，但卻相信目前我們距離可以有效地應用中國固有的文學批評方法的日子尚遠。有鑑於此，我們只有寄望今天研究中國文學批評的學者，能夠以科學的方法，找出古代文學批評家的批評準則，以及怎樣把這些準則有效地應用

❻ James Robert Hightower, "Chinese Literature in the Context of World Literature," *Comparative Literature*, 5 (1953), pp. 117-124.

在中國文學研究上。筆者希望有朝一日，我們不單做如〈《紅樓夢》的心理分析〉和〈唐詩的意象〉一類洋爲中用的研究課題，更會做〈艾略特《荒原》的神韻及風骨〉、〈從桐城派古文章法看喬艾思的《尤利西斯》〉、〈英國浪漫詩中的「賦」、「比」、「興」〉等研究。換言之，就是利用經過現代化的中國固有文學批評方法，對外國文學進行詮釋與評價，並藉此而擴大比較文學的領域，把中國文學批評帶入一個新紀元。

甲篇：借鏡

試論中國文學批評史的分期

(一) 文學批評史的分期原則

中國文學批評(literary criticism)史的研究，是近世受到西方學術思想影響後才開始的。可是數十年來，從事這個專題研究的中國學者並不多，編撰成書的中國文學批評史的質量也不能說已令人感到相當滿意。筆者希望在本文內討論一般中國文學批評史的著者所忽視的分期問題。

熊鵬標在〈關於中國文學批評史的分期問題〉一文說：

中國文學批評史是中國文學史的一部份。而且文學批評與文學作品互為因變的，一方面文學批評是文學作品的尾骶；他方面文學作品的作風，又跟隨著文學批評而演進的。因此它

們的演變與發展，彼此頗能一致的；它們的演進歷程也相應證。❶

因此，熊氏把文學史的分期，一併放在文學批評史分期內討論。不過，就中國文學史和文學批評史的關係來說，這個方法是很成問題的。因爲在中國文學批評史上，本有所謂「正統文學」，❷自唐之後，「正統文學」的界限越來越清楚，只有詩文兩種體裁受重視；其他如小說戲曲之類，則只有少數打破傳統的批評家會加以討論。❸「一代有一代之文學」的講法雖然不能否定，❹但文學批評史上，卻只有詩文二體才算是正宗。所以，雖說文學批評史的分期標準，「不能不參酌和它關係最密、性質最近的文學史和哲學史的分期」，又要「與社會發展的情況相結合」，❺才

❶ 熊鵬標：〈關於中國文學批評史的分期問題〉，《文史叢刊》，一卷一期（一九三五年七月），頁六三。

❷ 參看郭紹虞：《中國古典文學理論批評史》（北京：人民文學出版社，一九五九），頁一一。（以下簡稱《理論史》。）

❸ 同上。

❹ 王國維（一八七七—一九二七）《宋元戲曲史》說：「凡一代有一代之文學，楚之騷、漢之賦，六代之駢語、唐之詩、宋之詞、元之曲，皆所謂一代之文學……。」（《國學小叢書》本，上海：商務印書館，一九二〇，頁一）。

❺ 《理論史》，頁九。

不致架空了文學批評史，但我認爲文學批評史分期的目標，還是描繪文學批評本身的發展。一般來說，研究文學批評史可從「縱」(diachronic)或「橫」(synchronic)任何一個角度著手。前者是研究文學批評史在一段長時間內的演變；後者僅集中研究某一時期的情況，而不理會它的變化。

但文學批評史的分期，必須着眼於整個歷史的發展，當然比較側重「縱」的角度。最理想的文學批評史分期，就是要把文學批評史分爲若干精簡的階段，同時每一階段所包含的時間能夠愈長愈好。因爲這樣才能給讀者一個清晰的概念，不致被瑣碎的分期困擾。但是要達到這個理想並不容易，因爲，如果一個階段所包含的時間愈長，便很難用一個貼切的觀念來概括整個階段的發展。所以，在一個階段中，每每還需要再分爲若干小階段，這樣既可以突出這一階段的獨特性質，同時也可能顯示其中的繼承和轉變。要達到這個境界，也就要兼顧「橫」的角度。故此，完善的分期體系，「一方面要顧到它(階段)的獨立性，一方面又要顧到它的聯繫性」。❻也就是說：要同時運用「縱」、「橫」的觀點。

大致上，現存的文學批評史都以人物或年代作爲綱領，分章敍述。以人物作爲文學批評史的綱領，並不屬於分期體系的範疇，所以不打算詳加討論。❼雖然有些批評家是以朝代來分期，又

---

❻ 同上。

❼ 以人物爲綱領的文學批評史，有朱東潤的《中國文學批評史大綱》(桂林：開明書店，一九四四)，和方孝岳的〈中國文學批評〉(見劉麟生編：《中國文學八論》，香港：南國出版社，一九六一)。

兼用人物作細目的，[8]但這種分期法，畢竟屬於朝代分期。因此，朝代分期，無疑是現存文學批評史最流行的分期方法。用朝代來分期敍述，不但能夠突出每一朝代的特色，使各個時期壁壘分明，甚至年月日也有所依據，而且也易於敍述，減省了許多涉及文學理論演變的問題。然而，這個方法太過側重「橫」的層面，不但不能道出文學批評發展的脈絡，而且把文學批評史分割成互不相連的片斷。故此，這個最普遍最容易處理的體系是不完善的。可是，能夠打破這個方法來討論中國文學批評史分期的學者不多，就筆者所知，只有郭紹虞（一八九三——）、羅根澤（一九〇〇——一九六〇）和熊鵬標三位而已。

(二) 郭紹虞的幾種分期意見

郭氏對中國文學批評史分期，前後有過不同的見解，分別見於：

一、《中國文學批評史》，上册，一九三四年；下册，一九四七年。（以下簡稱《批評史甲》。）[9]

[8] 見黃海章：《中國文學批評簡史》（廣州：廣東人民出版社，一九六二）。

[9] 《中國文學批評史》（上海：商務印書館，上册，一九三四，下册，一九四七）。

二、《中國文學批評史》，一九五五年。（以下簡稱《批評史乙》。）❿

三、《中國古典文學理論批評史》，一九五九年。（以下簡稱《理論史》。）

四、〈中國文學批評史的分期問題〉一文，一九七九年。⓫

上述四種著作中，《批評史甲》和《批評史乙》兩書，都建築在同一基礎上，故此屬於同一體系。《理論史》中所論的批評史分期，卻與前二者大異其趣，可獨立成一種體系。至於〈中國文學批評史的分期問題〉一文乃是揉合兩個體系而成。

一、《批評史甲》和《批評史乙》的理論

在《批評史甲》中，郭紹虞「就文學批評本身的演進，以為分期的標準」，⓬而將中國文學批評的發展分為三大期，現臚列如下：

（一）文學觀念演進期

❿ 《中國文學批評史》（上海：新文藝出版社，一九五五）。此書於一九五七年重版，一九六一年改由北京中華書館出版，只加上〈後記〉一篇，並沒有修改內容，連頁數也相同。

⓫ 〈中國文學批評史的分期問題〉，載《百科知識》，一九七九年二期（一九七九年六月），頁三六至三八及二七。

⓬ 《批評史甲》，上冊，頁二。

1. 周秦：文學與學術不分。
2. 兩漢：「文章」與「文學」分家。前者包括詞章之類，而後者則包括一切有學術意義的作品。
3. 魏晉南北朝：此時「文學」之涵意與現代人所指一樣。但又分「文」「筆」。「文」是美感的和感情的文學。「筆」是應用的和理知的文學。

（二）文學觀念復古期

1. 隋唐五代：此期「文」「筆」之分不再流行。批評家以「筆」爲「文」，主張重內容，而且標榜復古。
2. 北宋：由以「筆」爲「文」，演變爲以「學」爲「文」。於是「文章」「文學」重新合爲一談，遂成復古的高峯。

（三）文學批評完成期

1. 南宋金元：批評家正想建立他們的文藝思想體系的時期。但不太成功。
2. 明代：批評理論各主一端推而至極的偏勝時期。
3. 清代：批評理論折衷調和的綜合期。[13]

---

[13] 同上，頁一至一〇；及下册之一，頁三至八。

可能郭氏為了配合唯物辯證觀，所以他稱第一期為「正」，第二期為「反」，第三期為「合」。⑭筆者認為這個論調也很成問題。因為從郭氏的分期來看，第一期是「文學觀念演進期」，第二期是「文學觀念復古期」。除了文學觀念發展方向勉強可以說成「正」「反」外，第一期和第二期實不足以構成「正」「反」的關係。即使郭氏眞的屬意這兩期的發展方向，問題卻立刻出現在「合」的方面。試問兩個相反而且平行的發展軌跡，「合」起來應該是什麼呢？所以，用「正」「反」「合」的方法來論中國文學批評史，未免過於機械化。其實，郭紹虞亦覺察及此，他在書中歸納第一二期在一起，稱為上卷，而第三期則別為下卷。據郭氏解釋，上下卷的不同，主要是前者以文學觀念為中心，故此把批評家的理論納入其中敍述。下卷所述，則恰恰相反。郭氏認為，「南宋以後以文學批評本身的理論為中心，而文學觀念只成為文學批評中的問題之一」，⑮所以，他以批評家為中心，而把當時文學批評的問題納入批評家的理論體系中敍述。由此可見，郭氏的三分法，實在可以簡化為二個時期：第一期包括「文學觀念演進期」及「文學觀念復古期」，我們可以稱之為「文學觀念發展期」，因為由周秦到北宋期間，文學批評仍以「文學觀念」為中心，是有理由將整段時間連貫在一起的。至第二期仍可沿用「文學批評完成期」。

⑭《批評史甲》，下册之一，頁一。
⑮同上。

除了以上的缺點外，這個體系，仍算合乎理想。因為郭氏已經能「縱」「橫」兼顧，而且更能以文學批評本身的演進作為分期的標準。或者有人會批評說：郭氏不外歸納若干朝代為一大期，而基本上，他還是以朝代為分期骨幹。是的，這個體系的細目，全以朝代為單位，但郭氏能夠打破單以朝代興替為分期標準，又能本着文學批評本身的演進為原則，歸納了文學批評史上相連的朝代，實在已非常難得。事實上，一種文學批評理論的盛衰，並沒有絕對的界限，如果強行以硬性的時間來分期，無疑是緣木求魚。

又有一些批評家指出，郭氏這個分期，毛病還出在第三期，卽「文學批評完成期」。朱自清（一八九八——一九四八）認為「完成」二字暗示止境，不如改成「集成」。[16]不過，無論「完成」也好，「集成」也好，中國古代（卽鴉片戰爭〔一八四〇——一八四二〕之前）的文藝理論，在鴉片戰爭之後，似乎再沒有重要發展。學者只在詮釋固有的文藝理論上下功夫，而沒有像嚴羽（？——約一二六九），前後七子，王士禎（一六三四——一七一一）、袁枚（一七一六——一七九八）等自立門戶，自造新說。所以「完成」一詞，雖然不甚愜當，但也不至脫離事實。

---

[16] 見朱自清：〈中國文學批評史上卷〉（書評），《清華學報》，九卷四期（一九三四），頁一〇一三至一〇一四。

其次，熊鵬標也指出郭氏的「演變」、「復古」、「完成」三時期的劃分，不能處置「明朝前後七子，主張『文必法秦漢，詩必準盛唐』的復古式的文學觀念」。[17]筆者認爲，前後七子也主張復古，表面上跟第二期「文學觀念復古期」較接近，而離第三期「文學批評完成期」較遠。但是，明前後七子的復古主張，與隋唐北宋時所倡的理論大有分別。隋唐北宋學者所倡的復古，是文學觀念的復古，而明前後七子所說的復古，則已擺脫了文學觀念的論爭，專注於文字技巧和格律方面。因此，從這角度來看，前後七子所倡的復古論調，就順理成章，歸入「文學批評完成期」了。熊鵬標又認爲，郭氏的編例「有的以家分，有的以人分，有的以時分，有的以文體分，更有的以問題分」，並不規則，更進一步批評郭氏的分期體系，「不從經濟的變動上指出文學變動的歷程，是不可能的」。[18]但郭氏不是曾解釋說過嗎：

> 這種凌亂的現象，並不是自亂其例，亦不過為論述的方便，取其比較地可以看出當時各種派別，各種主張之異同而已。[19]

---

[17] 參[1]，頁六四。

[18] 同上。

[19] 《批評史甲》，上册，〈自序〉，頁三。雖然熊鵬標也有引及這一段說話，但卻不以爲意，仍然批評郭氏《批評史甲》的編例不規則。

況且編例上的不規則，與分期體系關係不大，如果以此批評郭氏，實在是不公平的。

在《批評史乙》中，郭氏對分期作了一些修正。但基本上，他還是採取《批評史甲》所用的分期體系，「按照一般文學史的分期來敍述」，並且分中國文學批評史爲上古(由上古至東漢)，中古（東漢建安至五代）及近古（北宋至清代中葉）。郭氏這樣分期的目的就是希望「不至孤立地看問題，而且有些需要說明的歷史因素，凡在文學史裏已經講到，已經解決的，也就可以從略，不必重複」。[20]本來，文學批評史配合文學史是可行的途徑，但是比較郭氏前後兩種方法，我們卻有很大的疑問。茲先列《批評史乙》的分期如下，以便說明。

(一)文學觀念演進期

1. 周秦 } 上古期
2. 兩漢 }
3. 魏晉南北朝 } 中古期

(二)文學觀念復古期 }

1. 隋唐五代 }

---

[20]《批評史乙》，頁七。

2. 北宋

(三) 文學批評完成期 — 近古期

1. 南宋金元
2. 明代
3. 清代

上古期止於兩漢，中古期始於魏晉南北朝而終於隋唐五代。本來文學觀念演進及復古兩期，一則重文，一則重質，有顯著的分歧，故此以魏晉南北朝和隋唐五代合爲一期，實有待商榷。㉑但論者還可以自圓其說，謂兩者仍屬於「文學觀念」的範圍。然而，問題的癥結卻在中古與近古的分期。既然郭氏一方面說北宋爲「文學觀念復古期」的高峯，一方面又以南宋以降爲「文學批評完成期」，現在卻把北宋和南宋以降聯合在一起，豈不是使北宋的地位十分尷尬？所以「按照一般文學史的分期來敍述」中國文學批評史，雖然說「不致孤立地看問題」，卻產生非驢非馬的現象。

競耕在他爲《批評史乙》寫的書評中，認爲郭氏把中國文學批評的發展分爲「文學觀念演進

㉑ 筆者在評論《批評史甲》的分期時，就文學觀念的發展着眼，指出「文學觀念演進」和「文學觀念復古」兩期可歸納爲「文學觀念發展期」，卻並不是說這兩期內的朝代可以隨意混合。所以這裏批評郭氏把魏晉南北朝和隋唐五代合爲一期，並沒有矛盾。

期」、「文學觀念復古期」和「文學批評完成期」三個階段，有兩個問題可以商榷。第一個是「文學觀念」的定義問題。兢耕說：

> 我認為問題是在於郭先生把文學觀念始終看作是解釋『文學』這一個術語的概念，這是比較狹義的看法。文學觀念如果指的是對於文學的認識的話，那末它的涵義就應該廣泛得多，也就是說，應該包括對於文學的一些根本看法，例如文學的基本特性，文學與現實的關係，文學的社會教育作用，以及文學的體裁和創作方法，等等。特別是作為一部文學批評史，不僅要涉及這些文學理論上的一般問題，而且尤其應該以歷代作家和作品的評論與研究的材料作為敘述中心。㉒

因此他批評郭紹虞「這樣來敘述中國文學批評的發展，並不能夠反映出中國文學批評發展史的眞實面貌」。㉓但是，兢耕似乎誤解了郭氏的意見。郭氏所謂「文學觀念」，雖然說是「認識文學」，但實際上也合乎兢耕的要求，即是「包括了對於文學的一些根本的看法」。因爲在上古和

㉒ 兢耕：〈中國文學批評史〉（書評），《文學研究》，一九五七年三期（一九五七年九月），頁一六二。

㉓ 同上。

中古期內，文評家對文學的根本的看法是隨着認識文學而改變的。例如〈詩大序〉的作者因爲認識到詩是「情動於中而形於言」的產品，因而領悟到詩歌可以反映出一國的政治狀況，所以有「正得失，動天地，感鬼神，莫尙於詩矣」的看法，更進一步肯定詩有「經夫婦，成孝敬，厚人倫，美敎化，移風俗」等功用。㉔這不是證明〈詩大序〉的作者是從認識文學的過程中了解到文學的基本特性、文學與現實的關係及文學的社會教育作用嗎？因此兢耕非議郭氏採用「文學觀念」來作劃分文學批評史中各階段的標準，也有待商榷。

至於第二個問題是郭氏有沒有履行「按照一般文學史的分期來敍述」這個原則。兢耕的答案是否定的。他以爲郭紹虞在「處理實際的文學批評上的問題時，並沒有完全遵循這個原則」，反而有「使人感覺到有些脫離文學而孤立地看問題」。㉕兢耕的意見，筆者深表同意，但對下引兢耕批評郭紹虞的一段文字，不敢贊同：

從文學創作的實際情況來看，中古期是以詩和散文為主體，而近古期卻主要以戲曲和小說為主體。這種文學創作上的變化不能不在文學批評上有所反映。然而作者顯然還是抱着傳

㉔《毛詩正義》（《十三經注疏》本，北京：中華書局，一九五七年，）第五册，頁三八至四二。
㉕同㉒。

統的詩文評的看法，對於戲曲和小說的評論是不夠重視的。㉖

這裏兢耕犯了一個很大的毛病，就是把近代才受重視的小說戲曲的價值觀念推前了好幾百年。而在當時，小說戲曲實在一點文學地位也沒有，大多數批評家都不屑一顧。所以他對郭氏的指摘，難以令人信服。

二、《理論史》內的分期理論

其後，郭紹虞對中國文學批評史的分期，作了一次根本的改革。在《理論史》一書中，郭氏揚棄了文學批評本身的發展這個標準，卻採納了馬克思（Karl Marx, 1818-1883）的文藝理論，從社會結構的變化出發，分文學批評史爲封建社會和民主主義期。自上古至清中葉鴉片戰爭爲封建社會期，鴉片戰爭後至中華人民共和國成立（一九四九）爲民主主義期。㉗馬克思認爲社會底層結構改變，就會產生不同的表面結構（superstructure）。中國社會結構自上古至清中葉屬於封建制度，作爲表面結構一份子的文學批評，當然可以納爲一個模式。撇開社會結構而單就文學批評史的分期來說，這個分期的意義不大，因爲郭氏不外巧立名目，把上古、中古和近古三期

㉖ 同上。

㉗ 參考《理論史》，頁九。

並稱爲封建社會期而已。此外，這樣分期對文學批評本身的發展缺乏啓發作用。雖然如此，郭氏在兩大期內的細期劃分，卻值得討論。

（一）封建社會期

1. 春秋戰國
2. 秦漢
3. 魏晉南北朝
4. 隋唐五代
5. 北宋
6. 南宋金元
7. 明代
8. 明清之際與清中葉以前

（二）民主主義期

1. 舊民主主義革命時期：由鴉片戰爭到五四運動。
2. 新民主主義革命時期：從五四運動至中華人民共和國成立。[28]

---

[28] 同上。至於分期內容，因爲篇幅所限，不作摘錄。

郭氏指出，這套分期，兼顧了文藝理論的獨立性與聯繫性，而且參酌了文學史和哲學史的分期，再與社會發展的情況相結合而成。[29]但是除了「封建社會」及「民主主義」兩個聯繫因素外，我們就找不到任何文藝理論的聯繫性。仔細觀察下，我們更加看到這套分期與一般朝代分期沒有多少出入。按照馬克思的文藝理論，如果底層結構改變，則表面結構也相應地變更。每一朝代之更替，或多或少會撼動底層結構，那麼，朝代分期不就可以自圓其說嗎？筆者不擬在此批評馬克思文藝理論，但是以朝代分期確實有毛病，前面已提得很多，現不再贅述。

三、〈中國文學批評史的分期問題〉一文提供的意見

上面所述，是郭紹虞從一九三四年至一九五九年間對文學批評史的意見。過了二十年後，郭氏又發表了〈中國文學批評史的分期問題〉這篇論文，把中國文學批評史分爲十個時期：

(一)創始時期：周朝到戰國
(二)文勝第一期：秦到漢
(三)文勝第二期：從三國到南北朝
(四)質勝第一期：隋唐

---

[29]《理論史》，頁九。

(五)質勝第二期：五代至宋

(六)語言型的文學的開始：金元

(七)資本主義萌芽第一期：明

(八)資本主義萌芽第二期：清代鴉片戰爭之前

(九)近代上：鴉片戰爭到辛亥革命

(十)近代下：辛亥革命到解放之前[30]

這個十分法，基本上是結合了《批評史甲》和《理論史》所提出的分期體系而成。我們暫且把十期分爲兩組，第一組包括第一至六期，第二組則包括第七至十期。第一組的期目，除「語言型的文學的開始」一目外，以文學批評的風氣爲分期原則，其實脫胎自《批評史甲》內三分期的首兩期。第二組則以社會結構爲分期標準，脫胎自《理論史》的分期體系；不過，其中近代的分期，似乎過於側重歷史發展，忽略了批評理論的發展，尤其是「近代下」一期，只談歷史，[31]簡直是捨本逐末，不免令人有點失望。但話得說回來，他這次的分期，已算得上「縱」「橫」兼備，頗能符合理想。

---

[30] 參考〈中國文學批評史的分期問題〉，詳[11]。

[31] 同上，頁二七。

(三) 羅根澤的分期理論

羅根澤的《中國文學批評史》，年限自先秦到宋代，按朝代敍述，並沒有討論到分期問題。但羅氏在講課時，曾發表過他對分期的意見，現引述如下：

1. 周秦——實用主義的分立期
2. 兩漢——實用主義的混合期或集成期
3. 魏晉六朝——緣情的唯美期
4. 隋唐——貫道期
5. 晚唐五代——緣情第二期
6. 兩宋——載道期
7. 元明——緣情第三期
8. 清代——載道第二期
9. 五四前後——緣情的資產階級的羅曼期
10. 民二十年後——載道的社會主義寫實期[32]

---

[32] 羅根澤的講義，已無從稽考，這裏的資料，依據熊鵬標：〈有關中國文學批評史的分期問題〉，頁六三至六四引。

驟眼看來，這個分期仍以朝代劃分，與郭紹虞在《理論史》內採用的方法沒有差別。如細心分析，卻發覺羅氏的分期說，雖以朝代劃分，但分期的標準還是落在文學批評理論上，而郭氏則以社會結構為標準，故面貌相似，而實質相異了。其次，羅根澤以「實用主義」、「緣情」、「載道」和「貫道」等文評理論來聯繫清朝之前的文學批評，故比一般以朝代分期敍述的文學批評史更有意義。可惜，羅氏所採用的「情」、「道」等標準太過浮泛，不能道出批評界的全面發展。就如本文第一節指出，唐之後，文學批評產生詩文二分的現象，羅氏《中國文學批評史》也說：

> 從社會政治上看來，初盛唐是以「文」治天下，以「詩」飾太平的。唯其以文治天下，所以文須簡易載道；唯其以詩飾太平，所謂詩須綺靡緣情。從心理上看來：心理有理智，亦有情感；理智的建設是「道」，情感的需要是「情」；「道」的形式要簡易，「情」的形式要綺靡：所以一方面要提倡簡易載道之文，一方面提倡綺靡緣情的詩。㉝

這樣的詩文分途發展的現象，在盛唐之後，情形大致也相去不遠。故此，在兩宋間，卽羅氏所謂「載道期」，在評論文章時，無疑着眼於「載道」，但在詩壇方面，如影響深遠的黃庭堅（一〇四五—一一〇五）及江西詩派和嚴羽的《滄浪詩話》，卻主張「緣情」。所以「載道」一詞，似乎

㉝ 羅根澤：《中國文學批評史》（上海：古典文學出版社，一九五八），第一册，頁二一一。

比較適合文章方面，不宜應用於詩詞。事實上，自唐之後，詩論多專注於藝術技巧和美學上面，「情動於中而形於言」的「緣情」觀念，「是道學家與詩人所共守的信條」，[34]不再引起爭論。至於詩應否載道這個問題，無疑也有人提出討論，但無論從影響力與數量來看，已屬次要。錢鍾書（一九一〇—？）在〈中國詩與中國畫〉一文指出：「我們常說中國古代文評裏有對立的兩派，一派要『載道』，一派要『言志』。事實上，在中國舊傳統裏，『文以載道』和『詩以言志』只規定各別文體的功能，並非概論『文學』。『文』指散文或『古文』而言，以區別於『詩』、『詞』。這兩句話看來針鋒相對，而實則水米無干，……。因此，同一個作家可以『文載道』，以『詩言志』，以『詩餘』的詞來『言』詩裏『言』不得的『志』。」[35]所以，「緣情」和「載道」兩派在中國文學批評史上雖然佔有很重要地位，但以兩者的消長來解釋中國文學批評史的發展，還有不盡善之處。

（四）熊鵬標對文學批評史分期的意見

[34]《批評史甲》，上冊，頁四二三。

[35]〈中國詩與中國畫〉，原載《開明書店二十周年紀念文集》，茲據錢鍾書：《舊文四篇》（上海：古籍出版社，一九七九），頁四。

熊鵬標在〈關於中國文學批評史的分期問題〉中，總結了前人對文學史和文學批評史分期的意見，而提出自己的理論。他以為一般學者「總把分期的基點，不是引到文學本身的變遷，就歸到社會經濟的轉移上去求解說」。他特別贊成「周作人（一八八四—一九六七）與羅根澤兩先生的『情』『志』起伏潮流時代的分配，以及葉青和許傳先生的，從經濟變動指示文學變動的路向」。㊱熊氏於是採取「溶合應用」的態度，列出以下的中國文學批評史的分期表：

第一編　古代奴隸經濟時代——西周至漢武

1. 北方質直尚用的文學觀
2. 南方虛玄情化的文學觀
3. 南北合流的茁苗期

第二編　中世變種的封建經濟時代——漢武至清道（光）

1. 尚用畸形發展期——西漢
2. 緣情唯美期——魏晉南朝
3. 簡樸古文運動茁苗期——北朝
4. 貫道期——隋唐

㊱ 同❶，頁六七。

5. 文質折衷及格律獨尚期——晚唐五代
6. 載道期——兩宋
7. 緣情清麗期——元
8. 載道理學期——明
9. 緣情幽默期——明末
10. 道文溶合期——清

第三編　近代殖民地的資本主義時代——鴉片戰爭以後
1. 資產階級的羅曼期——五四前後
2. 社會主義的寫實期——民十八前後㊲

他依據社會經濟結構的改變，分中國文學批評史爲三大期，卽表內的第一、第二和第三編。以社會經濟結構分期本來是沒有任何問題的，但作者並不能道出不同的社會經濟，對批評界有甚麼不同的影響，那麼，所謂文學批評史分期與其他歷史分期又有何分別呢？這樣，無論哲學史、文學史、交通史、科學史、經濟史也可以套入這三期中了。其次，熊氏所用的期目，也值得商榷。例如第二編第一章，稱西漢爲「尚用畸形發展期」，「畸形」兩字，以主觀眼光衡量古人，似乎不

㊲ 同❶，頁六七至六八。原表每一編內，以「章」爲期目。而筆者爲了方便起見，摘錄時只以數字代替。

大公道。其他如第二編第九章「緣情幽默期」，第三編第一章「資產階級的羅曼期」等都過於玄虛，有巧立名目之嫌。至於第二編第八章稱明朝為「載道理學期」，與羅根澤稱為「緣情期」恰好相反，顯見所謂「緣情」或「載道」，往往因觀點角度不同，而有相反的結論。所以，在中國文學批評史上，「緣情」和「載道」無疑是兩條主線，但二者有時此起彼落，有時又並行不悖，關係繞纏不清，所以也決不是理想的分期標準。

(五) 結論

正如熊鵬標說，一般治中國文學批評史分期的學者，「總把分期的基點，不是引到文學本身的變遷，就歸到社會經濟的移轉上去求解說」。既然是研究文學批評，文學批評史分期當然要以文學批評本身的發展為基礎，其他哲學、文學或社會經濟狀況，只宜作補充參考，不應喧賓奪主，視作最終標準。總結上述幾種分期體系，筆者以為郭氏《批評史甲》內的分期較合理想，因為郭氏用文學觀念的演變來分期，不但避開了「詩」「文」二分的麻煩，而且也可以容納「緣情」和「載道」兩者的起伏。

參取各種分期方法的優點，筆者自擬了中國文學批評史分期表，現詳列如下：

(一)正統文學批評觀念奠定期：先秦至五代

1. 先秦
2. 兩漢
3. 魏晉南北朝
4. 隋唐五代

(二)文學批評理論建立期：北宋至清中葉

1. 北宋
2. 南宋金元
3. 明
4. 清（至鴉片戰爭）

(三)現代文學批評期

1. 鴉片戰爭至一九四九年
2. 一九四九年至現在

這套分期體系，主要是依照郭紹虞的幾種分期意見爲基礎。第一期以正統文學觀念的演進爲劃分標準。先秦期間，文學與學術觀念不分，所以當時所謂「文學批評」的對象，也包括一切學術，甚至文物制度。不過，詩文的分道揚鑣，也開始建立雛型。正如羅根澤指出，孔子（前五五一——前四七九）說：「詩可以興，可以觀，可以羣，可以怨」，「自有『情』的傾向。文呢，他釋爲

『敏而好學，不恥下問』，顯然與『詩』不同。」㊳兩漢之際，有所謂「文章」和「文學」的分別。把有學術意義的「文學」與詞章一類的「文章」分開，而且開始重視形式，但是基本上仍是尙用多於尙文。到了魏晉南北朝，文學的觀念更加清晰，而且還有文體分類的觀念，分類之餘，又以一種特定風格冠以每一體類。如曹丕（一八七—二二六）〈典論論文〉所謂：「奏議宜雅，書論宜理，銘誄尙實，詩賦欲麗」；㊴又如陸機（二六一—三〇三）〈文賦〉所說：「詩緣情而綺靡，賦體物而瀏亮」；㊵都是明顯的例子。至此，中國的文學觀念與文學批評才正式確立。此外，又有所謂「文」「筆」之分。「文」是美感的、感情的文學；「筆」是應用的理知的文學。文學批評經過魏晉六朝後，到了隋唐五代又產生了一次大轉變，文學批評家「由於過份強調了思想性，不免忽視了文學的相對獨立性，於是以文體中一部份的『文』代替了『文學』，使以後的文學只發展了正統文學中的詩文二體」。㊶自此，正統文學批評的對象，只有詩文兩種而已。

㊳同㉝。

㊴見蕭統（五〇一—五三一）：《文選》，卷五二，〈論〉二（北京：中華書局，一九七七年），下册，頁七二〇。

㊵同上，卷一七，〈賦〉壬，〈論文〉，上册，頁二四一。

㊶《理論史》，頁一一。

「文學批評理論系統建立期」的劃分，卻以文評理論系統建立的不同面貌爲標準。北宋承繼唐代的詩文批評風氣，在文方面，確立了載道的觀念；而在詩方面，也建立了詩話的批評傳統。北宋詩人如蘇軾(一〇三七—一一〇一)、黃庭堅等，開拓了很多詩學理論，留待後人繼續發掘。南宋之際，無論是詩論或文論者，都希望建立一個完備的理論體系，但始終不能脫離古人的窠臼。不過，宋朝之後，詩文評都多在藝術手法方面發展，但往往因觀念不同，便產生固執一隅的美學及技巧理論，尤以明朝最爲顯著。清朝乃集大成期，除了藝術方面的探討外，以前談過的實用、載道等理論也得到空前的大融洽發展。[42]

至於現代文學批評，主要是西方文學理論傳入所產生的衝擊，文學批評的觀念由正統的詩文，變成散文、小說、戲曲和詩歌多種，而且西方的文藝主義，也由留學生介紹到中國來，產生百花齊放的現象。但自從一九四九年以來，中國文學批評分國內國外兩途發展。在中國大陸上，文學批評只有一個標準，就是馬克思、毛澤東（一八九三—一九七六）的文藝理論，但最近也似有轉變。海外方面，則仍繼續多元性的發展，而且受西方的影響愈來愈深。

在結束本文之前，筆者希望特別聲明一下，就是中國文學批評史根本沒有絕對沒有問題的分

---

[42] 筆者在本文第二節於批評《批評史乙》的分期時，也曾指出郭紹虞將北宋與南宋以降歸爲近古期有不妥善的地方。當時筆者只就《批評史乙》中理論的破綻，加以批評，而並不代表筆者自己的意見，故與這裏的分期並無牴觸。

期標準或分期體系。因為這些東西，不外屬於觀念上的一些系統，也並非實際存在的。故此每一位學者，都有發表他的意見的權利，讀者就只能心平氣和地用客觀的態度去品評其中優劣，從而找出一個較為理想的體系。所以，中國文學批評史的分期，仍是一塊處女地，有待大家繼續開發。

粵劇的悲情與橋段

——《帝女花》分析

唐滌生是香港著名的粵劇作家。據統計，他一生至少撰寫過一百三十個劇本，佔現時所知粵劇劇本總數百分之一強（頁二二六）。❶唐氏能在短短十四年間寫出超過一百三十個劇本，不但可見他熱愛編寫粵劇，而且有無比的毅力和過人的天分。而他後期的作品，如《帝女花》、《紫釵記》、《牡丹亭》等更膾炙人口，無數次被搬上舞臺、銀幕，甚至螢光幕上。不過，香港的粵劇一向不受學院派的文人重視，而且不能在香港文壇上爭得一席位。筆者所以討論唐滌生的粵劇《帝女花》的目的是希望喚起文學界對香港粵劇的興趣和重視。因為在它們中，不乏饒有文學趣味和價值的作品。

❶ 本文徵引資料，大多數從葉紹德編：《唐滌生戲曲欣賞》（香港：香港周刊出版有限公司，一九八六）一書而來，為避免重複，所有引文後只用括號及頁數表示出處，不另加注。

在一九五七年六月，「仙鳳鳴」劇團第一次在香港利舞臺演出《帝女花》。由任劍輝、白雪仙、梁醒波和靚次伯等老倌擔綱演出。可是當時的反應不熱烈，票房收入平平。次年，《帝女花》一劇被攝製成爲彩色電影，由原班紅伶演出，但賣座仍不理想。直至一九六〇年，「仙鳳鳴」劇團爲了紀念唐滌生，把《帝女花》全劇灌錄成爲唱片，《帝女花》一劇才吐氣揚眉，成爲家傳戶曉的名劇。其中一首主題曲「香夭」甚至名列英文電臺的流行榜（頁一一一至一一二）。

《帝女花》描寫明末崇禎皇帝的家庭悲劇。「悲劇」（tragedy）的定義，西方學者歷來衆說紛紜，莫衷一是。但在二十世紀以前，西方的悲劇的故事主題都離不開一個偉大人物或王侯貴族，因爲性格上的缺點或犯了錯誤，而導致身敗名裂、家破人亡的悲慘下場；同時他所以犯錯，或多或少與命運有關。❷從主題來看，《帝女花》與上述的悲劇主題有相類的地方。由於崇禎皇帝爲一國之君，他個人家庭的興亡，亦卽是整個國家的興亡，這是讀《帝女花》要注意的第一點。

《帝女花》的第一場「樹盟」描寫宮主招婿。表面上這是喜事，卻有山雨欲來的感覺。昭仁宮主上場說「愁雲戰霧罩南天，偏是鳳臺設下求凰酒」，就隱約道出喜事背後的危機。當時李自成的大軍正圍困北京城，明朝國運岌岌可危；而長平宮主也自白說：「我本無求凰之心，怎奈父

❷ 參考 "Tragedy" in C. Hugh Holman, ed., *A Handbook to Literature*, 3rd ed. (Indianapolis: The Odyssey Press, 1977), pp. 531-533.

王有催粧之意」（頁二三），崇禎爲什麼選擇這個多事之秋來替女兒招婿呢？筆者認爲，崇禎此舉，可能與俗人以婚事沖喜的迷信相似。然而願望終歸是願望，蔓延全國的戰亂，不但不可能由一次婚姻而獲得平定，反而令婚姻因國破而受到影響。結果在第二場，長平和世顯就因爲李自成大軍攻入皇城而慘遭拆散。現就劇情詳細分析。

第一場開幕由昭仁宮主上臺。她首先簡介故事的背景，也間接透露了長平宮主的性格。接着長平出場，從姐妹二人的對話中，更可見長平是一個氣概勝男兒的女中丈夫。這樣，無形中製造了一點緊張的氣氛，令觀衆爲周世顯擔心，不知他如何向長平求婚。果然，當世顯叩見時，長平不但不屑一顧，還斥責他「折腰求鳳侶」，有辱男兒膝下的黃金。幸好世顯並沒有被宮主的威儀嚇倒，而且不甘示弱，用凌厲的詞鋒與她舌戰，顯出他的才華勝過宮主，於是他便赢得宮主垂青。

嚴格來說，二人短短的對答就使長平傾慕世顯和決心下嫁，實在不能令人信服。不過，一見鍾情，自古有之，而且從戲劇效果來說，也不容許他們慢慢發展感情。其次，到劇終時，我們知道長平與世顯是貶謫下凡的金童玉女。因此，兩人一見就訂盟，無疑是天意的安排。事實上，天意這個主題，在長平選中世顯後，透過行雷閃電和大風吹熄彩燈兩事已經表現出來。當時昭仁宮主就指出這是不祥之兆，暗示兩人命中注定不能有美滿的婚姻。儘管兩人同時表示不畏懼，但二人的決心怎能改變上天的安排呢？在第一場終結時，長平說出「離合悲歡天注定」的話（頁二七），就更肯定天意和命運的不可拒抗，同時向人預告下面一場人力和天意對抗的角力賽，十居其九會由天意勝出。此外，第一場頗有文學技巧，世顯唱：「天上有金童玉女，人間亦有鳳侶鸞儔」（頁二五）；和長平說「就算我日後共駙馬雙雙死於含樟樹下」（頁二七），都是「戲劇反諷」（dramatic irony），而且他們的預言在第六場一一實現。這些「戲劇反諷」的運用，使全劇收到首尾呼應的效果。

第二場「香劫」的開幕是崇禎帝后出場。崇禎首先慨嘆國勢頹唐與文武百官庸碌無能。葉紹德指出，「養文官，帷幄嘆無謀；豢武夫，沙場難勇猛」（頁三一）一句，「唱出崇禎的性格，他不怨自己多疑忌才，反怪文武百官無用，眞是好句」（頁二八）。葉氏的觀點值得商榷。因爲我們討論劇中崇禎的性格，應該忠於劇本，不應心存歷史上崇禎的形象去立論。崇禎的角色，除在第一場被暗示希望藉長平的婚事改變國運而迹近迷信外，我們對他一無所知。等到後來周后說無事可爲，尚能苟安，而引發崇禎說出一番話，唐氏對崇禎的貶意，才開始明朗起來。崇禎說：「孤王平生所愛嘅，就係一個年方十五嘅長平宮主」（頁三二），後來長平也說：「父王一生仁慈，對我姐妹之間獨存偏愛」（頁四六），都可反映崇禎沒有重男輕女的觀念。崇禎對女兒的偏愛，在傳統社會裏並不多見，而且不被認同。明人凌濛初的《二刻拍案驚奇》卷二十六〈懵教官愛女不受報，窮庠生助師得令終〉，就是說懵教官高愚溪無子，又寵愛三個女兒，把自己的錢財房產分給出嫁的女兒，而不按照宗法制度傳給姪兒高文明。最後被三個女兒拋棄，而自己幾乎要自盡。[3]從血源的關係來看，女兒比姪兒親；但從宗法的角度，出嫁的女兒不能跟姪兒相比。由於高愚溪違背了宗法，於是被描述有不好的下場。用同一觀點去看《帝女花》，崇禎偏愛女兒，也違反了傳統的宗法制度，所以不是一個明君。後來清帝軟禁太子，要安撫長平宮主來表示優待明室，長平就用中國倫常的規條，批評清帝不應「重女薄兒郎」，迫使他釋放在囚的太子。戲劇不同小說，不容作者自白來發抒己見，劇作家只能借劇中人物的說話來寄寓褒貶的目的。

從世顯和崇禎初次見面時的對話，可看出崇禎先重文輕武；到了北京城被困，又轉變爲重武輕文。賢君必須文武並重，所以崇禎不單治家無度（偏愛女兒），而且治國無方（重文輕武）。至於作者對崇禎的正面譴責，是借昭仁之口而出的。昭仁被崇禎誤刺重傷，臨終時批評父親「世上虎豹豺狼亦不反噬其親」（頁四五），暗示崇禎連兇殘的野獸都不如。又「朝代易主，代代皆然。我地先祖洪武皇帝開國嘅時候，何嘗見順帝先弑其母，後殺其女呢」（頁四六），便是斥崇禎不僅不及前代亡國之君，就是蠻夷之君元順帝也比不上。昭仁宮主死時最多不過十四歲，又身負劍傷，不應有這樣精警的說話。顯然，這是作者乘機貶斥崇禎的手段。有過昭仁的說話，後來聽到崇禎說「孤王要登高山謝民愛」（頁四八）時，作者反諷的意味，更溢於言表，亦反映崇禎

③ 參考周英雄：〈懵教官與李爾王〉，《結構主義與中國文學》（臺北：東大圖書有限公司，一九八三年），頁一七五至二〇四。

故步自封，自我陶醉，至死而不悟。

崇禎之死，正合上文所提到的西方悲劇主題的模式。崇禎貴爲一國之君，屢次犯錯，卻不知檢討，反而推卸責任，弄到家破人亡，可謂罪有應得。但崇禎不過是配角，他的悲劇只是劇中的旁枝，本劇的主角是世顯和長平二人。

由於崇禎要賜死長平，於是產生了長平和世顯在殿上難捨難分的場面。雖然面臨社會大亂，世顯仍要和長平結爲夫婦，反而長平一心求死。長平此舉，無疑是爲全忠盡孝，完成父皇的願望。但她說：「俗話精忠報國重千斤，又怎料兒女柔情重千擔」（頁四三），到底還是重視兒女情，多於精忠報國。接着而來的劇情都是圍繞着「忠」與「愛」之間的矛盾而發展的。長平和世顯二人的悲劇，就在於忠和愛不能並存，必須捨棄其一而形成的。在以後的劇情中，長平對「忠」和「愛」之間的矛盾的態度，始終是重愛多於重忠。世顯在這一場裏對忠的態度十分隱晦，但到了後來，我們才發現他事事以忠爲先，還一路指引長平走上盡忠的道路。從這個角度來看，劇中的第一主角應該是世顯，不是長平宮主。

第二場的結束是給崇禎斬傷的長平，被周鍾救回家中，爲長平和世顯的一對苦命鴛鴦帶來復合的一線希望。而第三場「乞屍」的開端，由周鍾的兒子寶倫敍述清室有平定河山的希望。接着周氏父子商議如何利用長平宮主來換取新朝祿俸。雖然他們此舉有負舊朝，但也表示他們希望重整周家的秩序。其實在朝代更替的時候，遺民舊臣處於進退維谷的處境，除殉國外，爲個人的生計，爲家庭的命運，或爲拯救黎民百姓，許多人都出仕新朝，而且輿論也不完全苛責他們。[4]周氏父子雖然不算得是正義的人物，但也不是大奸大惡。至少在明末亡時，他們曾經忠心爲國；而後來他們亦因宮主和駙馬的殉國而棄官回鄉。可見唐氏對他們的變節，是略帶點同情的。

周氏父子商量出賣長平的事，剛巧被長平和瑞蘭暗中聽到。於是長平採用移花接木之計，假托夭亡而避世於維摩庵。後來世顯到周家乞屍，以爲宮主已死，要爲她自殺殉情時，瑞蘭提醒他「先帝遺骸尚停於茶庵之內」（頁六十），除了他，無人會去哭祭，把「忠」的責任放在世顯身上，可說與第二場長平所提及的全忠盡愛的矛盾相呼應，也爲世顯和長平二人最後爲使先帝遺體葬入皇陵而犧牲愛情和生命寫下伏筆。

第四場「庵遇」的時間離上場結束一年。長平在拾取山柴的時候，沿途唱出自己對生無可戀，不希望破鏡重圓，只想能夠借死避世。接着世顯上場，透露帝后的遺骸尚未入葬皇陵，與上場結束時瑞蘭所指他有下葬帝后的責任互爲表裏，同時也表明他一直記掛着忠君的責任。而這個責任，無形中在二人的愛情路露出曙光時，投下一個陰影。兩人相遇後，一個欲試探，另一個欲隱藏身世，從相拒以至相認，仍是圍繞在「忠」、「愛」之間的矛盾而發展的。長平宮主說：

---

[4] 參看家兄冠彪：〈論明遺民之出處〉，載陳炳良等編：《馮平山圖書館金禧紀念論文集》（香港：香港大學馮平山圖書館，一九八二年），頁二七七至三〇八。

「君父賜我別塵寰，若再回生，豈不是招人話柄」（頁七四），就是站在「盡忠」的一面。世顯則用愛去感動宮主與他相認。他首先用父女情，再用兒女情（金童玉女及樂昌宮主與徐駙馬破鏡重圓），繼而恐嚇（「我別後，你病染相思症」〔頁七四〕），企圖迫使長平宮主就範，但都一一失敗了。雖然後來以死相逼，迫使宮主不得不和他相認，但仍舊未能說服宮主離開庵堂。最後還是以「你淸修縱可成仙佛，可憐先帝桐棺尚未入葬皇陵」的忠孝思想，才能打動宮主的心，使她覺悟「孝女未應長養靜」（頁七五）。

這一次，「忠」和「愛」的相爭中，「忠」的觀念顯然是勝過「愛」的感情，儘管世顯利用「忠」來取得「愛」，但他在同一場先後兩次提起先帝未下葬的事，可見他對此事極爲重視。而且這也是作者的悉心安排，否則萬般痴情的周世顯既得宮主答應跟他再續前緣，又千叮萬囑他不要洩露她的行踪，但在遇到周鍾，獲悉淸帝正找尋宮主的下落後，竟將計就計，把愛情作爲賭注，佯作投降淸室，爭取把先帝下葬，便顯得不合情理了。周鍾的出現，令得劇情峯迴路轉。觀衆剛爲世顯和長平二人和好而高興，現在卻見到世顯好像有意降淸，未免感到目眩心惑。不過細心的觀衆從他下臺前說出「個中自有玄機在，誰慕新恩負舊情」（頁八一）兩句話，自然會想到他另有隱衷。

世顯在第五場「上表」出場時唱的《七字淸》詞中有「似是仁慈淸世祖」一句，後來因爲有人指出世祖乃順治帝福臨死後的廟號，不能用於生前，於是在一九六八年「仙鳳鳴」重演「帝女花」時，便把這句改爲「清帝懷柔排圈套」（頁八二）。然而這個改動仍未圓滿，因爲在滿清入關時，順治只有七歲，由叔父多爾袞攝政，多爾袞當時亦只有三十三歲。《帝女花》劇中清帝一角卻是由靚次伯以成人身分演出，實與歷史不符。如果把這個角色改爲攝政王多爾袞，旣合乎史事，亦不會影響故事情節，唐氏未留意及此，實有小疵。

在第四場中，長平宮主雖然被世顯以「忠」的感召重返塵世，但當她回心轉意後，一心只想着「愛」。在第五場中，當她到「紫玉山房」時，儘管羞人答答否定瑞蘭「你是否想趁今夜明月當空，與駙馬重諧鴛譜」（頁八六）的一問，卻任由瑞蘭爲她安排合歡宴和粧身爲新娘，顯見她春心已動，把亡父尚未安葬和命她殉國兩事拋諸腦後。在這一場中，沉醉在甜蜜愛情中的長平，再次被世顯喚醒，再次把「忠」（卽葬先皇和救在囚的太子）的責任加諸在她的身上。

當世顯和周鍾及十二宮娥同時出現在「紫玉山房」時，長平難免誤會世顯貪慕榮華富貴而出賣自己，加上世顯爲博取周鍾及喬裝宮娥的清帝心腹的信心，一味扮作趨炎附勢的模樣，兩人的誤會就更深了。在「上表」中，世顯和長平，一個咄咄相逼，一個極力掩飾內心的痛苦而強顏歡笑，與「庵遇」裏一個試探，一個隱瞞的場面互相對應，而且同樣扣人心弦。

《帝女花》雖以女主角命名，但除了第一場長平的重要性似乎勝於世顯，（但世顯能不爲宮主的威嚴所動，已顯出他的不凡），以後的情節，世顯一直凌駕在宮主之上，甚至支配着宮主的發展。自「庵遇」一場後，上述主動和被動的關係更爲明顯。如設計利用周鍾父子的是他，與清帝正面週旋的又是他，教導宮主上表清帝的又是他，安排仰藥於含樟樹下的又是他，在殿上叫宮主放聲大哭迫使清帝就範的也是他；而宮主好像是他的扯線木偶，完全受他的指揮。作者把世顯放在主導地位，與他在前段用中國傳統的宗法思想批評崇禎重女輕男的觀點是一致的，也反映出作者本人的男尊女卑的思想。在這一場中，世顯的裝傻扮懵，不單騙倒周鍾和清室的心腹，而且也瞞過長平。其次，長平知道世顯的上表必然凶多吉少，不禁在周氏父子面前「灑淚暗牽袍」（頁九五），險露馬腳；幸好世顯處變不驚，化解了衆人的懷疑。明顯地，作者把世顯描寫成爲劇中的英雄（hero）。因此《帝女花》的第一主角是世顯而不是長平。第一場周鍾說：「皇有事必與帝女謀，有取求必依長平奏；寵之若明珠，羣臣皆低首」（頁二四），現在相較之下，世顯和長平二人的優劣互見，所以作者不必用一字一句直接歌頌世顯，而世顯的勇謀活靈活現。無疑，崇禎偏愛長平確是錯誤了，他實在沒有知人善任之明。

「香夭」開始時清帝以崇禎偏愛長平爲藉口，爲長平和世顯配婚。在唐滌生筆下，清帝是一個自滿、自以爲是，又無計無謀的狂妄之徒。當他一見世顯上殿，就以爲對方已經上釣，急不及待地洋洋自得說：「試問歷代興亡，有幾多個新君肯體恤前朝帝女呢？我想知道當長平見到香車迎接嘅時候，一定會覺得喜從天降。」（頁一〇一）世顯便藉此直言宮主所憂慮的，「乃是驚王上借帝女沽名釣譽，騙取民安。」（頁一〇一），清帝可謂自招其辱了。於是清帝老羞成怒，以殿後有「刀光和斧杖」（頁一〇二）威脅世顯，再一次自露其醜。按理清室若以自己爲正統，斷不會不把前朝末代皇帝葬入皇陵，況且崇禎之死又與清朝無關。在歷史上，多爾袞入北京後，立刻爲崇禎發喪，以慰輿情，令臣民服喪三日，著禮部太常寺以禮改葬，加諡稱「莊烈愍皇帝」，陵稱「思陵」，❺所以，這樣的劇情並不合理。後來清帝聽到世顯朗誦宮主表章中「（不能）重女薄兒郎」、「父不能居女後」等中國倫理規條，就自怨自艾說「帝女機謀比我強」，也實在牽強，不能令人信服。作者把開基創業的清帝描寫得這樣昏憒，除了要突出世顯和長平的過人之處，也許因爲民族意識在作祟吧。至於是否鑑於當時粵劇觀衆的知識水平不高（詳下文），而作這樣的處理，則不得而知了。無論如何，從文學角度或戲劇效果來說，把一統山河的霸主描寫得這般單純和胡塗，實在是敗筆。

本來，按照作者的安排，《帝女花》的結局，可以清帝允准長平所奏，下令把崇禎帝后葬於皇陵，並釋放在囚的太子；接着以宮主和駙馬拜堂及仰藥自殺作結幕，已經十分完整。但作者似乎爲了加強女主角的戲份，加插了宮主在殿上一哭一笑的情節，既牽強又不合情理，令到整場的邏輯和完整性蒙上汚點，使人感到可惜。這個情節就是本已昏庸的清帝，更加胡塗地企圖採取拖延的手法，誘騙宮主上殿，而希望不履行諾言。清帝的想法實在幼稚。試想縱使他能成功欺騙駙馬和宮主入朝受封，但如果不履行安葬先帝和釋放太子的承諾，遺民會不會單單爲了駙馬和宮主

---

❺ 參蕭一山：《清代通史》（臺北：臺灣商務印書館，一九六四年），册一，頁二八〇。

的關係而歸順呢？何況此舉更會令人覺得他言而無信。就算我們同意由於清帝昏憒才有這樣幼稚的想法，但到了宮主上殿，他竟然因爲害怕宮主在殿上大哭而履行諾言，未免太過牽強了。這樣的情節，可能是想加強宮主的影響力和重要性，一方面用來平衡她一路受世顯支配，另一方面也可以回應《帝女花》的劇名，但顧此失彼，故事的說服力無疑受到破壞了。

其實《帝女花》的結局，除刪去宮主在殿上大哭一段外，可以把清帝（或多爾袞）也描寫成一個精明而奸詐的人物，配合他的開國之主的身分。他用安葬崇禎爲餌，邀請長平和世顯回朝跟太子共同主持葬禮，藉此施行懷柔手段。二人既志切於全忠盡孝，明知是陷阱，仍將計就計，自投羅網。而當落葬完畢後，再接月華殿含樟樹下仰藥自殺一幕，相信會更理想。

宮主和駙馬死後，兩人的靈魂回到觀音身邊，再由清帝仰天長嘆，直指兩人的前身乃金童玉女，與第一場和第四場的金童玉女主題呼應。葉紹德指出，唐滌生在一九五七年時，爲了順應觀衆的水平，因此把男女主角描寫成爲天上的金童玉女。到了一九六八年重演《帝女花》時，金童玉女的結束被取消了，而淸帝最後一句話也變成「彩鳳釵鸞同殉國，忠魂烈魄永留芳」。他認爲當時因爲觀衆的知識水平已有進步，所以改爲歌頌男女主角殉國之烈（頁九八）。這個改動不知是否唐氏本意，但是，儘管劇中的迷信成分被刪去，卻因而破壞了劇中金童玉女主題的連貫性，及人力與命運鬪爭的張力（tension）。從整個劇的情節發展來看，原來的結局，雖帶點神怪色彩，但能使全劇首尾銜接，較爲可取。後來的改動，減低了「天意」在劇中的地位。可是，第一場彩燈被風吹熄，和長平所說「離合悲歡天注定」，以及第六場清帝說「想一國興亡，半皆天意」（頁一〇〇）等伏筆，變成有頭無腳，使劇情欠缺完整。

其實，保持原來結局，並沒有減低男女主角殉國之烈。因爲兩人的計劃，都是經過深思熟慮和權衡輕重才決定的。他們的悲劇，是爲了盡忠而犧牲愛情，與他們前生是否金童玉女無關。所以他們的金童玉女身分不但沒有減弱全劇的悲劇力量，反能不落傳統中國悲劇結局苦盡甘來的俗套。因此，如果要把《帝女花》改得更加接近人的悲劇，則除改動結局外，還要剔除前面一切有關迷信的情節，否則便有非驢非馬和前後不能呼應的弊病。

總括來說，《帝女花》不但是一齣出色的悲劇，而且是粵劇中罕有的佳作。上文所說劇中的缺點，不外是大醇小疵，不礙全劇的價值。同時唐滌生編撰粵劇的成就，應該受到重視。希望唐氏其他有價值的劇本能陸續出版，使廣大粵劇愛好者，能夠好整以暇，慢慢欣賞他的作品。筆者也希望文學界對香港粵劇也多加關注，使珍貴的作品不致沉淪淹沒，無人問津。

從《張鼎智勘魔合羅》看「平反公案劇」的結構公式

(一)

在目前可見到的元代公案劇當中，孟漢卿的《張鼎智勘魔合羅》（以下簡稱《魔合羅》）是一個比較成功的作品。❶可是，歷來對《魔合羅》有興趣的學者似乎不多，有關的專題研究更是屈指可數。❷其中篇幅較長的著作當推馮明惠的〈魔合羅雜劇的欣賞〉，❸和彭鏡禧的博士論文

❶《魔合羅》現存有兩個版本，一個屬於「元刋本」系統，另一個屬於明刻「元曲選」系統。參考David Hawkes, "Reflections on Some Yuan Tsa-chu," *Asia Major*, 16(1971), pp. 78-79.

❷據馮明惠〈魔合羅雜劇的欣賞〉指出，他從未見過有關《魔合羅》的論著（《中外文學》，四卷一一期，一九七六年四月，頁一一四）。馮明惠的說法大致不誤，但這並不表示從來沒有關於這劇的研究。

《雙重的險境：七個元代公案劇的評論》。❹馮、彭二人對《魔合羅》的著眼點不同：前者從「戲劇形式」和「戲劇結構」進行討論；後者則著重於劇中的語言和角色的運用。這兩篇論著雖然對《魔合羅》一劇的內容、情節和表達技巧作過分析，可惜他們都局限於該劇本身，並沒有從一個較廣的角度，探討它與元代其他「平反公案劇」的關係。❺

如果我們把《魔合羅》放在同類的「平反公案劇」一起研究，我們不難會發現這類劇是按照一個不成文的公式寫成的。同時，劇中的角色分配也有一定的規律，不是作者的自由創作。本文的目的，就是希望透過《魔合羅》一劇來說明「平反公案劇」的結構公式，尤其是它們的情節安

（續）如❶所提及 Hawkes 的文章，便對《魔合羅》有頗為深入的討論。此外胡適（一八九一—一九六二）曾在《天津益世報・讀書週刊》發表〈魔合羅〉一文（第一期，一九三五年六月，按：作者署名「適之」）。他的文章雖然著重解釋「魔合羅」這個名詞和它的出處，但也簡單討論到《魔合羅》這個雜劇。

❸ 參❷，頁一二四至一四二。

❹ Perng Ching-hsi, *Double Jeopardy: A Critique of Seven Yuan Courtroom Dramas*, Michigan Paper in Chinese Studies, No. 35 (Ann Arbor: The Univ. of Michigan, 1978) 按：此乃作者的博士論文 "Judgement Deferred: An Intra-Genre Criticism of Yuan Drama" (The Univ. of Michigan, 1977) 改寫而成。

❺ 「平反公案劇」一詞是彭鏡禧所創的，他的靈感來自羅錦堂《現存元人雜劇本事考》一書內的元劇類目。同❹，頁一六一，註一。有關彭氏對「平反公案劇」所下的定義，參考⓬。

排與角色運用兩方面。為了證明我們所說的不是《魔合羅》個別的特性，而是一般「平反公案劇」的通例，我們會在有關部份把《魔合羅》和同類劇《感天動地竇娥冤》（以下簡稱《竇娥冤》）❻與《河南府張鼎勘頭巾》（以下簡稱《勘頭巾》）❼加以比較，以便說明。

（二）

在正式討論「平反公案劇」的結構公式之前，讓我們先界定「公案」一詞的意義。「公案」一詞的原義是判官坐堂時的桌子。在宋代則被用作一種小說體裁的名稱。❽在元代雜劇中，它又變成了「案件」的同義詞。但到了明代，劇評家卻沒有用「公案」一詞來把元雜劇

---

❻ 關漢卿的作品。本文徵引《竇娥冤》，乃據楊家駱編：《全元雜劇初編》（臺北：世界書局，一九六二），第一冊，頁一二三至一六六。

❼ 《勘頭巾》的作者是誰，至今仍是懸案。朱權（一三七八—一四四八）《太和正音譜》說是無名氏所作。孫楷弟（一九〇二—）《也是園古今雜劇考》說是孫仲章作（上海：上雜出版社，一九五三），頁三〇四至三〇五。嚴敦易（一九〇五—一九六二）《元劇斟疑》則稱為陸登善的作品（北京：中華書局，一九六〇），頁三二二至三二七。本文所引《勘頭巾》乃據《全元雜劇初編》，第八冊，頁三六九三至三七四九。

❽ 參考 George Hayden, "The Courtroom Plays in the Yuan and Early Ming Periods." *Harvard Journal of Asiatic Studies*, Vol.34(1974), pp. 193-198.

分類。❾鄭振鐸（一八九八—一九五八）大概是最先把「公案」和元雜劇拉上關係的學者。他把《錄鬼簿》內記載的十五個元劇冠以「公案劇」的名稱，並且指出「公案劇」是環繞著「擿奸發覆，洗冤雪枉」的主題而發揮的故事劇。❿海登（George Hayden）把「公案劇」翻譯成爲 courtroom drama（公堂劇），即是說劇中必然有對簿公堂的一個環節。⓫從上述兩位學者的意見可知，「公案劇」基本上是描寫一件罪案的發生，揭發，和最後在公堂上審判的三個過程。

至於所謂「平反公案劇」，則是「公案劇」的一個品種，它的特點是有兩次對簿公堂的場面：第一次的判斷，必然是冤案；到第二次的審判才把原判推翻，使受害人沉冤得雪，和作姦犯科者得到法律的制裁。⓬

❾ 同❽，頁一九八至一九九。並參曾永義：〈我國戲劇形式與類別〉，《中外文學》，二卷一一期（一九七四年四月），頁一五。

❿ 詳何謙（即鄭振鐸）：〈元代「公案劇」發生的原因及其特色〉，《文學》（上海），二卷六期（一九三四年六月），頁一一七五。後收入鄭振鐸：《中國文學研究》（北京：中華書局，一九五七），頁五一一至五三四。

⓫ 同❽，頁二〇〇。

⓬ 彭鏡禧一方面把他所謂的「平反公案劇」放入 Hayden 的 courtroom drama 文類內，另一方面卻不把公堂景作爲「平反公案劇」的要素。他的定義和筆者這裏的定義大同小異，其中最大的差別是他要求劇中有兩次的審判，而不一定要有在公堂審判的場面。在彭氏的定義下，他在現存一百六十一個元雜

「平反公案劇」的情節和現代的偵探小說有相同的地方。⓭主持第二次審判的官員身負偵探的任務，進行調查工作，直到水落石出。但「平反公案劇」與一般偵探小說亦有不同。「平反公案劇」每每把罪案發生的來龍去脈，清楚明白地展示在觀衆眼前。觀衆對誰是主謀，誰是從犯，

（續）劇中找到七個「平反公案劇」的例子：《神奴兒》、《勘頭巾》、《救孝子》、《灰欄記》、《魔合羅》、《竇娥冤》、《金鳳釵》，（同❹，頁二至三）其中《金鳳釵》的兩次審判，都不是在公堂上進行的（一次在客店，另一次在法場）。所以嚴格來說，《金鳳釵》可以說是「公案劇」卻不能說是 courtroom drama；況且《金鳳釵》的情節又要比其他六個劇有顯著的差異。例如被殺的六兒與主角「受害人」趙鶚毫無關係；趙鶚不是被「主兇」李虎拉到公堂去的；做偵探的既不是官，又不是吏，而是一個店小二。彭氏最嚴重的錯誤卻不在把《金鳳釵》列爲「平反公案劇」，而在遺漏了《清廉官長勘金環》一劇。這劇不單符合彭氏的「平反公案劇」的定義，而且兩次審判都是在公堂上，進行的所以也符合本文的定義。雖然學者今天只能斷定該劇是元明之際無名氏的作品，但正如楊家駱指出，這個劇「無人能指其出於元，抑出於明，兩難歸屬」（楊氏：〈全元雜劇外編述例〉，《全元雜劇外編》，臺北：世界書局，一九六三，第一册，頁一），它是極有可能屬於元劇的。因此，我們以爲現存「平反公案劇」有七個，是彭氏所列的前六個加上《勘金環》。至於《金鳳釵》則可視爲「平反公案劇」的變體。《勘金環》一劇，收在楊家駱編：《全元雜劇外編》，第七册，頁三一三七至三一七八。

⓭ 彭鏡禧亦有相同的見解。同❹，頁三。當然，西方的偵探故事亦有從開始就揭露犯罪者的身份的例子，但這屬於偵探故事的變體，被稱爲「神秘故事」(mystery story)。參看 C. Hugh Holman, *A Handbook to Literature*, 3rd ed. (Indianapolis: The Odyssey Press, 1977) 中 "Detective story" 一條，p. 207.

誰人被寃枉等等，早已瞭如指掌，所以它們沒有偵探小說的懸疑氣氛。「平反公案劇」的觀衆的興趣，不在調查的結果，而在調查的過程。於是，犯罪者如何佈局去洗脫嫌疑，和辦案人如何抽絲剝繭，找出事實的眞相，便成爲了這類劇最引人入勝的地方。所以，上述兩個情節在一般「平反公案劇」中佔有同樣重要的席位，眞正的公堂審判反而屬於次要。

(三)

海登把「公案劇」故事的情節分爲三個階段：(1)矛盾衝突（conflict）、(2)眞相大白（revelation）、(3)結局（resolution）。[14]由於「平反公案劇」多了翻案這一個環節，故事情節上比上述三分法更爲複雜。所以筆者認爲「平反公案劇」可分爲四個階段：(1)罪案的發生、(2)第一次審判、(3)調查眞相、(4)第二次審判。（詳下文）但必須要注意，這四個階段並不一定和元雜劇的四折配合。

彭鏡禧指出「平反公案劇」有下列三種主要人物：(1)反派角色（villain）、(2)受害人（victim）、(3)兩種判官——明察秋毫的好官和不辨是非的胡塗官或貪官。[15]可是，筆者認爲這個分

---

[14] 同[8]，頁二〇七。

[15] 同[4]，頁一〇九至一四五。

類似未夠細緻。例如，反派角色就可分爲「主兇」和「幫兇」兩類；受害人可分爲「主動受害人」(active victim) 和「被動受害人」(passive victim) 兩類。此外，筆者更擬在上述三大類角色中加上「見證人」一類。「見證人」通常是丑角，出場時間不多，卻不可缺少。下面我們將以《魔合羅》爲主，《竇娥冤》和《勘頭巾》爲輔，說明「平反公案劇」中公式化的情節和角色。

首先說角色。「主動受害人」和「被動受害人」的分別，在於前者要爲他的遭遇負上部份的責任，而後者卻是無辜的。「主動受害人」如不是有一些不良的品格，就是犯了某些過失，以致「反派」乘虛而入，最後更成爲「反派」的犧牲品，甚至招致殺身之禍。「被動受害人」則純是代罪羔羊，他們本身沒有犯錯，卻由於外在的壓力，受到「主動受害人」的牽連而交上惡運。在《魔合羅》裏，「主動受害人」是李德昌，而「被動受害人」則是他的妻子劉玉娘。李德昌生性大意，沒有防人之心，又不顧妻子投訴堂弟李文道對她有不軌之心，終於遭受李文道的毒手。劉玉娘卻因爲是女流之輩，完全依賴丈夫的護蔭，自己沒有抵抗能力。結果不單丈夫被小叔毒死，還因被對方迫婚未遂，被誣下獄，險遭極刑。由此可見兩人都是李文道的受害人，但李德昌不免有點咎尤自取，劉玉娘則處於被動，所以他們分別成爲劇中的「主動」和「被動」受害人。在《竇娥冤》裏，蔡婆和竇娥分別扮演了「主動受害人」和「被動受害人」的角色。蔡婆雖是老弱婦孺，卻以放高利貸爲生，自然容易惹禍。賽盧醫就是看準了她的弱點，所以打算引誘她到荒僻的地方，把她勒死，以圖賴債。雖然蔡婆在危急的關頭給張驢兒父子救了，但她懦弱的性格，又被張氏父子抓著，成爲他們圖利的對象。反觀竇娥不但正直不阿，貞忠不移，而且毫不畏懼惡勢力的威脅，令到狡猾的張驢兒也束手無策。最後由於竇娥心存孝道，不忍年老的蔡婆受笞刑之苦，才勉強承認毒殺張驢兒父親的罪。無疑，蔡婆和竇娥雖然同時受到張驢兒的迫害，但前者對自己的被害總要負點責任，後者則屬無辜，所以她們分別成爲了劇中的「主動受害人」和「被動受害人」。

「主兇」就是受害人的主要敵人。他們通常老於世故，懂得隨機應變，所以往往在故事前半段取得絕對的優勢，但終於逃不過惡有惡報的下場。有些情形，「主兇」有「幫兇」協助他犯罪。如在《魔合羅》裏，李文道和父親李彥實分別是「主兇」和「幫兇」。李文道毒殺堂兄，多次調戲堂嫂，還乘人之危，在劉玉娘因爲丈夫突然斃命，六神無主而向他求援的時候，趁機向劉玉娘迫婚；又因爲劉玉娘義正詞嚴地拒絕了他，使他惡向膽邊生，誣陷她下獄。他的喪盡天良和有乖倫常的罪行，說明他就是劇中的「主兇」。至於李彥實，雖然沒有直接參予李文道的罪行，卻知情不報，縱容兒子文道誣告姪媳，所以屬於「幫兇」一類。至於奸詐的張驢兒和他的父親便是《竇娥冤》裏的「主兇」和「幫兇」了。

「平反公案劇」的判官，比較一般「公案劇」的判官有趣。原因是在「平反公案劇」中，眞正審理案件的人，往往是判官的屬吏，而不是判官本人。其次，第一次的判官（即是把案件弄成寃案的官），大都十分胡塗，他們審案，如果不是草草了事，就是完全依賴他們的屬吏去辦理。

在現存七個「平反公案劇」中，只有《竇娥冤》一劇例外，在第一次公堂審判是由判官自己主持；[16]其餘六個劇都是判官無能，把審判的責任交託給胥吏。至於第二次審判，除了《神奴兒》、《灰欄記》（二者都由包公主審和兼任調查案件工作）、《竇娥冤》（竇天章因爲得到女兒的鬼魂報夢而獲悉眞相）和《勘金環》（孫榮巧遇姐姐孫氏受寃枉而得知內情），負責偵查的人都不是判官本人。在中國公案文學中，判官當然會命令他的下屬協助查案，但從頭到尾他始終是偵查的主持人和策劃人。在《魔合羅》和《勘頭巾》裏，負責偵查的人是六案都孔目張鼎。[17]第二個判官命他全權辦案，自己則置身事外。從上面的討論可見，在「平反公案劇」中，無論是第一次或第二次的審判，無論判官是嚴明公正或胡塗貪財，衙門裏的胥吏都擔當著極爲重要的任務。因爲不論是把案件變成寃獄或平反寃獄的，每每都是他們。胡塗官或貪官的形象在中國小說戲曲裏雖然比比皆是，但胡塗得連審案程序也一竅不通的卻較爲少見。鄭振鐸對「公案劇」中這種情形的推測十分合理。據他指出，元朝的大小官員，都是由蒙古人或色目人擔任的，由於他們大都不懂說漢語，所以在審判過程中，只好依靠吏員作翻譯。這就是元代吏員在審案時佔有相當影響力

[16] 《金鳳釵》中的第一次審判也是由一名官員——楊衙內——主持，但他卻似乎不是一名判官（judge）。這一點也是異於本文所認可的「平反公案劇」的。

[17] 張鼎眞有其人，據顧肇倉編注的《元人雜劇選》指出，他是「元代人，由鄂州總官府屬吏，陞任行省參知政事」（北京：人民文學出版社，一九七八，頁二六一）。

的原因。鄭振鐸還舉出一個翻譯員怎樣利用官員不懂漢語來顛倒是非黑白的例子，從而推斷一般百姓在訴訟時不單希望遇到一個清官，同時希望遇到一個廉吏。⑱按照鄭振鐸的說法，《魔合羅》裏第一位胡塗官說：「我那裏整理（案件）」，⑲可以理解爲他聽不懂原告人所說的話，所以不會處理案件；亦同樣可以解釋《勘頭巾》裏胡塗官所說：「他說了半日我不省的一句」⑳爲他眞的聽不懂訴訟人的說話。

劇作家所以不能把判官不懂中國語的事實一成不變地搬上舞臺，大概有兩個原因。第一是爲了顧全戲劇效果。因爲就算作家自己懂得蒙古語，又找到會說蒙古語的演員來扮演胡塗官，但試問會有多少觀衆聽得懂蒙古語呢？即使這樣做，觀衆會否欣賞蒙古語和漢語夾雜的戲曲表演呢？第二是爲了防止元朝的查禁。《元史．刑法志》說：「諸妄撰詞曲，誣人以犯上惡言者，處死。」㉑如果把蒙古人或色目人塑造成劇中胡塗或貪婪的官吏，儘管可以反映現實，卻容易招致殺身之

---

⑱ 何謙，前揭，頁一一八一。

⑲ 本文徵引《魔合羅》，乃據《全元雜劇初編》，第九册，頁四五一五至四五八八。正文所引見頁四五五〇。按：該版本乃屬《元曲選》系統。

⑳ 《勘頭巾》，頁三七〇五。

㉑ 宋濂等：《元史》（北京：中華書局，一九七六），卷一〇四，〈志〉第五二，〈刑法〉三，〈大惡〉類，頁二六五一。

禍。在《魔合羅》、《勘頭巾》和《竇娥冤》三劇裏的第一個胡塗官都沒有清楚地自報家門。換言之，卽作者沒有交代出他們的籍貫。作者這樣的處理，或許就是爲了避諱的緣故。所以上述第一、二劇的好官卻不諱言是女眞人。

「見證人」在「平反公案劇」中雖然佔戲不多，但他的角色卻不可缺少。「見證人」一般都是丑角，他們的作用是用喜劇的元素去緩和劇中的悲劇成份，使觀衆因前段惡人得勢，好人受難的劇情而激發起的悲憤情緒，得以暫時舒發。而他們的主要任務，則是當整個案件的重要證人，甚至是目擊證人。他們一方面好像和「反派」站在同一陣線，有意無意間幫助「反派」，使他的奸計得逞。但他們卻不是「幫兇」，而且最後反因他們的見證，或所提供的線索，使到案情能夠水落石出。因此，「見證人」扮演的角色遠比胡塗官或不主持偵查的好官的地位更爲重要，更不能忽視。例如，《魔合羅》中的高山，《勘頭巾》中的賣草的莊家，及《竇娥冤》中的賽盧醫都屬於「見證人」。高山把李德昌病倒破廟的消息無意中透露了給李文道，使到後者可以乘李德昌之危，毒殺了李德昌。但也由於高山把遇到李文道的事實告訴了張鼎，才使原來苦無線索的張鼎懷疑李文道才是眞兇。賣草的莊家把他在獄中無意中聽到王小二在苦打成招的情形下所亂供的收藏贓物地點告訴了「主兇」王知觀，於是王知觀便按照王小二的供詞而插贓嫁禍，使到王小二百詞莫辯。可是，賣草的莊家後來又把遇到王知觀的來龍去脈，向查案的張鼎和盤托出，終於使到眞相大白。賽盧醫雖然被迫將毒藥交給張驢兒，間接促成張氏誣害竇娥，但最後卻因爲他的作

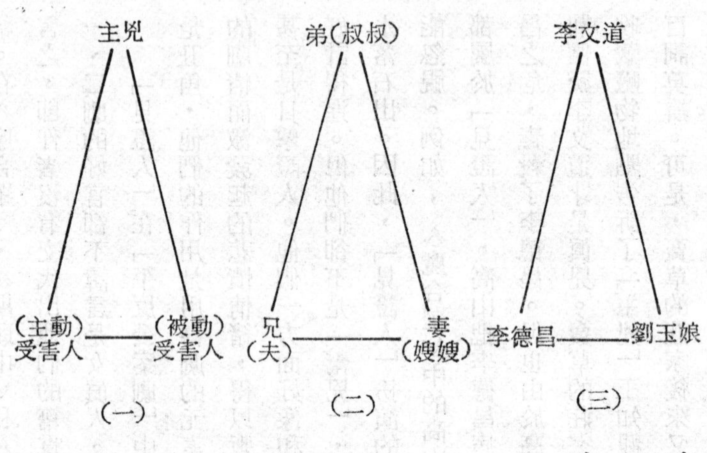

供，令到苦無證據的竇天章終於可以把張驢兒繩之於法。高山、賣草的莊家和賽盧醫三人都是最初或直接或間接協助了「反派」犯案，最後卻轉過來幫忙好官義吏伸張正義，使犯人法網難逃。

（四）

至於情節方面，雖然說「平反公案劇」的故事基本上根據一個四段的公式發展，但亦有繁與簡、曲折或平鋪直敍等分別。《魔合羅》就屬於繁複的一類。作者首先藉着楔子介紹劇中重要的角色，他們是李氏一家，包括父親李彥實和兒子文道、姪兒德昌、姪媳劉玉娘，和姪孫佛留。㉒李德昌因問卦而知道將有百日之災，而且必須離家千里以外，才可以趨吉避凶，所以便打算遠行去南昌做買賣。當他向妻子劉玉娘辭行的時候，劉玉娘抱怨數次受到叔叔李文道的調戲，恐怕一旦丈夫遠行，叔叔更會變本加厲，可是李德昌對她的投訴置之不理。這樣，在短短的楔子裏，孟漢卿不但把故事的伏線分佈妥當，而且建立了一個緊張的戲劇場面（dramatic situation）。另一方面，當李德昌要離家避禍，他的妻子因而面臨李文道騷擾的危機；如果李德昌留在家中，他本人卻身陷險境。這樣，李德昌，李文道和劉玉娘之間的三角關係，暗示了劇中角色的分佈；亦即是說，李文道是「主兇」，李德昌夫婦是「受害人」。三人的關係，可由一組三個三角形表示出來（見上頁）。

第一個三角形是從角色分配的層面來說的，第二個是劇中人物的親屬關係，第三個則為劇中人物的名稱。在《勘頭巾》中，「主動受害人」王小二，和「被動受害人」劉員外雖然沒有親屬關係，但「幫兇」劉夫人卻是劉員外的妻子。在《竇娥冤》裏，「被動受害人」竇娥一方面是「主動受害人」蔡婆的媳婦，另一方面又是正直判官竇天章的女兒。由此可見，在這一類公案劇中，各個角色之間的關係是十分微妙而且複雜的。

從情節安排上來看，《魔合羅》的楔子只建立了戲劇場面，還沒有進入「平反公案劇」公式內的第一階段——罪案的發生——的高潮。事實上，在《魔合羅》一劇中，第一階段是由楔子開

㉒ 「元刋本」的《魔合羅》裏的人物姓名與這裏所列略有出入。李文道在「元刋本」的版本裏叫李文鋒，他的父親則名叫李伯英，李德昌則叫李得昌，佛留沒有名字。詳參徐沁君校點：《新校元刋雜劇三十種》（北京：中華書局，一九八〇），頁四一二至四一三。這裏所指的楔子，乃據「元刋本」的分場。本文所徵引的《魔合羅》的版本，卻把楔子和第一折合拼在一起。

始，一直到第二折的上半部李德昌毒發喪命於家中才結束。

第一折的開始是李德昌發了財，但在歸家途中遇雨病倒。表面上，李德昌好像已經達到了「趨吉避凶」的願望，誰料到眞正的凶險卻是他與妻子話別時，沒有把她的投訴放在心頭，因此沒有防範李文道之心，最後還死在他的手中。由於李德昌的大意，他才招致殺身之禍，所以我們說他是「主動受害人」。其實，「見證人」高山在遇見李德昌時已指出危機所在。當時，李德昌正病倒於破廟中，高山走進避雨，兩人便相見。李德昌竟把自己身懷巨款的情況告訴一個素未謀面的陌生人——高山，並央求高山爲他送信給妻子前來接他回家。高山便回答說：

> 住住住……這個人！誰問你？說出偌多來！倘或有人聽的，圖了錢財，致了你命，不干生受了一場。你知道我是甚麼人；便好道：畫虎畫皮難畫骨，知人知面不知心。㉓

可是，李德昌全無防人之心，最後便死於李文道手中。進一步來看，李德昌可說是中國傳統倫理觀念的犧牲品。第一，李彥實雖然知道兒子文道對姪媳劉玉娘存有歪念，卻從來沒有積極阻止兒子作出越軌的行爲，僅在兒子胡作非爲的時候，才稍作懲戒。李彥實的態度大概與父子情親於叔姪或叔姪媳之情有關。到了李文道殺死堂兄，李彥實知情不報，也可以用上述親疏厚薄的觀念來

㉓《魔合羅》，頁四五三六。

解釋。另一方面，李德昌不理會妻子的投訴，雖與他急於離家避難有關，但也可能是「兄弟如手足，妻子如衣服」的觀念作祟。換言之，李德昌是爲了服從這種以男性爲中心的封建倫理觀念的束縛，而惹來殺身之禍的。李文道是「反派」，所以這個道德枷鎖規限不了他，而且他的價值觀亦和李德昌不同。李文道重視實際的利益，所以爲了佔有德昌的金錢和妻子，不惜向德昌下毒手；[24]李德昌所重視的似乎是自身的安全，和比較空泛的倫常價值。由於二人的取向不同，所以李文道是「反派」，而李德昌則是「主動受害人」。

劉玉娘是名符其實的代罪羔羊。她不單是李氏兄弟親情下的犧牲品，更是中國封建倫理觀念下的受害人。她既不能阻止丈夫離家，免使自己身陷險境，而且作爲一個弱質纖纖的女性，亦不能有效地向代表男性的李文道這股惡勢力對抗，只得在受到對方侵犯時，向叔公李彥實投訴。換言之，她的抵抗能力，仍是依附在以男性爲中心的社會權力架構之上，所以作爲女性的她，實在處於十分被動的地位。無怪當李文道弒堂兄誣堂嫂時，李彥實在權衡輕重之後，不但沒有再爲姪媳出頭來伸張正義，反而知情不報，使到劉玉娘含寃莫白。李文道的惡行固然有歪倫常，但李彥實的緘默卻是爲了維護宗法制度，不願意因姪媳而失去了後嗣。畢竟劉玉娘是一個貞烈的女子，儘管李文道威迫利誘，她寧願犯官非也不願委身下嫁給他。劉玉娘的行爲無疑就是「女子從一而

---

[24] 見《魔合羅》，頁四五三九。

終」觀念的反映。因此，李德昌和劉玉娘都可以說是爲了遵守封建倫理道德而交上厄運；無論如何，李德昌本是有能力反抗的，劉玉娘則全爲被動，所以上面說他們分別代表了「主動」和「被動」受害人。

在《竇娥寃》中，竇娥也是封建道德下的犧牲者。她剛毅不屈，不爲酷刑所動；但當判官掉轉要杖打蔡婆時，她才爲了孝道，甘願蒙上不白之寃，落得身首異處的悲慘下場。還有，她不願嫁給張驢兒，理由便是「女子從一而終」。至於其他「平反公案劇」，《神奴兒》、《救孝子》和《勘金環》是有關兄弟叔嫂之間的衝突而引起禍端的，《勘頭巾》和《灰欄記》則是淫婦串同姦夫謀殺親夫。它們的故事都是環繞著家庭成員之間的矛盾衝突而發展的。從這個角度來看，「平反公案劇」可以歸納入西方所謂「家庭倫理悲劇」(domestic tragedy)的範圍。㉕

至於李文道能夠毒殺堂兄而不受嫌疑，實有賴「見證人」高山無意中的協助。高山出場時，給觀衆的印象是個老於世故的人。誠如上文指出，他曾斥責李德昌不應把身懷巨款的事隨便向陌生人透露。此外，高山又自述他的三項戒條：即「一不與人家作媒，二不與人家做保，三不與人

㉕ Domestic tragedy 又可譯爲「小人物悲劇」，是以社會上的小人物的日常生活爲主題，有別於正式悲劇以英雄人物爲主題。在英國伊莉沙伯時代，「家庭倫理悲劇」以謀殺故事爲中心，與「平反公案劇」的內容最爲接近。詳參 *A Handbook to Literature* 中 "domestic tragedy" 一條，p. 166.

家寄信」。㉖由此可見他在處世做人方面的老練。他又是一個良善的人，眼見李德昌景況狼狽可憐，就願意破戒送信給劉玉娘，叫她把病倒的丈夫接回家。到底他還是一個愚蠢的人。雖然他一方面曉得教訓李德昌「知人知面不知心」，必須提防陌生人，但當他在河南府城裏迷路而碰到李文道時，卻一五一十地把遇見李德昌的經過說出來。於是在無意之間，害了李德昌一條性命。不過，高山與李文道的一席話，最後成了破案的關鍵，所以我們不宜把他當作是「幫兇」一類的角色。高山的角色所以前後矛盾，顯然是作者爲了配合「見證人」角色的公式，以致犯了首尾未能呼應的敗筆。

《勘頭巾》中的「見證人」是賣草的莊家。賣草的莊家的劇情在情節安排上跟受害人王小二沒有任何瓜葛，他不過剛巧在獄中收賬，無意中聽到王小二因苦打成招而胡亂供說藏放贓物的地方。離開監獄後湊巧遇到「主兇」王知觀，便洩露了王小二的供詞，使王知觀乘機插贓嫁禍。賣草的莊家雖然沒有像高山般前後矛盾的性格，但作者爲他安排的劇情卻有太多巧合的因素。例如：由第一次在公堂審判到王小二在獄中再次受審，事隔半年，賣草的人可以在獄中聽到這次審判，固屬巧合；路上遇到王知觀，又是巧合。這些情節，顯然是作者爲了切合「平反公案劇」中「見證人」角色的公式而安排的。

㉖《魔合羅》，頁四五三五。

總括來說，「平反公案劇」的第一階段包括劇中主角（除了好壞兩種判官外）的出場；戲劇場面的營造（卽罪案的發生）和交代各個主角的關係（卽誰是「受害人」，誰是「反派」等）。一般的慣例是：「主兇」在「見證人」或「幫兇」有意無意中的協助下，殺害「受害人」（通常是「主動受害人」）；而這個階段的終結，差不多一定是「反派」把「受害人」（通常是「被動受害人」）拉上公堂。至於《竇娥寃》裏，死的不是「受害人」而是「幫兇」張驢兒的父親；《勘金環》中「主動受害人」李仲仁因一時貪念，嚥吞了「見證人」王婆婆的金環而噎死。上述兩劇的情節可視爲這一階段的公式的變異。他們背後的結構，和其他「平反公案劇」仍是一致的。

第二階段的劇情一般都比第一階段短，因爲它通常只有公堂審案一幕。雖然公堂是公正嚴明、莊嚴肅穆的地方，但在「平反公案劇」中的第一個公堂場面中，往往卻是笑料百出。例如，在《魔合羅》和《竇娥寃》內，判官同向告狀人跪下，說「但來告的，都是衣食父母」，㉗中國古代的地方官常被稱爲人民的「父母官」，現在由官員換轉過來稱人民爲「衣食父母」，可謂極盡嘲弄的能事。又如《魔合羅》和《勘頭巾》的判官身爲官員，卻不懂審判，而交由屬下的胥吏主持，這一點也是十分可笑的。同時，無論是官或吏主審，又無論他們因貪贓或庸碌而輕信「反派」一面之詞，第一次的審判，都是苦打成招告終的。

㉗ 見《魔合羅》，頁四五四九；《竇娥寃》，頁一四三。

海登說上述第一次的審判是模仿眞實公堂審判而作成的滑稽場面（a parody of the real court scene）。㉘但在這部份的開首加入喜劇性的場面實有助整個劇力的發展，因爲它可以調劑觀衆在看了壞人得勢的第一階段後的悲憤情緒。由於接著下來正式審案時，胡塗官或他的屬吏對「受害人」的迫害，又將牽起觀衆激憤的感情，有了笑料的加插，觀衆便不會由頭到尾都在憤怒的情緒中。在悲劇中加插喜劇性的場面是常見的戲劇手法，中西劇作家都沒有例外。

然而，在喜劇氣氛的籠罩下，第二階段亦是惡勢力最爲囂張的時刻，因爲「反派」角色利用官吏的弱點（胡塗或貪污）來達到他們的目的。在《魔合羅》裏，李文道就是透過賄賂蕭令史，使劉玉娘在證據不足的情況下，被判通姦殺夫。在《竇娥寃》裏，胡塗官雖說告狀人是他的「衣食父母」，卻沒有受賄的描寫。他只因敷衍塞責，草菅人命。綜合來說，第二階段可以用下面的公式來表示：「反派」把「受害人」拉到公堂，藉著賄賂或誣諂，使胡塗官吏或貪污官吏站在他的一邊，施用嚴刑迫供，使「受害人」屈枉認罪，從而判罰死刑。

《勘頭巾》從第一次公堂審訊，引申到半年後令史到監獄再錄口供，讓「見證人」完成他的第一個任務——幫助「主兇」陷害「受害人」。在《竇娥寃》裏，這一部份又伸展到刑場，讓竇娥發洩她內心的怨懟和訴說她的寃屈。這些引伸景只是旁支，而不是情節的主線。又如《竇娥

㉘ 同❽，頁二〇七至二〇八。

冤》中刑場一幕，血不流向地面而飛上吊著的丈二白練和六月飛雪二事，對整個故事的發展沒有多大的幫助。卽使她臨刑前的第三個願望（卽楚州大旱三年），也沒有令到後來竇天章巡按時聯想到與她的冤案有關，但這一幕無疑對全劇的戲劇效果有很大的作用。至於《勘頭巾》中公堂審案的伸展景（卽獄中再審）和以後的情節發展有關，但可能也是作者爲了遵照「見證人」的公式塑造出來，所以偶合的因素多，來得不夠自然，上文已作討論，這裏不擬重覆。

第三階段是全劇的焦點，可分爲兩個部份。第一部份首先描述正直官吏怎樣對案件的原判發生懷疑，從而興起重審的意念。第二部份是重新調查案件的過程。由於戲法人人會，巧妙各不同，所以第三階段的情節並沒有一個固定的模式。因此，這個階段最能顯示劇作家手法的高下。在這個階段中，以吏爲偵探的劇跟以官爲偵探的劇有所不同。在《竇娥冤》和《神奴兒》裏，甚至有鬼魂的出現協助官吏調查和審判。至於辦案時抽絲剝繭過程是否引人入勝，又和作者在描寫第一階段「犯案」時所佈下的伏線有密切的關係。不過第三階段的劇情也不是沒有軌跡的，例如，它的開始，差不多都是講述新官上任或巡按到訪，對已判決的案件發生興趣，但未必立卽發現冤情。如《魔合羅》、《勘頭巾》和《竇娥冤》三劇，新官在審閱該案的紀錄後，仍舊維持原判，後來因某些突如其來的刺激，才有再次調查該案的意圖。現分述如下：在《竇娥冤》中，竇天章已經把竇娥殺翁案的紀錄放在檔案的最底處，卻三番四次被竇娥的鬼魂作法弄回最上面。最後鬼魂更現身訴冤，竇天章於是開堂重審。在《勘頭巾》和《魔合羅》中，王小二和劉玉娘因爲受到惡吏的恐嚇，恐怕再受皮肉之苦，放棄向新官提出上訴的機會。直到六案都孔目張鼎出現，憑直覺判斷二人應屬無辜，而主動為他們申冤。至於《勘金環》一劇裏，「受害人」孫氏同樣因為受到惡吏的恐嚇，害怕受到笞刑，寧願含冤而死，也不敢向新官說眞話。幸好這個新官剛巧是她的親弟孫榮。由於孫榮了解姊姊的為人，於是三番四次追問她是否冤枉，但她始終不敢明告，直至孫榮和她相認後，她才坦白地訴說沉冤。這個情節，似乎是揉合了上述《竇娥冤》和《魔合羅》兩劇的相同情節而成；不過作者把《竇娥冤》中「受害人」竇娥鍥而不捨地向新官（卽她的父親）訴冤的橋段，改變為新官孫榮不斷向「受害人」（卽她的姊姊）追問內情。

在《魔合羅》裏，張鼎的出現是全劇的轉捩點，因為張鼎所代表的正義力量，開始要向李文道和蕭令史所代表的邪惡力量反攻。張鼎雖然見義勇為，但作者卻不願意故事平舖直敍地發展下去。所以當張鼎向新府尹一一交代僉押文書後，作者便故弄玄虛，使他忘記劉玉娘的事，待他出門後，才加插衙差張千來提醒他回頭向府尹申述該案。其次，在解釋案情的疑點時，他又因蕭令史的唆擺而觸怒府尹，下令在三日內查明眞相，否則要他代劉玉娘死罪。經過上述的曲折的處理，作者才讓全劇的高潮產生，也卽是第三階段的第二部份——偵探查案。

由於再次調查時離案發已久，劉玉娘已忘掉事發經過的細節，所以過了兩天，張鼎還是問不出端倪。起初劉玉娘沒法喚起有關帶信人高山的回憶，直到張鼎問張千明日是何日，張千答道是七月初七時，她才猛然記起案發當日（也是七月初七）是一個賣魔合羅的人寄信來的。到了這時，觀衆才恍然大悟，明白作者爲什麼先前安排高山送給佛留一個魔合羅和府尹何以要定下三日期限兩條伏線。因爲從高山送給佛留的魔合羅，張鼎終於找到「見證人」高山。至於定下三日的期限，一方面增加了緊張的氣氛，另一方面也使張鼎問明日是什麼日子顯得自然。在《勘頭巾》裏，判官同樣給查案人張鼎三日期限，不過這個期限與故事的發展無關。

高山於是再次上臺，擔任他身爲「見證人」的第二個任務，爲案件眞相做證。透過高山的供詞，張鼎終於懷疑李文道才是元兇，可惜仍是沒有證據。後來張鼎設計誘使「幫兇」李彥實招供，才使案情大白。這樣，第三階段在眞兇落網之後便結束。

第四階段是第二次在公堂判案。以《魔合羅》和《勘頭巾》兩劇來說，這次的公堂審判，不過是形式而已，因爲它的劇情只是府尹正式宣判兇手罪有應得，並將無辜者釋放和獎勉有功的張鼎。在《竇娥冤》中，由於竇天章身兼判官與偵探兩職，又因爲得到竇娥的鬼魂在公堂作證，於是調查的過程才搬到公堂上。換言之，作者把上述第三階段的第二部份和第四階段結合起來，一併處理。從劇本創作的角度來看，用鬼魂作證，實屬下策。因爲這種手法缺乏說服力，無怪一般「平反公案劇」的作者把重新調查和最後宣判兩個環節分開。一直以來，《竇娥冤》享有很高的評價，甚至被譽爲元代最優秀的悲劇之一。[29]可是用「平反公案劇」的尺度來衡量，利用鬼魂協助破案，卻是被文評家所詬病的 deus ex machina 的方法，[30]可謂有欠高明。

(五)

從上面的討論可見，「平反公案劇」的結構大致上是由一個四段情節和四種主要角色的公式組成的。故事的內容大多數圍繞著家庭成員之間的矛盾和衝突而發生。用西方的文類（genre）來形容，它可以說是偵探故事（detective story）、公堂劇（courtroom drama）和家庭倫理悲劇（domestic tragedy）的混合物。由於「平反公案劇」有它特定的公式，所以在歌唱安排上和其他元雜劇不同。衆所周知，在元雜劇中，每一折只由一個角色主唱，其他角色只有說做科白。吉川幸次郎認爲，如果發現一個劇本不是由同一個主角由頭唱到尾的，就表示劇作家想不到

㉙ 王國維（一八七七－一九二七）在《宋元戲曲考》說，《竇娥寃》和《趙氏孤兒》二劇，「卽列之於世界大悲劇中，亦無媿色」，而且是元雜劇中「最有悲劇之性質者」（《宋元戲曲史》，香港：太平書局，一九六四，頁一〇六）。至於專論《竇娥寃》的悲劇色彩的論著頗多，因爲本文目的不在討論《竇娥寃》，故從略。

㉚ 此語爲拉丁文，原意是從機械而來的神。在古希臘戲劇中，神從天而降的演出，是用機械方法把演員從高處吊下。Deus ex machina 一語卽自此出，後引用於故事或戲劇中，指作家硬用不合情理的事物來解決問題的手法。詳見 *A Handbook to Literature*, pp. 152-153.

一個好的故事情節，以致不能用同一主角把整劇情節的發展連貫起來。[31]不過，這個說法是否適用於「平反公案劇」，頗有商榷的餘地。如《魔合羅》便因爲故事曲折複雜，不能用同一角色主唱。試想如果全劇只由劉玉娘一人主唱（按：劉玉娘是唯一在四折中都出現的角色），第一折寫李德昌病倒破廟便沒有曲文，第三折寫張鼎查案就只有純粹的科白。況且在這一折中，劉玉娘大部份時間都不在臺上，而這個現象也不合一般元劇的規格。現在用李德昌主唱第一和第二折，張鼎主唱第三和第四折，那就避免了上述由一人主唱所帶來的問題。至於《竇娥冤》，關漢卿便因爲要讓竇娥從第一折起唱到劇終（按：楔子由竇天章唱），被迫採取牽強的 deus ex machina 手法。吉川幸次郎提出上面的見解，大概和他認爲元劇的焦點在於文章的觀點有關。[32]既然焦點在文章方面，那麼故事的情節馬虎一點也沒有關係了。因爲這樣反而可以讓觀衆集中精神去欣賞曲文，不用分心去追尋故事的情節。筆者認爲，吉川幸次郎的論見可能只適用於《梧桐雨》和《漢宮秋》一類的劇本上，因爲觀衆觀看公案劇，是會同時欣賞故事情節和曲文藝術的。舉例來說，普通「公案劇」如《陳州糶米》的每一折都用長篇的對白演述劇情；上文也提及《魔合羅》前半部的小節，就是後來破案的伏線。因此，故事情節在「公案劇」中佔有很重要的地位。單從

---

[31] 吉川幸次郎：《元雜劇研究》（鄭清茂譯，臺北：藝文印書館，一九六九），頁二〇三。

[32] 同上，頁一八九至一九〇。

文章的角度去衡量它們，是有欠公允的。至於「平反公案劇」，更是按照一個公式去創作的，若要了解它們的眞面目，必須要對劇中的角色和情節作深入的研究，只局限於曲文藝術的欣賞，未免本末倒置了。學術的觀點和評論的準則與時俱進，今天研究元劇，不能再囿於前人的說法。我們必須擴大研究的領域，才能對元代雜劇的「詩法」(poetics) 有進一步的認識。

中國文學中的烏托邦主題

(一)

在西方文學傳統中，烏托邦 (utopia) 是十分常見的主題。但到目前爲止，我們還找不到一個人人都能夠接受的烏托邦的定義。因此論者常爲什麼是烏托邦文學而提出不同的意見。有些學者更認爲烏托邦是西方文學獨有的主題。例如，杜鐸克 (Gerard Dudok) 說：

歷史給我們很多有關東方國家的皇帝專橫暴虐的例子，有些可憐的人民，為了滿足君主的驕奢淫逸而弄到貧無立錐之地。雖然我們也從東方和阿拉伯的故事中間接得到一些相同的印象，却從來沒有聽過有任何作家，由於對同胞的悲慘遭遇產生憐憫，而感到有責任去改

造社會，並把他們改造社會的計劃表現在小說中。❶

換言之，在杜鐸克心目中，除了西方文學，就沒有其他以烏托邦為主題的作品了。杜鐸克的說法，顯然與事實不符，所以在他的論著發表的同年，美國學者海尼特斯拉（Joyce Hertzler）便在《烏托邦思想史》一書中，開宗明義地說：

> 很多人相信柏拉圖是文學史上第一個描述人類完美的未來的人，而他的《理想國》（*Republic*）便是歷史上第一個「烏托邦」或「理想國度」。這個說法的產生，完全因為論者本着過於狹窄的眼光看一個文學的範圍（literary field）。如果用較廣的角度去尋找最主要的烏托邦元素，我們便會有不同的結論。❷

於是，海氏便從一個廣義的烏托邦觀點，在公元前八世紀的希伯來文學中，發現了人類歷史最早

❶ Gerard Dudok, *Sir Thomas More and His Utopia* (Amsterdam: Firma A.H. Kruyt, 1923), p. 19.

❷ Joyce O. Hertzler, *The History of Utopian Thought* (London: George Allen & Unwin Ltd., 1923), p. 7.

出現的烏托邦思想。❸

本文採取海氏的烏托邦觀點，討論中國二十世紀以前文學中出現的烏托邦主題，並把這些作品和莫爾（Thomas More, 1478—1535）的《烏托邦》加以比較，希望藉此找出中國烏托邦文學的特色，以及中、西烏托邦文學在思想上和表現方式上的主要分歧。本文選用來討論的中國烏托邦作品有下列五篇：㈠〈禮運．大同篇〉；㈡陶潛（三六五或三七二或三七六—四二七）的〈桃花源記〉；㈢《水滸傳》；㈣陳忱（一五九〇？—一六七〇？）的《水滸後傳》；㈤李汝珍的《鏡花緣》。〈禮運．大同篇〉和〈桃花源記〉差不多被學者一致公認爲是中國烏托邦文學的代表。❹至於《水滸傳》、《水滸後傳》及《鏡花緣》亦曾被視爲烏托邦文學，❺所以本文亦以他們爲討論範圍。

---

❸ Ibid, pp. 7-8; Glen Negley & J. Max Patrick, *The Quest for Utopia* (New York: Henry Schuman, 1952), p. 257.

❹ 參考中國科學院哲學研究所中國哲學史組編：《中國大同思想研究資料》（北京：中華書局，一九五八）；及侯外廬：《中國歷代大同理想》（北京：科學出版社，一九五九）。

❺ 參考樂衡軍：〈梁山泊的締造與幻滅——論水滸傳的悲劇嘲弄〉，載《中國古典小說研究》（臺北：中華文化復興月刊社，一九七七），頁一五九至一九〇；Ellen Widmer, *The Margins of Utopia: Shui-hu hou-chuan and the Literature of Ming Loyalism*, Harvard East Asian Monographs 128 (Cambridge, Mass.: Harvard Univ. Press, 1987)；湯雄飛：〈寓社會諷刺於傳奇小說：「鏡花緣」與「烏有鄉」之比較研究〉，《中外文學》，七卷七期（一九七九年十二月），頁一二六至一六〇。

(二)

談論中國文學中的烏托邦主題，便無可避免地要涉及「烏托邦」定義的問題。儘管現在尚沒有一個人人都能接受的烏托邦的定義，但在討論之前，必須扼要地說明烏托邦所包涵的意義，從而確定討論的範圍。我們之所以難於爲烏托邦下定義主要的原因，是它含有幾層既矛盾而又可統一的意義。誠如紐殊（Neusüss）指出，烏托邦有三層意義：第一，它可說是一種文類或文學主題，而批評家試圖以烏托邦作爲分辨某一種文學體裁的特徵。第二，它可解作一種既幼稚而又不科學化的社會思想。第三，它可以指一種批判社會的方法。❻其實，紐殊所謂的三層意義，只有兩個層次，即是文學性的烏托邦與思想性的烏托邦。因爲他所說的第二及第三層意義的分別，只是程度上有不同，而不是種類上有差異。除上述的意義外，烏托邦亦指在歷史上出現過的種種烏托邦實驗，其中包括因傾慕某種烏托邦思想的烏托邦團體（utopian communities）所進行的實驗，❼及人民因爲不滿社會現狀而作出的大規模革命行動，甚或新國家的建設；如法國大革命

---

❻ A. Neusüss, *Utopie, Begriff und Phenomen des Utopischen* (Neuweid: n. p., 1968), p. 118.

❼ 參考 Maren Lockwood, "The Experimental Utopias in America," in Frank E. Manuel, ed., *Utopias and Utopian Thought* (Boston: Houghton Mifflin, 1966), pp. 183-200.

及美國立國就曾被人當作烏托邦的實現。[8]從這個角度來看，烏托邦除了可在文字中出現，也可以眞實地在地球上建立起來。

紐殊所謂烏托邦的第二及第三層意義雖然可以合爲一類，其實也代表烏托邦設計人輕率和嚴肅的兩種態度。在這兩種態度下產生的烏托邦當然會有很大差別。芒福特（Lewis Mumford）分別稱它們爲「解脫性烏托邦」（utopia of escape，以下簡稱「解脫邦」）和「重建性烏托邦」（utopia of reconstruction，以下簡稱「重建邦」）。「解脫邦」來自人類的愚昧或希望，它是人們對完美的烏有之鄉存有的夢想。「重建邦」則是人類希望憑着一己之力改造世界，包括政治、社會等制度，甚至人類的本性，以求達到生活美好的產物。芒福特指出，無論是「解脫邦」抑或「重建邦」，都暗含一種對人類文化及社會的批判，並且企圖把被現行社會已遺忘的古老風俗習慣內的人類潛能，重新發掘出來。[9]誠然，烏托邦思想必然是因爲不滿現實社會而產生的，任何滿足現狀的人，都不能與起改善生活的烏托邦思想。其次，「解脫邦」與「重建邦」

[8] 參考 David Higgs, "Nostalgia, Utopia, and the French Revolution," in Mathé Allain ed., *France and North America: Utopias and Utopians*, Proceeding of the 3rd Symposium of French-American Studies, March 4-8, 1974 (Lafayette: Center for Louisiana Studies, Univ. of Southwestern Louisiana, 1978), pp. 25-32.

[9] Lewis Mumford, *The Story of Utopias* (New York: The Viking Press, 1966), p. 1.

的分別，視乎論者的觀點與角度，有時又視乎其中改革內容達到那一個程度，因爲不論烏托邦的設計者所抱的態度如何嚴肅，不論他們對實現自己所設計的烏托邦如何殷切，但一旦實踐起來，便可能發現有關的計劃極爲幼稚、極不科學化，甚至不能付諸實行。史密夫更認爲，烏托邦「之所以被人尊敬，是因爲有知名人士爲它吹捧，而它對解決當時政治問題卻沒有眞正的貢獻。」⑩由此可見，上述兩種烏托邦實在沒有本質上的分別。不過，表現在文學作品時，「解脫邦」一般是由神和大自然所賜予的理想世界，邦內人民不須勞動就有美滿的生活。如西方中世紀流傳的「可口鄉」(Land of Cockaign)，《古元之》篇內的「和神國」，便是很好的例子。⑪顯然，魏晉南北朝流行的遊仙故事，也可以歸納入「解脫邦」的類型。至於「重建邦」則是人們有意識地組織而成的社會，是人們因爲對現實感到不滿而決心改善生活的產物。因此，烏托邦內的社會秩序，人們的生活方式，都和現實社會大相逕庭。莫爾筆下的烏有邦⑫就是世界公認的烏托邦典型。總而言之，烏托邦思想是來自人類對現實不滿而產生對美好世界的憧憬；而烏托邦文學就是作者把他的烏托邦思想以文學形式表現出來的作品。因此，烏托邦文學必然包含下列兩個元素：

⑩ 同②，頁二。
⑪ 詳本書附錄〈幸福保證的謊言：論烏托邦的眞面目〉一文，第四節。
⑫ 在英文中，莫爾的烏托邦（《烏托邦》書中描寫的理想國）是以大寫表示，以別於泛指一般理想社會的烏托邦。這裏只有把前者譯爲「烏有邦」，以免與後者混淆。但仍用《烏托邦》指該書。

第一，批判現實社會；第二，提供一個美好世界的模式。

烏托邦固然是一個想像中的美好世界，但在作家筆下，它既可以存在於這個宇宙之內，也可以出現在任何超自然的世界裏。正如海尼特斯拉指出，西方文學傳統中有兩種性質不同的烏托邦主題：第一種以人類在現今世界上的未來生活爲描寫對象；第二種則以人死後的存在爲描寫對象。第一種烏托邦的設計者相信人類可以在這個地球上締造完美的境界；第二種烏托邦的設計者對這個理想感到絕望，他們認爲人類要等待來生在另一世界才能實現達至完美的理想。⑬由此看來，各種宗教所提倡的「天堂」、「淨土」、「極樂世界」等來生世界，也可以納入烏托邦的範圍。

(三)

以下筆者將用上文簡單討論過有關烏托邦的意義，作爲討論中國烏托邦的理論根據。

在中國最早的詩歌集《詩經》中，我們便發現中國的烏托邦文學已有萌芽的跡象。〈魏風．碩鼠〉就是一個很好的例子：

---

⑬ 同②，頁二六二。

碩鼠、碩鼠，無食我黍！三歲貫女，莫我肯顧。逝將去女，適彼樂土。樂土、樂土，爰得我所。⑭

這首詩包含兩部分。第一部分以大老鼠比喻那些不勞動而專事剝削人民的統治者，從而批判詩人當時處身的社會的黑暗。第二部分呈現詩人對美好未來的幻想。詩中的「樂土」可視作詩人心中的烏托邦。可是，由於詩人沒有描述到「樂土」的情況，所以，嚴格來說，〈碩鼠篇〉仍不算是烏托邦文學作品。

先秦時期諸子百家的著述及古代殘留下來的神話傳說，都不乏烏托邦故事的記錄。《道德經》中的「小國寡民」、《列子》內的「終北」之國、《山海經》中的仙山洞府等，都可以籠統地稱爲烏托邦。然而，若論對中國後世烏托邦思想影響最深遠的，則首推〈禮運．大同篇〉中的「大同」世界。「大同」思想雖托孔子（前五五一—前四九七）之名而發揮，但它的形成最早不出戰國末年。其次，它不是純淨的儒家思想，而是集儒、道、墨三家的烏托邦理想的大成。⑮「大同」理想在中國烏托邦思想史上佔有十分重要的地位，就是毛澤東（一八九三—一九七六），

⑭《毛詩鄭箋》（《四部備要》本，臺北：中華書局，一九六六），卷五，頁一一下至一二上。

⑮ Timoteus Pokora, "On the Origin of the Notions T'ai-p'ing and Ta-t'ung in Chinese Philosophy," *Archiv Orientalni*, 29 (1961), pp. 448-454.

雖然以破舊立新為口號，但在〈論人民民主專政〉一文中，仍把中國未來的共產社會形容為「大同世界」。⑯「大同」一詞影響的深遠，於此可見一斑。我們甚至可以說，在中國政治及哲學思想史中，「大同」一詞，相當於「烏托邦」一詞在西方傳統中的地位。

儘管〈禮運・大同篇〉（以下簡稱〈大同篇〉）並不是文學作品，但由於內容純屬虛構，所以仍然可當作文學作品處理。〈大同篇〉開首描寫孔子師徒參觀蠟祭。祭禮結束後，孔子便十分感慨，他歎息當時的人不知珍惜古代禮儀，而任由它敗壞。就是魯國人民，雖然是制定周禮的周公旦的後裔，但他們舉行郊天禘祖的禮儀時，亦不合禮制。孔子除了批評時下多種失禮的事情之外，更描述了一個古代的理想世界，並稱它為「大同世界」。⑰換言之，〈大同篇〉的作者，一方面批評當時社會的弊病；另一方面又樹立一個可以仿效的美好世界的模式。因為這個緣故，〈大同篇〉是可以視作烏托邦文學作品的。

在〈大同篇〉中，「大同世界」是天下公有的：在政治上推行選賢與舉能；在社會上，人們有博愛的精神，互相照護。每個人在社會上有自己的地位和工作，而財產也是公有的。因此在「大同世界」中沒有盜賊和動亂，人們甚至可以「外戶不閉」。

---

⑯ 毛澤東：《論人民民主專政》，《毛澤東選集》，第四冊（北京：人民出版社，一九六〇），頁一四七四。

⑰ 《禮記鄭注》（《四部備要》本，臺北：中華書局，一九六六），卷七，頁一上至下。

和「大同世界」相比，莫爾的烏有邦便顯得失色，現就兩者的異同討論如下：第一，烏有邦內雖然也有優良的社會福利制度，照顧老弱殘疾，烏有邦中人的家庭觀念也比較淡薄，但離「大同世界」中「不獨親其親，不獨子其子」的境界很遠。第二，烏有邦人並沒有選擇職業的自由，除統治階層外，人人都必須做耕種的工作。烏有邦政府對農業的重視，與中國戰國期間的農家思想有相似的地方。農家的典籍早已亡佚，有關思想因殘存在當時其他學派的典籍中，才得以流傳下來。[18]根據這些零碎的紀錄，農家主張天子與民同耕。孟子（前三七二—前二八九）便曾批評這種社會思想。孟子以爲，由於許行仍需要用穀物交換衣服和耜具等日常生活用品，由此證明在一個眞正的理想社會裏，必然是分工合作的，實在沒有人人都從事耕種的必要。[19]〈大同篇〉內雖然沒有直接提出社會分工的觀念，但所謂「壯有所用」及「男有分、女有歸」，無疑寄寓了社會分工的思想。[20]因此，孟子對農家的批評，可說與〈大同篇〉的作者互爲呼應，而與莫爾在社會分工的問題上有不同的見解。孟子以各人能盡其所長爲最高理想，所以有勞心、勞力之分，而

[18] 參考A.C. Graham, "The *Nung-chia* 'School of the Tillers' and the Origins of Peasant Utopianism in China," *Bulletin of the School of Oriental and African Studies*, Vol. 42, Part 1 (1979), pp. 66–100.

[19] 《孟子正義》（《四部備要》本），卷五，頁一上至五上。

[20] 參考陳其炎、林其錟：《中國古代大同思想研究》（上海：人民出版社，一九八六），頁八八至八九。

勞力之中又有農、工、商及各行各業的分野。莫爾之所以特別看重農業，是因爲當時英國羊毛業興旺，很多人爲了賺取豐厚的利潤，不惜把耕地改爲牧場。㉑可是，此舉與國家的整體利益有所抵觸，於是莫爾便特別重視農業發展。

「大同世界」與烏有邦最大的分別，是人民對於參予社會事務的態度，這也許亦是中國和西方「重建邦」的基本分歧。在「大同世界」內，「力惡其不出於身也，不必爲己」。換言之，社會中每一分子都以積極的態度自願投入工作，而且不必爲達到某些私人目的才努力。反觀在烏有邦內，不但設有管理員，務求確保每一個人都盡力地工作，而且定下一些苛刻的法律條文，防止人民作亂。兩者人民的主動性和被動性顯然不同。

上述的分別，不單只說明〈大同篇〉內呈現出一幅比《烏托邦》書中所描述的更爲完美的理想世界的圖畫；而更重要的是反映兩位作者對人類本性的信念根本不同。在烏有邦內，一切典章制度已確立多年，社會上已沒有改變的餘地。因此，烏有邦可視爲莫爾心目中最完善的境界。然而，烏有邦中仍有嚴竣的法例，可見莫爾對人性十分不信任。即是說，在他眼中，人類不能自我克制，所以一定需要有外在的監察力量，才足以使人類奉公守法。㉒相反，大同世界內的人民，

㉑ 見 Thomas More, *Utopia*, tr. Paul Turner (Middlesex: Penguin Books, 1965), pp. 46-47.

㉒ 詳本書附錄〈幸福保證的謊言：論烏托邦的眞面目〉一文，第四節。

不但沒有私心，而且他們的道德操守發自內心，不是由於外在的監管力量才奉公守法。

莫爾對人性缺乏信心，顯然與他的宗教信仰有密切的關係。莫爾是虔誠的天主教徒，死後更被羅馬教廷封為聖人。在天主教的教義中，有「原罪」這個觀念。所謂「原罪」，就是說人一生出來即有罪，而這與生俱來的罪也是人類日後墮落的根源。由於這個信念深入人心，差不多所有西方烏托邦都有類似的監管制度，而邦內人民只被賦與有限度的自由。有些烏托邦的組織，甚至好像軍隊一樣，指揮官員有無上的權力，而一般人民沒有違抗命令的權利。㉓於是，西方的烏托邦便有「比文明制度更甚」(civilization-only-more-so)的統稱。㉔

在先秦的諸子中，雖然不是一致同意人性本善，但對後世影響最深遠的儒、道兩家都提出人性本善的見解。如孟子斷言人性本善；老子推崇赤子之心。而儒、道兩家基本上相信未經文化洗禮的古人是比文明人更完善的。因此，「比文明制度更甚」的烏托邦思想，便不能在古代中國人的思想上紮根，以至幾千年來，我們都找不到像類似莫爾的烏有邦的中國理想世界。一直到二十世紀前後，西方文明大量傳入中國，這個現象才有所改變。

㉓ 例如 Jacob W. Horner, *Military Socialism*, by Dr. Walter Sensney (psued.) (Indianapolis: The Author, 1911), esp. pp. 20-21.

㉔ Gorman Beauchamp, "Utopia and Its Discontents," *Midwest Quarterly*, 16 (1975), p. 161.

由於中國的烏托邦大都缺乏嚴謹的社會制度，於是有人以爲中國沒有烏托邦，極其量只有樂園神話。㉕其實，這個觀點不過反映論者對烏托邦觀念沒有全面的認識，理由是一般「樂園」(paradise) 本來就是烏托邦的一種，即上文所說的「解脫邦」。中國固然有不少「解脫邦」的例子，(見第二節)，但也有「重建邦」。中國的「重建邦」雖然沒有繁複的典章制度或嚴格的社會分工，也沒有「比文明制度更甚」的元素，但最重要的是它們都是人們有意識地組織而成的社會，是人們因爲對現實感到不滿而決心改善生活的產物。只不過由於建造者受到道家或大同思想的影響，嚮往簡樸的生活，於是反文明之道而行，創造出「比文明制度不足」(civilization-only less-so) 的蹊徑。中國的烏托邦思想家，就是朝着這個方向，發展他們的烏托邦思想的。事實上，熟識西方烏托邦史的學者都知道，反文明之道而行的烏托邦也不是中國獨有，西方原始主義 (primitivism) 信徒筆下的烏托邦，也富有「比文明制度不足」的色彩。㉖從這個角度看，中國不是沒有烏托邦，而是中國的烏托邦有自己獨特的地方。筆者認爲，這一點是學者必須先要了解的。至於中西方烏托邦傳統大體上的分野，可從下列圖表中顯示出來：

㉕ 張惠娟：〈樂園神話與烏托邦——兼論中國烏托邦文學的認定問題〉，《中外文學》，十五卷三期（一九八六），頁七九至一〇〇。

㉖ 例如 Denis Diderot, *Supplement au voyage de Bougainville*, avec une introduction et notes, by Gilbert Chinard (Paris: n.p, 1935).

（四）

陶潛的〈桃花源記〉可說是中國烏托邦文學的原型（prototype）。〈桃花源記〉在中國烏托邦文學傳統中的地位，可與莫爾《烏托邦》在西方傳統中的地位相比。同時，「烏托邦」一詞是西方理想世界的代名詞，「桃花源」亦成爲中國理想世界的代名詞。〈桃花源記〉一文的影響力還伸展到日本，日文有「桃源境」一詞，它在日本文學上的地位與「烏托邦」在西方文學上的地位同等。[27] 不過，「烏托邦」這詞在西方橫跨文學與思想，無論在政治和哲學思想中，它始終是理想世界的代名詞。但在中國方面，「桃花源」只局限於文學的範圍；在思想領域裏，「理想世界」的代名詞是「大同」或「太平」。

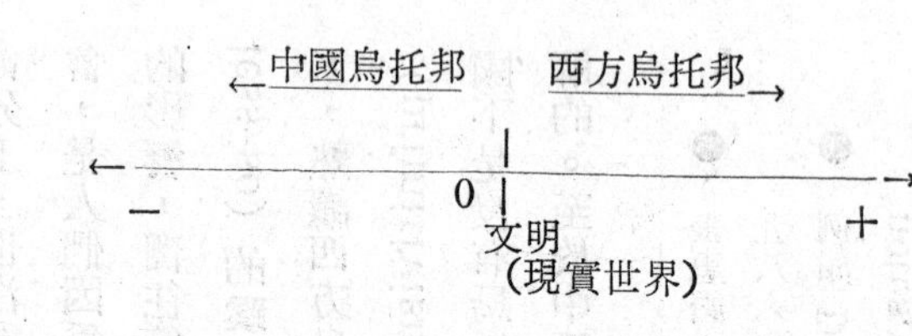

桃花源是否烏托邦？張惠娟曾討論過這個問題。她認爲〈桃花源記〉雖然承襲了大同世界的理想，而且略帶有積極、入世的烏托邦精神，但「就整體而言」，〈桃花源記〉

[27] Uemichi Isao, "Paradise in Japanese Literature," *Proceedings of the Fourth International Symposium on Asian Studies, 1982* (Hong Kong: Asian Research Service, 1982), p. 359.

「仍與烏托邦多有扞格」，因爲它「略無烏托邦之前瞻精神、正視『現實』，以及『理想』與『現實』交織所架構的『門檻』風貌。換言之，其『雙重視野』略嫌不足，其化腐朽爲神奇的精神亦付闕如」。此外，〈桃花源記〉也沒有足夠的社會、政治制度的刻劃。因此，它雖「確具有烏托邦的某些色彩，然此些並不足以掩飾其樂園神話的本質」。㉘張氏的觀點，恕筆者不敢苟同。但下文仍會環繞着她的論點來討論〈桃花源記〉，因爲這樣會有助於釐清桃花源以至中國烏托邦的特色。同時筆者亦會將桃花源跟莫爾的《烏托邦》比較，以便讀者可以清楚看見〈桃花源記〉所描繪的，正是一幅名符其實的烏托邦圖畫。

張氏指烏托邦的基本風貌，是動態的(dynamic)——「一個理想與現實交織，美好與醜惡交融所構造的一個活潑的園地」，然而樂園神話所呈現的，是一個靜態的面貌——一個「凝滯的一點」。㉙「動態」一詞可否解爲「理想與現實交織，美好與醜惡交融」，恕筆者寡聞，未詳究竟。無論如何，張氏既以「動態」作爲「靜態」的相反，則「動態」自然有「改變」這個意味。可是，任何對烏托邦有深入認識的學者都知道，烏托邦最爲人詬病的一點，就是它本身是一個沒

㉘ 張惠娟，前揭，頁八六至八七。
㉙ 同上，頁八〇至八一。

有改變的「靜態」的社會。[30] 以莫爾塑造的烏有邦爲例，自從烏托巴斯（Utopus）王立邦以來，就從來沒有過眞正的改變。無疑，烏有邦雖有選舉制度，人民可以自由選擇自己喜愛的官員及領袖，但問題是，誰人主政都沒有關係，因爲他們只能蕭規曹隨，按照既定的政策辦事，他們沒有改動烏有邦內任何典章制度的能力。[31] 就這一方面來說，陶淵明筆下的桃花源可謂同出一轍。桃花源建於秦朝，五百年來，那裏的社會沒有與時俱進，人們的衣著服飾與秦人一樣，知識代代相傳，並無增益。正如芒福特指出，「每一個烏托邦都是一個封閉的社會，以防止人類有進步，而且不容許有任何擾亂固有生活方式的改變」。[32]

如果張氏眞的以「理想與現實」的交融來解釋「動態」，桃花源也未見得不及烏有邦。西方有學者認爲，烏有邦並非子虛烏有，而是處於今日秘魯境內的古代印卡王國（Incas）的寫照。[33] 而在中國，陳寅恪也說〈桃花源記〉所描述的社會，正是陶淵明時代一些爲避戰亂的宗族或鄉

[30] 參考 Elizebeth Hansot, *Perfection and Progress: Two Modes of Utopian Thought* (Cambridge: The M.I.T. Press, 1974), pp. 49-50; 及附錄〈幸福保證的謊言：論烏托邦的眞面目〉一文，第四節。

[31] Gorman Beauchamp, "The Anti-Politics of Utopia," *Alternative Futures*, 2 (1979), p. 53.

[32] 同[9]，頁四。

[33] Arthur Morgan, *Nowhere was Somewhere* (Chapel Hill: The University of North Carolina Press, 1946), pp. 17-61.

里自行組織的塢堡，而文中所謂秦氏不是嬴秦，而是北朝的苻秦。㉞劉自齊又提出另外的說法，指〈桃花源記〉所描述的不是陳寅恪所謂的塢堡，而是當時武陵地區苗族社會的眞實寫照。㉟姑勿論桃花源的人民是爲了逃避嬴秦或苻秦而到此絕境的，也不論桃花源中人是否今日湘西苗族的祖先，但陳、劉二人的推測正好說明〈桃花源記〉是張氏所謂「介乎『現實』(facts)與社會『虛構』(fiction)之間的烏托邦」，是「理想與現實交織」的產物。換言之，陶潛和莫爾一樣，在設計他們的烏托邦時，並沒有忘記當時的社會。因此，〈桃花源記〉和《烏托邦》一樣都「非僅代表一恒靜的畫面，而是一個各方因子交相衝擊所迸發的火花」。㊱

其次，張氏以爲武陵漁人機緣巧合闖入桃源，「更明陳此一樂園絕非人類單憑理智所可一窺堂奧。證諸篇末漁人與其他外界人士欲再探桃花源而不可得，吾人當可斷言桃花源此一種理想世界之超凡入聖」的說法，也待商榷。㊲其實，在西方文學中烏托邦的發現也多出乎「機緣巧合」，而且大多數都是不能回歸的。這一點可見於張氏舉例爲烏托邦典型的《烏托邦》和《新亞特蘭迪

㉞ 陳寅恪：〈〈桃花源記〉旁證〉，《清華學報》十一卷一期（一九三六年一月），頁七九至八八。

㉟ 劉自齊：〈〈桃花源記〉與湘西苗族〉，《學術月刊》，一八二期（一九八四年七月），頁六九至七一。

㊱ 張惠娟，前揭，頁八一。

㊲ 同上，頁八七。

斯》(New Atlantis)。烏有邦雖然存在了很久，歐洲人卻未有所聞，直至書中的主人翁海夫路地(Hythloday)等人因爲被狂風吹襲迷路，才飄流到那裏。在書中一封托名彼德・喬斯(Peter Gilles)寫給布斯列頓(Jerome Busleiden)的信中，我們知道喬斯和莫爾都不清楚烏有邦的正確地點，因爲海夫路地沒有詳細說明它的位置，而且爲了一些不明白的原因，信中說，「我倆(莫爾與喬斯)都是注定找不到它的」(we were both fated to miss it)。[38]上述關於烏有邦的描述，不是與〈桃花源記〉「後遂無人問津者」有異曲同工之妙嗎?至於新亞特蘭廸斯，亦是因爲有船被狂風吹翻，船上的人胡里胡塗地飄流到岸，因而發現了這處地方。這與〈桃花源記〉中「沿溪行，忘路之遠近，忽逢桃花林」的情節，亦如同一轍。因此，張氏爲甚麼說〈桃花源記〉中桃花源「非人類單憑理智所可一窺堂奧」，而《烏托邦》和《新亞特蘭廸斯》就不是呢?張氏實難自圓其說。

在張氏對〈桃花源記〉的各項指摘中，唯一有力的論點，就是「在桃花源中，社會、政治制度刻劃不足」。[39]誠然，西方烏托邦的設計者，十居其九都會花大量篇幅描寫他們書中的烏托邦的社會結構、政治制度等，而〈桃花源記〉的確欠缺了這方面的描述。不過，這個缺點實有它特

[38] *Utopia*, p. 34. 喬斯與布斯列頓都是莫爾的朋友，莫爾將他們寫成書中的人物。

[39] 張惠娟，前揭，頁八七。

別的歷史因素和哲學背景。首先，因爲陶氏以筆記小說形式寫〈桃花源記〉，自然不能長篇大論。試翻檢同期的筆記小說，便可見當時的作品，無論題裁是否相同，但篇幅都不會太長。所以就表現形式來說，這是先天性的局限。而更重要的，是桃花源是一個有濃厚道家色彩的理想國度。道家崇尚自然，反對文明禮制，主張「小國寡民」。因此，有道家色彩的理想邦自必然不會享有高度文明。所以，桃花源內只有很少文明社會的特色便不足爲怪。誠如上文指出，「比文明制度更甚」固然是改良現實以達至烏托邦的一種方法，而「比文明制度不足」也是改良現實的另一種方法。況且，既然兩者都是未經驗證的理論或理想，我們實沒有理由只接受前者爲烏托邦的特性而摒棄後者。再者，桃花源是由源中人的祖先建成。他們的祖先之所以組織這個理想邦，就是因爲不滿現實，因而改革當時的社會制度，使得源內的居民都可以安居樂業。所以，無論從設計桃花源的動機、目的和最後的結果來看，桃花源都和西方的烏托邦相同，只是兩者在如何改造社會的手段上有所不同；而手段的不同，也導至兩者的面貌有所分別。此外，〈桃花源記〉雖然沒有明顯地批判作者當時的社會，但卻巧妙地以嬴秦影射苻秦，側面地道出當時社會正遭受戰爭蹂躪的事實。綜合上述各點，〈桃花源記〉既有對現實的批判，又建立了一個可仿效的理想社會的模式，所以是名符其實的烏托邦文學作品。

除此以外，桃花源與烏有邦還有其他相似的地方。如第一，桃花源內大都是農民，和烏有邦內的農民一樣，他們的知識靠實踐累積而來。他們可以憑觀察大自然而知道四時的變化，卻不能用理論加以解釋。桃花源內更沒有曆法可依循。第二，兩地人民對衣著的態度亦相同。烏有邦以衣著簡樸見稱，而五百年來桃花源「衣裳無新製」。以上兩點反映莫爾和陶潛心目中的理想社會，都是比較講求實效的。

（五）

桃花源是否有實在的社會爲藍本尚未有定論，但《水滸傳》則肯定有歷史的根據。簡單來說，書中敍述一百〇八名好漢被迫上梁山的經過，與他們怎樣由強盜而變成一支忠心爲國的軍隊，以及他們最後的悲慘下場。這個故事的內容是以北宋末年一夥有史可稽的強盜的事蹟爲依據的。㊵在小說家筆下，這羣強盜被描繪成爲英雄人物。他們在社會中受到不同的壓迫而走上梁山，希望藉着彼此的力量建立一個理想的世界，並且打着「替天行道」的旗號，與腐敗的和墮落的現實世界抗衡。這個理想世界的組織情況是這樣的：

八方共域，萬姓一家。……一寸心生死可同。相貌語言，南北東西雖各別。心情肝膽，忠

㊵ 參考朱希江、周謙：〈《水滸傳》——虛構中的史實〉，載《水滸爭鳴》，第四輯，湖北省《水滸》研究會，《水滸爭鳴》編委會編（湖北：長江文藝出版社，一九八五），頁六一至七〇。

> 誠信義並無差。其人則有帝子神孫，富豪將吏，並三教九流，乃至獵戶漁人，屠兒劊子，都一般兒哥弟稱呼，不分貴賤；且又有同胞手足，捉對夫妻，與叔姪郎舅，以及跟隨主僕，爭鬪冤讎，皆一樣酒筵歡樂，無問親疏。或精靈，或粗鹵，或村樸，或風流，何嘗相礙……㊶

在梁山上，雖然沒有明文的法律，也似乎沒有顯著的階級劃分，但在義氣的約束下，梁山泊的社會自成世界。梁山泊的成員都願意為別人灑熱血、擲頭顱，甚至不惜濫殺無辜。這種盲目的「道德」標準，當然不會為一般文明社會所接受，只在梁山上才受人歌頌和擁護。此外，梁山上雖然人人以兄弟相稱，好像沒有階級界限，事實上卻比一般社會的階級還更嚴格。每一個好漢入夥，便要排座次一下，最後一百〇八人各有先後次序，形成一個森嚴的權力等級。

在「替天行道」的鮮明旗幟下，梁山社會其實仍存在着不少問題。第一、由於它並不是一個自給自足的社會，而主要靠搶刼為生，每一位英雄（包括女性）都要加入搶刼的行列。儘管他們以貪官汚吏為主要的搶刼對象，但有不少無辜者也受到牽連，因而犧牲了財產和性命。無怪孫述宇認為，「殺人越貨」是《水滸傳》的特色之一。㊷其次，他們並不像烏有邦的人民視錢財如糞

㊶《一百二十回的水滸傳》（北京：商務印書館，一九五九），頁一一五五至一一五六。

㊷詳參孫述宇：《水滸傳的來歷、心態與藝術》（臺北：時報文化出版事業有限公司，一九八一），頁二五至三二。

土。相反來說，他們十分貪財，又愛豪飲暴吃，不知節制。

梁山泊英雄始終是法外強徒，他們自然受到宋朝政府的討伐。另一方面，梁山中人亦會爲了義氣，興師動衆，出兵打救被貪官汚吏壓迫的朋友或平民百姓。因此，軍備和武藝便成爲他們求生的必要條件。在一百二十回的小說中，他們未曾在一場主要戰役中落敗。其中一個重要的原因，是梁山泊是個水泊，有利於防守。由此使我們聯想到爲什麼烏托拔斯皇要把本來位於半島上面的烏有邦，以人工方式把它與大陸切斷，使它變成一個四面環海的島國。因爲此舉除了可使烏有邦自成天地，更增強了他們防禦的力量。由於烏有邦推行一種與別不同的社會制度，而時常受到鄰近國家的騷擾，所以防禦工作對他們十分重要。烏有邦也不時出兵幫助友邦對付侵略者，或解救受到獨裁君主壓迫的人民。由此看來，烏有邦對戰爭的態度，和梁山英雄的行動並無二致。

其次，烏有邦和梁山泊與敵人週旋，鬪智多於鬪力。他們善於利用埋伏的戰術和心理戰。就心理戰方面來說，兩者的手段極爲相似。烏有邦往往派人潛入敵人後方，散播懸賞對方皇帝或主帥人頭的消息，藉此離間敵人。吳用也採取相類的手段智取大明府。他派人在大名城內外，四處張貼無頭告示，離間官民之間的團結。另一方面，在每次戰勝後，烏有邦必定要求敵方賠款；梁山泊人馬亦必乘機刼掠官方的銀庫與糧倉。綜合上述分析，兩個理想邦都不好戰，他們明白戰爭會導致很大的損失，所以儘量用戰略來減低傷亡的數字。同時他們要敵人付出戰爭的代價，藉以產生阻嚇作用，令敵人不敢隨便大動干戈。

梁山泊雖然是強盜的世界，它的組織和行徑又和一般人對烏托邦的期望相違背，但它卻不失爲一個烏托邦。因爲在這山寨上，梁山英雄按照自己的理想社會模式，建立了一個強盜的世外桃源。誠然，世界上大概沒有能夠取悅每一個人的理想世界。因此，甲的理想，乙往往不屑一顧。就是被公認爲西方烏托邦思想鼻祖的柏拉圖的「理想國」，在今天看來，也有推行法西斯主義之嫌。[43]所以，我們不可以因爲梁山泊只是個強盜窩而否定它的烏托邦的地位。孫述宇指出，梁山故事，可能是強人說給強人聽的宣傳故事。因此，書中的強盜雖被理想化，強盜的生活也被浪漫化，但仍不掩作者強盜的觀點，書中也不時宣傳強盜的是非標準及價值取向。[44]從這個角度看，梁山泊社會代表着強盜們的「重建邦」。《水滸傳》的故事，便是他們爲了改善現實生活而幻想出來的理想邦的建築藍圖。此外，透過敍述各主要英雄被迫上梁山的故事，作者又寄寓了對社會黑暗的批判。因此，筆者認爲，《水滸傳》也不失爲一部烏托邦文學作品。

（六）

一百二十回的《水滸傳》結束時，只有三十多名梁山英雄仍然生還。這些英雄，又被陳忱利

㊸ 同⑨，頁四。

㊹ 同㊷，頁二五至四六。

用來寄托他的烏托邦思想，而寫成《水滸後傳》。陳忱生於明末，經歷過滿清入關的動盪歲月。當時，清人初據中土，對漢人採取高壓政策，又大興文字獄，以窒息明遺民所倡「反清復明」的言論。一些有志之士，深感亡國之痛，一方面既無力運轉乾坤，另一方面又提防文字獄，於是把哀傷心情，寄托於小說創作中，並且採取一些歷史故事爲題材，用借古諷今的方式掩飾他們反清的心意。《水滸後傳》可說是這類文學作品的一部代表作。由於陳忱借水滸故事寄托他希望遠離清人鐵蹄下的神州及重新建立一個世外桃源的情懷，所以，《水滸後傳》頗有烏托邦文學的色彩。

《水滸後傳》的故事緊接《水滸傳》而發展，書中描寫受招安後的梁山英雄，經過幾次戰役後，只剩下的三十二人生還，他們怎樣被迫重蹈「迫上梁山」的命運。而與此同時，金國正大舉入侵中原，後來更滅了北宋。梁山英雄本想加入抗金軍隊的行列，無奈奸臣當道，事無可爲。於是他們便離開中土，乘船出海，希望找到一塊人間樂土重建家園，最後在暹羅國（即今日的泰國）境內建成一個理想社會。

陳忱對暹羅國的描寫，顯然是以桃花源爲藍本的。梁山英雄踏足暹羅國的第一個島清水澳時便有桃花源的影子：

只見山巒環繞，林木暢茂，中間廣有田地，居民都是草房，零星散住，牛羊雞犬，桃李桑麻，別成世界……方圓有百里，人家不上千數，盡靠耕田打漁為業。各處隔遠，並無所屬。（人民）世代居此，也不曉甚麼完糧納稅，只是種些棉花苧麻，做了衣服；收些米穀，做了飯食；菜蔬魚蝦，家家有的，儘可過得。[45]

可是，梁山英雄並沒有在這世外桃源立即安頓下來。因為當時暹羅國丞相共濤弒主自立，施行暴政。因此，梁山英雄合力消滅了共濤的叛軍，解救正處於水深火熱的暹羅人民，最後李俊被擁戴登基，暹羅於是在梁山英雄的英明領導下變成人間樂土。不過，陳忱卻沒有詳述各英雄如何管治暹羅而使它變成樂土的過程，反而花主要的篇幅描寫梁山英雄如何再聚集在一起，和他們怎樣與共濤的叛軍作戰的經過。所以，嚴格來說，《水滸後傳》雖以梁山英雄怎樣建立一個烏托邦為主題，卻沒有對這個烏托邦著墨描寫，實在不應視作烏托邦文學作品。無疑，上文引述的清水澳富有烏托邦的色彩，但梁山英雄既不是住在清水澳，也不是採用清水澳居民的生活方式來管治暹羅國，作者似乎只是利用清水澳的桃花源的影子來表達暹羅國就是梁山英雄尋找中的樂土這個主題而已。

---

[45] 陳忱：《水滸後傳》（香港：中華書局，一九五九），頁九九。

（七）

筆者最後要討論的小說，就是李汝珍的《鏡花緣》。《鏡花緣》是否烏托邦文學，問題似乎比以上討論的作品較爲複雜。因爲它一方面既有寓言色彩，又有諷刺味道，還表現了作者心目中的理想社會的一鱗半爪；但另一方面，正如夏志清指出，「故事還未發展到一半，李汝珍早已放棄了自己諷刺家的任務，轉而全力歌頌中國文化中的理想與趣味」。[46]其實，就算我們單看小說的前半部，李汝珍的目的也十分隱晦，因爲在這半部小說中，「理想邦」（eutopia）與「絕望邦」（dystopia）的元素兼而有之。但筆者認爲，李汝珍其實沒有明顯的烏托邦思想要去表達，他只不過是採取了烏托邦形式來諷刺當時的社會，因此《鏡花緣》極其量可以歸入烏托邦文類的旁支（sub-genre），而稱爲「烏托邦式的諷刺故事」（utopian satire）而已。[47]

---

[46] C.T. Hsia, "The Scholar-Novelist and Chinese Culture: A Reappraisal of *Ching-hua Yuan,* " in *Chinese Narrative,* ed. Andrew Plaks (Princeton: Princeton Univ. Press, 1977), p. 267.

[47] 參考拙著 (Koon-Ki Ho), "Several Thousand Years in Search of Happiness: The Utopian Tradition in China," *Oriens Extremus,* 30 (1983-86), pp. 30-33.

《鏡花緣》的前半部以主角唐敖、多九公和林之洋三人的海上旅程爲主線。在他們路經的三十多個奇異國家中，有些國帶有「理想邦」的特色，另外一些則有「絕望邦」的味道。在唐敖經過的國家中，以君子國和大人國最有「理想邦」的色彩，它們也最爲人贊同爲李汝珍心目中的「理想邦」。但只要細心分析，我們不難發現它們背後富有更加濃厚的諷刺意味。李汝珍對君子國的描寫可分爲兩部分。前部分記述了三宗不尋常的商品交易，在這些交易中，賣方極力減價，買方則極力加價，與現實生活中賣家「漫天要價」，買方「就地還錢」的情況恰好相反。表面上，這是一種理想的交易。因爲人人都是君子，他們寧願自己吃虧，也不要佔別人的便宜。可是，在李汝珍筆下，這幾宗交易並不因爲買賣雙方都是君子而得以順利進行。由於雙方爭相吃虧，結果導致無謂的爭執。雖然唐敖稱贊這三宗交易爲君子國人「好讓不爭」的「行樂圖」，但經過李汝珍巧妙的處理，這句說話的反諷意味，溢於言表。即是說，在現實生活中，買賣雙方爭著佔對方便宜，固然是爭，而君子國裏買賣雙方都爭著吃虧同樣是爭！因此，無論是那一種情況，都離不開一個「爭」字，何來「好讓不爭」呢？換言之，「好讓」竟成爲了導致「爭」的主因。其次，君子國人的「好讓不爭」的「美德」，不是從一個完善的社會或教育制度培養出來的高尚道德情操，而是因爲迷信輪廻報應而有的表現。這種「好讓不爭」的動機，在第三宗交易中顯而易見。當時買方留下很多金錢便離開，而賣方堅決不肯接受，還指出如果一旦接受了，恐怕來生「要變驢變馬」歸還買者。最後，他立刻把多出的錢轉送給剛走過的乞丐，並且說：「這個花子只怕就是討人便宜的後身，所以今生有這報應。」[48]由此可見，「好讓不爭」並不是李汝珍眞正的理想，君子國人也不全是令人敬慕的謙謙君子。其次，君子國中竟有乞丐，反映出君子國的社會制度尚未完善。李汝珍對君子國一褒一貶的處理，難免令讀者對這個「理想邦」的印象大打折扣。我們甚至可以這樣理解：李汝珍根本就懷疑是否有眞實的「理想邦」的存在，而書中君子國的寫照，正是他對自古流傳的君子國神話的嘲弄。從這角度來看，《鏡花緣》中君子國的前半部故事，亦可以歸入另一個烏托邦文類的旁支——「烏托邦式的嘲弄」(utopian parody)內。[49]

不過，到了下半部，這種「烏托邦式的嘲弄」體，又被上文提到的「烏托邦式的諷刺故事」體所取代。在這部分，李汝珍藉君子國兩位宰相吳之和、吳之祥兄弟諷刺當時中土人士的陋俗：包括爲求覓得好風水的墓穴而拖延先人入土爲安的時間；爲慶祝子女出生而大量屠宰禽畜以大排筵席；愛訴訟；驕奢浪費；婦女纏足等等。透過這一部分，我們可見李汝珍描寫君子國的主要動機是諷刺當時的社會，多於樹立一個可供仿效的「理想邦」模式。他把婦女纏足一項加入諷刺的行列，尤其暴露了他急於批判社會的心情。雖然今天我們不能完全確定婦女纏足的習慣始於何時，

[48] 李汝珍：《鏡花緣》（香港：中華書局，一九六五），頁六九。

[49] 有關烏托邦文類、它的旁支和其他從「烏托邦」一詞衍生出來的專有詞彙，參考拙著 "Why Utopias Fail: A Comparative Study of the Modern Anti-utopian Traditions in Chinese, English, and Japanese Literatures," Diss. Univ. of Illinois, 1986, pp. 269-274.

但一般相信不會早過晚唐。[50]李汝珍把這個陋習提前至武則天時代，並不符合歷史事實，但此舉卻把李氏諷刺當時社會的態度表露無遺。

李汝珍筆下的君子國，唯一值得仿效的，就是國民的務實思想。這種思想見於君子國民對燕窩的態度。在中土被奉爲上品的燕窩本身並無味道，在做事講求實際的君子國人看來，燕窩和普通粉條沒有分別，所以一升穀物可以交換一擔燕窩，同時只有貧窮的家庭才會因爲恐怕饑荒才購入貯藏。君子國人對燕窩的態度，可與烏有邦人對金銀等貴重金屬的態度相提並論。烏有邦人只把金銀打成最下賤的家具，或奴隸的鎖鏈，與別的國家以金銀爲首飾，及代表尊貴的象徵的做法不同。從實用的角度看，燕窩既不美味亦不足以裹腹，金銀的用途也比不上銅鐵之大，可見君子國和莫爾筆下的烏有邦的人民的價值觀相同。既然，君子國人能以實用爲出發點，而不單憑外表判斷物質的價值，這種態度本來是「理想邦」的元素之一。但李汝珍以君子國內窮人才對燕窩有興趣的描寫，一再暴露君子國不理想的地方。因爲他說明除乞丐外，君子國另外還有貧富之分。因此，再一次證明李汝珍並不是以君子國作爲「理想邦」的藍圖，而是把它作爲一個「烏托邦式的諷刺故事」的故事背景。

---

[50] 參考 Howard S. Levy, *Chinese Footbinding: The History of a Curious Erotic Custom* (London: Neville Spearman, 1966), pp. 37-64.

《鏡花緣》內另一個常被認爲是「理想邦」的大人國，其實也沒有什麼理想可言。同時，它比君子國更有「烏托邦式的諷刺故事」的特色。大人國的人民天生腳踏一片雲。雲的顏色隨主人的行爲而轉變。如果某人爲非作歹，腳下的雲便會自動變成灰色。如果他屢犯不改，雲的顏色更會轉黑，至於有德行的人則會踏在五彩的雲上。換言之，這片雲其實是大人國國民良心的「測量器」。由於這個「測量器」人人可見，國人便爭相行善。

一個國家的人民能夠爭相行善，自然有「理想邦」的意味。但李汝珍亦不以大人國爲「理想邦」的藍圖。唐敖等人遇到兩名大人國民，一人是踏在片五彩雲上的乞丐，另一人則是踏在灰雲上的官員。李氏把有德行的乞丐與做了虧心事的官員排比，他諷刺社會的意圖，顯而易見。這不外說明：人的能力或社會地位不與他的道德修養成正比例。大人國既有德行好的乞丐，也有缺德的官員，自然不是什麼値得借鏡的理想社會了。

《鏡花緣》一方面有「理想邦」的元素，一方面又有「絕望邦」的特色：從情節上來說，《鏡花緣》透過一次長途的海上旅行爲故事骨幹，凡此都與史威夫 (Swift) 的《格列佛遊記》(*Gulliver's Travels*) 有異曲同工之妙。無怪胡適（一八九一——一九六二）以「中國的格列佛」介紹《鏡花緣》給外國的讀者了。[51]

---

[51] Hu Shih, "A Chinese 'Gulliver' on Women's Right (the Ching-hua yuan)," *People's Tribute*, New Series (1934), pp. 121-127.

從以上討論可見，中國文學中確有明顯的烏托邦主題。總括來說，「大同世界」是一幅政治性的烏托邦圖畫，亦代表作者心目中的「重建邦」。桃花源雖然表面上與一般所謂「田園式的烏托邦」(pastoral utopia) 沒有大分別，實際上卻是陶潛改革社會的藍圖，只不過因爲陶潛久歷戰亂，又受到道家（烏托邦）思想的影響，因而渴望過一些和平而簡樸的生活，所以他描寫的桃花源的社會面貌與西方「重建邦」「比文明制度更甚」的模式有所不同。我們可稱桃花源爲有道家色彩的「重建邦」。《水滸傳》是法外強徒的烏托邦文學，是作者建立強人理想世界的藍本。而《水滸後傳》則表露某些明遺民恥吃清粟，寧願蟄居海外的退隱心態，書中的暹羅國雖然並非仙鄉洞府，但亦可以粗略地說是作者的「解脫邦」。至於李汝珍的《鏡花緣》似應歸入「烏托邦式的諷刺故事」一類。因爲李氏沒有正式策劃出一個理想的社會。還要注意的是，無論上述作品所描寫的社會屬於那一類烏托邦，它們跟西方的烏托邦文學一樣，包含了作者批判現實社會的精神。屬於「重建邦」類的「大同世界」，桃花源和梁山泊，更樹立了多種理想社會的模式，希望有關制度可以付諸實行。但作者提出理想之餘，不免在有意無意中流露出悲觀的態度，對達到自已筆下的理想邦的可能性表示懷疑。由此可見，不論是「重建邦」或是「解脫邦」，都是作者幻想中的產物，不是現實社會的實錄。理論上說，由於「重建邦」列出理想社會的組織和法制，如果眞的按部就班去做，作者筆下的完美世界未必不可以應驗。但理論總歸理論，只要一日未付諸實行，任何烏托邦都只存在於文字之中。

乙篇：類比

中英詩中的時間觀念

（一）

亙古以來，人類對生命的態度，與他們時間觀念有密切的關係。人類在遠古時代已曉得分辨過去、現在及將來。「當原始人製造工具時，不單預先假定了那些工具未來的功用，同時也顯示他們（能夠犧牲現在的閒暇）利用過去的經驗為未來打算。」❶原始人對時間的醒覺，不但使他們在掙扎求存中取得豐碩的成果，而且促使他們預見自己的死亡，並使他們去尋求生命結束後的「存在的保證」（assurance of existence）。❷這便是「天堂」（paradise）觀念萌芽的時

❶ See S.G.F. Brandon, "Time and the Destiny of Man," J.T. Fraser, ed., *The Voice of Time* (New York: n.p., 1966), p.140.

❷ Ibid., p. 145.

候。誠如席勒（Schiller, 1759–1805）說：

> 任何民族一有歷史就有「天堂」。「天堂」可說是一個天真純潔的國度，一個黃金時代。其次，每個人如按照自己或多或少的詩人情性（poetic nature）去迷戀過往，也會有自己的「天堂」，或自己的黃金時代。❸

雖然席勒把「天堂」規限為過去的某一段時間，他這番話卻使「時間」和「天堂」兩個觀念的關係清晰明白地顯示出來。為了避免引起爭辯，首先讓我們為「天堂」下一個定義：「天堂」是一個人相信自己生活得最幸福的時候。所以，「天堂」可以是混沌初開的一刹那，也可以是永無休止的未來；❹但當我們覺得過去與未來都未免過於虛幻時，祇有現在才算是「天堂」了。但無論是那一個「天堂」，它祇能在人類主觀的時間意識（subjective awareness of time）中才能夠實現。換句話說，「天堂」的觀念或信念是由我們對時間的主觀意識而產生出來的。

在古埃及與希伯來文化中，宗教不但加強了人類的主觀時間觀念，而且給予信徒精神上的慰

---

❸ Quoted in Harry Levin's *The Myth of the Golden Age in The Renaissance* (New York: Oxford University Press), 1969, p. xv.

❹ Ibid.

藉和死後永生的保證。因此，在宗教的薰陶下，人類對時間和生命的不安表現出樂觀的看法，認爲現世生命是非常重要的。因爲在現世生命中的嘉言懿行，都是獲得永生恩賜的因素。可是在東方的中國、印度及歐洲的希臘，人類對時間的不安卻演變成悲觀的人生態度。中國的道家、希臘的斯多葛派（Stoics）和印度的佛教都有一個共同的信念。他們相信宇宙中的萬事萬物，都依據一個循環模式來運行。時間既是宇宙的基本元素，當然也是循環不止的。因此，現世的生命不過是整個宇宙大循環中一個微不足道的片斷而已。人類處身其中，實在無可奈何，而解脫的方法祇有兩種：第一種方法比較積極，它的目的是使人完全超脫這個循環的宇宙而達到無變無滅的境界；第二種方法在相對之下就顯得消極多了，它要求人們採取樂天知命，順應自然的人生態度。道家有所謂「超生死」、「外生死」等理論，就是指引人們去履行做爲宇宙中一份子的本份，去順應生死的。❺希臘的哲學家，特別是亞里士多德（384-322B.C.），也持有相類的生命觀。亞里士多德十分關注太陽的循環運行對四季和動植物繁殖的影響。他相信「在地球（terrestrial

❺ 有關道家對生死的看法，參看劉光義：〈莊子生死觀念的剖析〉（上）（下），《大陸雜誌》，三十三卷一期，（一九六六年七月），頁一五至二〇，及三十三卷二期，（一九六六年七月），頁二二至二六；至道家的生死觀和其他傳統中國思想學派的分歧，參看曹敏：〈中國儒家的生死觀——兼論與各家生死觀之比較〉（上）（下），《新天地》，二卷六期，（一九六三年八月），頁四至七，及二卷七期，（一九六三年九月），頁一〇至一四。

sphere）上，祇有種族（species）才可以享有永恆。」❻ 這就是世界上各種易於腐朽的個體能夠分享天體的永恆和參與神的永生的方法。從上面的分析可見，不論道家或希臘早期的哲學，不外要人類自願接受那種不可抗拒的命運，亦即上述第二種解脫方法。誠然，當人們沒有了死後永生的承諾時，這種人生態度無疑使他們得到一點安慰。至於眞正的超脫似乎可在佛家的論說中找到。佛家反對個人的存在，無論是過去、現在或未來都屬幻境（maya），故此，最理想的存在——涅槃（nirvana）——祇存在於時間之外。❼ 換言之，祇有人類完全掙脫時間的韁鎖，才可以達到「天堂」的境界。

（二）

上文已粗略介紹過世界三大（卽亞、非、歐三洲）文化傳統內時間觀念對人類世界觀的影

❻ See J.L. Russell, "Time in Christian Thought," *The Voice of Time*, p. 68.

❼ 關於佛教中「無我」的觀念，參考 Walpola Rahula, *What the Buddha Taught*, (New York: Grove Press, 1962), pp. 51-66, 而有關「涅槃」的討論，參考同書頁三五至四四。

響，現在以中國古典詩⑧與英國浪漫詩（Romantic poetry）⑨作爲主要素材，集中討論中國（代表亞洲）與英國（代表歐洲）傳統文化中的時間觀念。

我們研究英國文學時不難發現它受到希臘文化與基督教影響的痕跡，不過就時間觀念這方面來說，基督教對英國文學更具有支配的力量。希臘人是相信循環時間觀的，但基督教主張直線時間觀。如果英國人不是深受基督教的影響，而是相信循環的時間觀念，那麼上帝的創世、基督的死亡及復活、以至先知的預言等都在循環反覆地發生，他們的信仰便毫無意義了。所以，如果我們說傳統英國文化中的時間觀念是直線的，並非循環的，相信不至遠離事實。可是，自從文藝復興(Renaissance)後，英國思想界日漸傾向世俗化(secularization)，尤其在自然科學發達之後，這個趨勢更加顯著。在文藝復興期間，隨著社會朝著工商業、科學和資本主義等方向邁進，人們對時間的看法，亦產生了一個顯著的突破。時鐘的發明，使人們意識到時間的稍縱即逝；工商業方面的成就，也在乎能否準確地掌握及運用時間。一五一四年，波蘭天文學家哥白尼

---

⑧ 本文所指的中國古典詩，包括自漢朝至元朝的詩歌文類(genre)。關於漢以前古詩中所表現的時間觀念，參考日本學者小池一郎：〈「暮れる」ということ——古代詩の時間意識〉，《中國文學報》第二十四册（一九七四年十月），頁一至二一。但由於篇幅關係，元朝以後詩歌中表現的時間觀念，留待日後專文探討。

⑨ 所謂英國浪漫詩，參考⑫。

(Nicholas Copernicus, 1473-1543) 發表他的「關於天體運行軌迹」(De Revolutionibus Orbium Celestium)，指出地球不過是太陽系中一顆行星，太陽才是中心。到了一六一三年，伽利略 (Galileo Galilei, 1564-1642) 公佈他多年來研究太陽系的成果，支持哥白尼的理論，震撼了整個思想界。雖然這些科學鉅著受盡當時教廷無理攻擊，然而基督教對時間的樂觀看法受到嚴重的威脅。於是與時間競賽遂成爲社會上的新潮流，而柏拉圖 (C.428-348 or 347B.C.) 不朽論中兒童和名譽這兩個因素，也在那個戰禍頻仍和嬰兒死亡率甚高的年代中失去了信服力。⑩但丁（Dante, 1265-1321），米爾頓 (John Milton, 1608-1674) 和莎士比亞 (William Shakespeare, 1564-1616) 等著名文學家，在他們的作品中充分反映出新的時間觀念如何粉碎了人們對於後代的希望。⑪在這個新的社會環境下，科學和資本主義在十七、十八世紀二百多年間得到長速的發展。到了浪漫時代 (Romantic period)，⑫詩人開始感受到他們和歷史、社會相隔得太遠，同時覺得在他們的時代中，功利主義與機械文明對人類感性與想像能力構成嚴重的威脅，於是構想出多種時間觀念的新方向（Orientation），如華滋華斯（William Words-

⑩ 參考 Ricardo J. Quinones, *The Renaissance Discovering of Time* (Cambridge, Mass.: Harvard University Press, 1972), p. 26.

⑪ 同上。

worth, 1770-1850）回顧過去找尋理想的「天堂」，濟慈（John Keats, 1795-1821）把握現在的歡愉，而雪萊（Percy Shelley, 1792-1822）卻期待著死亡及永生的降臨，以求解除他們對現實世界的不滿。

在中國古代，並沒有一個如基督教在英國一般壟斷思想界的宗教或哲學體系。雖然儒家思想在中國傳統思想中佔有主導地位，但道佛兩家一直和它抗衡，甚至常有三教合流的趨勢。所以我們不難解釋爲什麼傳統中國知識份子大都是「儒表佛（道）裏」的。[13]儒家相信現實世界就是唯

⑫ 一直以來，西方學者對浪漫的（Romantic）、浪漫主義（Romanticism）和浪漫時代的見解，聚訟紛紜，甚至常有針鋒相對的現象。詳見 René Wellek, "The Concept of Romanticism in Literary History," *Concepts of Criticism* (New Haven & London: Yale University Press, 1969), pp. 128-198; Francois Jost, "A lesson in a word 'Romantic' and European Romanticism," in his *Introduction to Comparative Literature* (Indianapolis & New York: Pegasus, 1974), pp. 88-108.

⑬ 儒釋道三教合流對中國知識份子的影響，參考羅光：〈儒釋道所形成中華民族的宗教信仰〉，《文藝復興》，一九七〇年七期，（一九七〇年七月），頁一一至一四；Yü Chün-fang, *The Renewal of Buddhism in China: Chu-hung and the Late Ming Synthesis* (New York: Columbia University Press, 1981).

一的眞實世界，無怪有人說儒家學說屬於人文主義。孔子所謂「未知生，焉知死」⑭就是強調現世的重要和否定虛無飄渺的死亡或死亡後的存在。⑮誠然，儒家學說裏又有「三不朽」的觀念，認爲人們能兼立德、立功或立言便會名垂不朽。⑯然而，這三種不朽方式卻與生存無關，不能和基督教的永生說相提並論。基本上說，儒家的時間觀念是直線的。⑰雖然《易經》中亦有陰陽消長，否極泰來等觀念，但孔子（前五一一—前四七九）和孟子（前三七二—前二八九）這兩位儒家宗師卻眷懷歷史上或傳聞中的理想時代，希望回復到三皇五帝的大同社會，⑱可見在他們的心目中，現在祇是過往黃金時代的退化，所以祇有效法先王才能治國平天下。孔孟這樣崇拜甚至神

---

⑭ 《論語正義》，卷十一，〈先進第十一〉（《十三經注疏本》，臺灣藝文印書館，一九七九年第七版），第八册，頁九七。

⑮ 參考曹敏：〈中國儒家的生死觀——兼論與各家生死觀之比較〉，詳⑤。

⑯ 三不朽說，出自《左傳．襄公二十四年》（《春秋左傳正義》，《十三經注疏本》），卷三十五，第六册，頁六〇八至六〇九。

⑰ 李約瑟（Joseph Needham）亦相信中國人是抱直線時間（linear time）觀念的。詳見 Joseph Needham, *Time and Eastern Man* (The Henry Myers Lecture, 1964) (London: Royal Anthropological Institute of Great Britain & Ireland, 1965), *passim*, esp. pp. 45-52.

⑱ 有關中國人的大同思想，參考拙著（Koon-Ki Ho）"Several Thousand Years in Search of HappinessThe: Utopian Tradition in China," *Oriens Extremus*, 30 (1983-1986), pp.19-35.

化過去，顯示了他們的直線時間觀念。若果他們相信時間是循環的，美好的過去自然會在將來重現，他們便應指望將來，用不著模仿過去了。[19]由此看來，儒家提供了兩種脫離時間腐蝕的方法。第一是模仿過去。其實，仿效過去卽是試圖把過去帶到現在，甚至將來；亦卽是將時間固定於過去某一個時刻，使它永恒不變。第二是以「三不朽」的信念贏取永恒。

儒家這種帶有理想及樂觀成分的時間觀念所以不能取得如基督教在英國般的地位，不能不歸功於一直和它抗衡的釋道二家。莊子（前三六九?—前二八六）最反對模仿過去。這不是說過去不好模仿，而是無從模仿。儒家把古人的著作視爲至寶，莊子卻把它們當爲古人的糟粕。他認爲古人的道，應之於心，不是語言文字所能傳播的。所以，法先王，不過是推行先王法中的糟粕，實在愚不可及。[20]此外，釋道兩家相信現世功業，都是雲煙過眼，如虛似幻。同時，有生則有死，有盛必有衰，世界上萬事萬物都由「命」所控制。「命」這個觀念被陰陽家闡釋得淋漓盡

---

[19] 李約瑟也說「若果中國人的時間觀念不是直線的，而他們又那麼關心歷史和像蜜蜂般工作來研究歷史問題，實在另人難以置信。」（同[17]，頁五〇。）李約瑟此說，與本文觀點殊途同歸，可作中國人抱直線時間觀的另一證據。

[20] 《莊子・天道篇》中載齊桓公與輪扁的故事，指出言不能盡意的主旨。詳國學整理社（編）：《諸子集成》（上海：國學整理社，一九三五年），第三冊，郭象注《莊子集釋》，頁二一八。既然言不足以盡意，古人的書，自然不能紀錄先王之法的精粹。於是儒家提倡法先王，也實在十分愚昧了。

致，創立了陰陽五行的學說。到了漢代，陰陽五行的思想被儒者吸收，並且產生讖緯學說。於是在人們的觀念中，事的成敗得失，人的通達坎坷，完全是天體的運行和金木水火土五行相生相剋的結果。㉑於是傳統中國知識份子便跌進一個三角式的窠臼中。起初，他抱有天下之志，希望建立一番不朽的功業。於是專注於科舉，因爲在中國古代，只有仕宦之途才能使他施展經世濟民的抱負。可惜，純粹的儒家政治理想，往往不容於獨裁專制的君主。所以許多有識之士，因爲不能施展抱負，寧願辭官歸里，寄情於山水田園之間，以詩酒自娛，過著隱逸的生活，祇有絕少數哲人一開始就看破紅塵，皈依佛道。㉒所以傳統中國知識份子雖然受到不同性質的哲學思想所困擾，但也爲他們提供了多種尋求超脫的路向，所以在中國古典文學裏很少有西方文學作品中的悲

㉑ 有關陰陽五行及讖緯學說的形成及對中國政治和文化的影響，參看顧頡剛：〈五行終始說下的政治和歷史〉，《清華學報》，六卷一期（一九三〇年六月）頁七一至二六八；陳夢家：〈五行之起源〉，《燕京學報》，二十四期（一九三八年十二月）頁三五至五三；聶崇岐：〈五行氣氛籠罩下的中國〉，《大中》，一卷五期（一九四六年五月）頁二三至二四；及日原利國：〈災異と讖緯——漢代思想へのアプローチ——〉，《東方學》，四十三期（一九七二年一月）頁三一至四三。

㉒ 有關中國隱士的類型、隱退的原因及退隱觀念的轉變，參看蔣星煜：《中國隱士與中國文化》，（上海中華書局，一九四三年），頁六至二八；及 Li Chi, "The Changing Concept of the Recluse in Chinese Literature," *Harvard Journal of Asiatic Studies*, 24 (1962-1963) pp. 234-247.

劇英雄為忠於一己的信念，而不惜赴湯蹈火，奮鬪到底。㉓

(三)

研究人類對時間觀念可從過去、現在和將來這三個角度入手。為了使本文不致一發不可收拾，下面將會以華滋華斯、濟慈和雪萊的詩歌為討論的出發點。筆者所以選擇上述三位詩人，因為他們分別代表了英國浪漫詩人對時間的三種態度，讀過三位詩人的詩篇後，我們必會發覺他們的時間觀念不但沒有生呑活剝地承繼過去的傳統，而且有顯著的進化。事實上，三位詩人生活在同一時代，彼此互相認識，竟然採取三種截然不同的時間觀念和生命態度，來應付現實的痛苦，不能不說是英國文學史上的盛事。

對華滋華斯來說，永恒祇存在於令人永誌不忘的往事中。回憶往事能使人得到相等的或更多於身歷其境時的歡樂。在〈我像浮雲獨遊〉("I Wandered Lonely as A Cloud")一首詩

㉓ 參考 Rudolph Y. Chu, "The Hermit and the Sufferer: Two Different Prototypes in Chinese and Western Literature," *Tamkang Review*, 6.2 & 7.1 (Oct. 1975-Apr. 1976), pp. 329-340. 文中對中國山水詩人與西方悲劇英雄的成因和本質有比較詳細的探討。

裏，他描寫自己在野外水仙花叢中的快樂，但最重要的時刻不是接觸到水仙花，而是：

> 每當我躺在牀上
> 懷著空虛與憂鬱的心境，
> 水仙花在我的性靈內閃爍，
> 性靈是我孤寂的幸福。
> 我的心便充滿喜樂，
> 和水仙花翩翩共舞。㉔

過去的經驗可以儲藏在記憶中，每當詩人感到空虛和憂鬱時，便從這些回憶中，重拾逝去的快樂。這樣，過去的快樂，便是永恒的快樂，亦即詩人的「天堂」。華滋華斯這種對過去的眷戀，源於他相信「未生的存在」(pre-natal existence)。㉕他認為人在出世之前，已存在於幸福中。

㉔ Wordsworth, "I Wandered Lonely as A Cloud," 11. pp. 19-24, *The Poetical Works of William Wordsworth* (Oxford: Clarendon Press, 1944), 2nd edition, p. 217. 本文所引英詩，均爲筆者翻譯，只求達意，不講究音節韻律。

㉕ 參考華滋華斯的〈禮頌：永恆的伴侶——初生生活的回憶〉一詩。其中第五十八行說：「我們的出生只是一種睡眠和一種忘記」(Our birth is but a sleep and a forgetting), *The Poetical Works of William Wordsworth*, E. De Selincourt & Helen Darbishire, eds., 1947, p. 281.

當人一出生，便遠離幸福，進入腐朽及死亡的開端。於是，人愈老便愈接近腐朽，愈遠離幸福，愈受到當時的文化所摧殘。由於童年離初生不久，自然成爲人生最美善的時間。但要完全和腐朽的事物隔離，兒童應生活在大自然的懷抱裏。成年人若要回復本來的純眞，也只有回到大自然，以大自然爲師。就如華滋華斯在〈當我看時我的心在跳〉（"My Heart Leaps up When I Behold"）一詩中說：

兒童是人類的父親，
我希望自己生活的日子，
和大自然的虔誠連串在一起。㉖

華滋華斯又把上引的詩句，用作〈禮頌：永恒的伴侶——初生生活的回憶〉（"Ode: Intimation of Immortality from Recollection of Early Childhood"）一詩的楔子。在這首詩中，他稱童年及往日的回憶爲「永恒的恩賜」(perpetual benediction)和「永恒的海洋」(immortal sea)。㉗在〈天潭寺〉（"Tintern Abbey"）裏，詩人重訪天潭寺，撫今追昔。同時，

㉖ 華滋華斯：〈當我看時我的心在跳〉，第七至九行。
㉗ 同㉕。這裏的兩個詞語見第一三五行（頁二八三）及第一六四行（頁二八四）。

從今日遊玩時的情景，使他了解大自然更深，感到和大自然更親切。當他只是一個天眞無邪的小孩，天潭寺的景物只給他一份「粗略的快慰」（coarser pleasure），現在重遊舊地，他卻在大自然裏找到了永恒的神奇力量。㉘就是這樣，華滋華斯的「天堂」，就不偏不倚地建築在過去，尤其是童年時代和大自然當中了。

除了反傳統的明代思想家外，天眞無邪的孩子，並不看在中國人眼中。㉙孩童無疑是天眞爛漫，卻也是無聞無識。深受儒家思想薰陶的中國知識份子十分重視教育，所以也重視個人的學養。就是道家大師莊子，似乎也提倡經驗主義（empiricism）作爲得道的手段。㉚從佛家的角度看來，一個無知的小孩，斷不能具法眼，看破紅塵，達到涅槃境界。辛棄疾（一一四〇—一二〇七）便曾嘲弄自己年輕時代的無知：

㉘ 對於華滋華斯重遊舊地所得到的啓發，參考〈天潭寺〉詩第一一一至一五九行。同㉔，頁二六二至二六三。

㉙ 參考溝口雄三：〈明末清初思想の屈折と展開——童心說のゆくえ〉，《思想》，六三六期（一九七七年六月）頁六九至九五；及敏澤：〈李贄的「童心說」與「順其性」論〉，《文藝論叢》，第九輯（一九七九年十二月），頁三四三至三五一。

㉚ 《莊子・養生主》載有庖丁解牛（《莊子集釋》，同⑳，頁五四至五八），〈達生篇〉所載呂梁丈夫蹈水和佝僂者承蜩等故事，都說明從實證實悟的途徑，才可達到「道」的境界。（《莊子集釋》，同上，頁二八一至二八二及二八八至二八九。）

少年不識愁滋味，愛上層樓，愛上層樓，為賦新詞強說愁。如今識盡愁滋味，欲說還休，欲說還休，却道「天涼好箇秋」！㉛

在辛棄疾看來，沒有憂愁的少年時代不但不值得一提，反而使他汗顏。如果是華滋華斯，他必會對少年時代不知天高地厚而感到欣慰，甚至可以藉此解除他「如今識盡愁滋味」的苦痛。但辛棄疾卻不以少年不識愁爲榮，還隱隱爲當日的「爲賦新詞強說愁」而慚愧。回憶過去時，中國詩人每每顯得十分哀傷與悲觀，和華滋華斯的歡欣態度，大相逕庭。如李商隱（八一三—八五八）的〈錦瑟〉說：

錦瑟無端五十弦，一弦一柱思華年。
莊生曉夢迷蝴蝶，望帝春心托杜鵑。
滄海月明珠有淚，藍田日暖玉生烟，
此情可待成追憶，只是當時已惘然。㉜

㉛ 辛棄疾：〈醜奴兒〉，載鄧廣銘箋注：《稼軒詞編年箋注》（北京：中華書局，一九六二年），頁一三七。
㉜ 李商隱：〈錦瑟〉，載馮浩箋注：《玉谿生詩集箋注》（上海：古籍出版社，一九七七年），頁四九三。

又如馬致遠（?—一三二一後）

> 半世逢場作戲，險些兒誤了終焉計。白髮勸東籬，西村最好幽棲。老正宜。茅廬竹徑，藥井蔬畦，自減風雲氣，嚼蠟光陰無味……㉝

當然，李商隱、馬致遠與華滋華斯最大的分歧，是前二人的過去都是使人惘悵的，所以有「此情可待成追憶，只是當時已惘然」和「嚼蠟光陰無味」的慨嘆。但三位詩人也有相同的地方，他們都在回憶過去的過程中，眞徹地了解到過往經驗的眞諦。不過華滋華斯所發現的是過去是永恒的幸福，李商隱卻領悟到過去祇不過是蝴蝶夢一場，而馬致遠則認識到過去的生活態度祇會誤了自己的一生。故此，我們可以說李商隱和馬致遠從回憶中得到的是悲哀的認識（tragic recogui-tion）。雖然馬致遠和華滋華斯一樣回到大自然去尋求解脫，但他始終否定過去，肯定現在的抉擇。獨有李商隱爲過去而感到迷茫。

其次，中國詩人描寫重遊舊地的詩篇，調子每每十分灰黯。如歐陽修（一〇〇七—一〇七二）描述他重訪元宵燈市之時說：

㉝ 馬致遠：〈般涉調．哨遍〉，載隋樹森編：《全元散曲》（北京：中華書局，一九六四年），頁二六二。

去年元夜時，花市燈如畫，月上柳梢頭，人約黃昏後。今年元夜時，月與燈依舊，不見去年人，淚滿春衫袖。㉞

當然，去年是「人約黃昏後」，而今年卻是「不見去年人」，二者相去千里，但歐陽修總不能像華滋華斯般，將去年的快樂，投射在今年的悲痛上，以作慰藉。客觀環境的改變，使歐陽修陷於失落與哀愁中。故眼前所見，雖是「月與燈依舊」他卻是「淚滿春衫袖」。

華滋華斯能夠運用自己的想像力，使過去的快樂重現目前，中國詩人卻從過去的生活，悟到生命的無可奈何，祇有少數詩人能像陶潛（三六五或三七二或三七六—四二七），把他們的「天堂」建築於過去之上。陶淵明的「天堂」，與華滋華斯的十分相似。它是處於遠離塵世的大自然的一隅，而且又是建築在過去時間（秦朝）的上面。〈桃花源記〉可以揭露出陶潛心目中「天堂」的形象。桃花源的居民與外界完全隔絕，外界的朝代興替，對他們毫無影響。所以，他們可以說是不受時間侵蝕，永遠生活在秦朝末年。不過，陶潛的「天堂」卻比華滋華斯的「天堂」更難捉摸。劉子驥尋找桃花源的失敗，暗示了它是可望而不可即的。因此，陶淵明可算是比較接近華滋華斯的時間觀和世界觀的詩人。但他選擇了道家的途徑，將一己與自然契合，來解脫時間的束縛。〈形影神〉詩中說：

㉞ 歐陽修：〈生查子〉，載《六一詞》（北京：文學古籍刊行社，一九五五年），頁九。

縱浪大化中，不喜亦不懼，
應盡便須盡，無復獨多慮㉟。

表示了他達到的境界。

第二種最能反映詩人的過去觀念的可說是懷詠詩了。華滋華斯面對頹垣敗瓦、雜草叢生的古蹟絕不會傷感。在〈北威爾斯堡壘遺蹟〉("Composed Among the Ruins of a Castle in North Wales") 一詩中，他把那些散亂的柱廊 (shattered galleries) 和沒有屋頂的廳堂 (roofless hall) 當作深受時間愛護的「皇帝們的聖物」(relics of Kings)。時間驅使四季替它們換上各種繁茂的花冠。這些花冠，是時間「慰藉的補償」(a soothing recompense)。在華滋華斯眼裏，在四季中滋生的各種花草使這些頹垣敗瓦顯出生命力來。

中國詩人卻很少不被古蹟內的野花荒草，勾出縷縷愁絲的。如李白（六九九—七六二）的〈蘇臺覽古〉說：

舊苑荒臺楊柳新，菱歌清唱不勝春。

㉟ 陶潛：〈形影神之神釋〉，載逯欽立校注：《陶淵明集》（北京：中華書局，一九七五年），卷二，頁三七。

只今惟有西江月，曾照吳王宮裏人。㊱

便是一個例子。在舊苑荒臺上生長的新楊柳，不單沒有賦給古蹟任何生命力，反而顯出這個舊日繁華的地方到了現在如何荒落頹敗。時間使蘇臺的面目完全改觀過來，這座曾經是鬢影雲集，清歌妙舞的宮垣，已失去了昔日的光輝，祇賸下月亮仍依然故我。李白雖然沒有直吐哀音，但在「古」與「今」及「變」與「不變」的強烈對比下，詩人的哀傷表露無遺。用今昔的對比來表現時間的無情，無疑是中國詩歌的一個重要主題。這類詩篇俯拾皆是。如劉禹錫（七七二—八四二）的〈烏衣巷〉：

朱雀橋邊野草花，烏衣巷口夕陽斜，
舊時王謝堂前燕，飛入尋常百姓家。㊲

更是耳熟能詳，膾炙人口的詩篇。

在蜿蜒不斷的直線時間中，人世的勳業毫無意義。馬致遠的〈雙調．撥不斷〉，訴盡他對於建功立業的觀點：

㊱ 李白：〈蘇臺覽古〉，載（清）王琦輯注：《李太白全集》（北京：中華書局，一九五八年），頁一〇五一至一〇五二。
㊲ 劉禹錫：〈金陵五題〉，載《劉禹錫集》（上海：人民出版社，一九七五年），頁二一九。

布衣中，問英雄，王圖霸業成何用，禾黍高低六代宮，楸梧遠近千百塚，一場惡夢。㊳

誠然，人世的繁華富貴、功名利祿縱能顯赫一時，但始終逃不出時間的魔掌，最後還是被大自然所吞噬。

馬致遠這首小令，使人聯想到雪萊的〈奧士曼狄亞斯〉（"Ozymandias"）一詩。雪萊筆下奧士曼狄亞斯像唯一完整的墊座上刻着下面的說話：

> 我是萬王之王奧士曼狄亞斯，
> 你們有權有勢的人，仰見我的功業時，
> 都會自慚形穢！㊴

不管這種氣吞河山的豪情勝慨如何感人，但奧士曼狄亞斯像實在剝落不堪，而且四週黃沙亂石，一片荒涼，洋溢着強烈的反諷意味。雪萊這首詩與馬致遠或李白的詩篇十分相似。不過，雪萊對時間的看法，卻和他們截然不同。有關詳情，就留待下文說明。

㊳ 馬致遠：〈雙調．撥不斷〉，同㉝，頁二五三。

㊴ 雪萊：〈奧士曼狄亞斯〉，第十至十一行。據 *Selected Poems of Percy Bysshe Shelley* (London: Oxford University Press, 1964), p. 358.

(四)

把握現在，似乎不是浪漫主義的特質。它反而和文藝復興和十七世紀期間所謂「捕捉日子」(carpe diem) [40] 觀念十分相似。但生活在浪漫時代的詩人濟慈，卻有把握現代的傾向。透過研究濟慈的生平，我們不難理解他爲什麼有這種和時代脫節的人生態度。濟慈從年輕開始，便在死亡的陰影籠罩下生活。他的母親和弟弟都患上肺癆死去。一八一八年底，濟慈因爲照顧臨終的弟弟，使他更恐懼肺病的侵襲。不幸得很，他的身體從次年開始日漸衰落。使他不能與愛人芬妮波利 (Fanny Brawne) 結婚。在無限苦惱與敏銳的感情衝擊下，他完成了那幾首著名的〈讚頌詩〉("Odes")、〈利米亞〉("Lamia") 和〈無情的美女〉("La Balle Dame Sans Merci") 等詩篇。在〈利米亞〉和〈無情的美女〉兩首詩裏，他塑造了紅顏禍水 (fatal women) 的形象。在他的筆下愛情是帶有毀滅性的，但同時具有很大的吸引力。在〈夜鶯頌〉("Ode to Ni-

---

[40] "Carpe diem" 一語出自荷理斯 (Horace)。後用作文學辭語，給「人生得意須盡歡」爲主題的文學作歸類詞。參考 *A Handbook to Literature*, C. Hugh Holman ed. (Indianapolis: The Odyssey Press, 1977), 3rd edition, p. 82.

ghtingale")中，他以死亡作爲主題，寫下「我快跟舒適的死亡談戀愛」(I have been half in love with easeful Death) 和「在午夜裏無痛苦地逝去」(To cease upon the midnight with no pain) 等詩句，㊶流露出他對死亡的畏懼與嚮往的矛盾。濟慈對死亡和愛情的矛盾心理，促使他把握現在。是的，死亡既在目前，如果不把握現在，一切便會迅速消失於無形了。那麼，唯一的解決方法，便是設法將現在延長至永恒。所以，在〈希臘甕〉("The Grecian Urn") 詩中，由於希臘甕能夠永遠保留着捕捉到歡樂的片刻，所以他歌頌讚美說：

> 當這一代在老年時消逝，
> 你將在其他悲哀中比我們能保持原狀，
> 人類的朋友，
> 你對他們說，
> 美是真，真是美，
> 這是你知道的一切，和你要知道的一切。㊷

㊶ 這兩句見〈夜鶯頌〉，見 *The Poetical Works of John Keats* (London: Oxford University Press, 1966), p. 211, Stanzas VI, l. 62 and p. 222, l. 66.

㊷ 濟慈：〈希臘甕〉，第五段，第四十六至五十行。同上，頁二二四。

美在這裏指永恒不變的美，好像甕上的圖畫一樣。在〈給約翰・漢美頓・偉諾〉一首十四行詩（"Sonnet: To John Hamilton Reynold"）裏，他說道：

> 啊！一星期可以等如一年。
> 而我們每週都感到離別和熱烈的相會，
> 那麼，短短一年便可等如一千年，
> 面頰上永遠浮現出歡迎的紅暈，
> 正如我們可以在很少的空間裏長久生活，
> 正如時間本身會消滅，
> 一日的旅程在朦朧裏，
> 為我們的歡欣而延長、擴大。㊸

濃烈的友情驅使詩人的幻想，使一週變成一年，一年變成一千年。甚至時間本身的消滅。又如在〈明星〉（"Bright Star"）裏，熱烈的肉慾享受也使他忘卻時間的流逝。他說：

> 明星，我能否像你一般堅定呢？

㊸ 濟慈：〈給約翰・漢美頓・偉諾〉，第一至八行，同㊶，頁二八五。

……仍然堅定，仍然不移。

枕在美麗愛人成熟的胸脯上，
永遠感受它的起伏，
靜靜地、靜靜地聆聽她柔和的呼吸。
並且永遠這樣地生活——否則就此昏死。㊹

他希望能夠把現在的一刻凝結起來或就此昏死。死亡與愛情的破壞力量一直令他擔心，而且阻礙了他尋求過去黃金時代或永生的慰藉。由於它們都太過渺茫，所以在死亡的陰影下，唯有把握現在才最有安全感，才最爲踏實。

北宋詞人晏幾道（一〇三一？—一一〇五？）卻描寫了一種與濟慈完全相反的心態。他說：

從別後，憶相逢，幾回魂夢與君同，今宵賸把銀釭照，猶恐相逢是夢中。㊺

晏幾道雖然遇見了多年不見的朋友或愛人，但現在相見的歡樂不能治療離別後的焦慮和痛苦。他不但不能單單因現在重逢的快樂，忘卻時間的消逝，而且還被分離的悲情愁緒所困，以致不能辨別這次相逢到底是事實還是夢幻。把晏幾道的〈鷓鴣天〉與濟慈的十四行詩〈明星〉相比，兩位

㊹ 濟慈：〈明星〉，第一及九至十四行。同㊶，頁四六〇。
㊺ 晏幾道：〈鷓鴣天〉，載《彊村叢書》（香港：廣華書店，一九七〇年），《小山詞》，頁一七七下。

詩人對現在的觀點，簡直相去千里。

其實，中國詩人因爲感到直線時間的迅速流逝，早就對現在感到惶惑不安。李白的〈將進酒〉說：

君不見黃河之水天上來，奔流到海不復回。君不見高堂明鏡悲白髮，朝如青絲暮成雪，人生得意須盡歡，莫使金樽空對月。……但願長醉不用醒，古來聖賢皆寂寞，惟有飲者留其名。……五花馬，千金裘，呼兒將出換美酒，與爾同銷萬古愁。㊻

因爲李白對時間的稍縱即逝感到憂慮，唯有寄情於詩酒，尋求解脫。由於時間的飛逝，有如黃河之水一去不返，故他要把握現在，盡情享受。古詩十九首中也有：

生年不滿百，常懷千歲憂。
晝短苦夜長，何不秉燭遊。
為樂當及時，何能待來茲。
愚者愛惜費，但為後世嗤。
仙人王子喬，難可與等期。㊼

㊻ 李白：〈將進酒〉，同㊱，頁二三一至二三二。
㊼ 見隋樹森編：《古詩十九首集釋》（北京：中華書局，一九五五年），卷二，頁二二一。

這兩首詩雖然也是提倡把握現在、及時行樂。但顯出中英詩人的心境並不相同。濟慈因爲備受死亡的威脅，故力圖以主觀幻想，將現在歡樂的片刻推展至永恒。而中國詩人感到生年不滿百歲，而竟有「千歲憂」和「萬古愁」，他們的憂愁當然不會侷限於對死亡恐懼。可以說，他們因爲對整個宇宙人生感到絕望，才興起玩世的意念。所以英國個人主義的浪漫詩人可以從主觀幻想中得到慰藉，而中國詩人卻不能因此而獲得解脫，無怪陶潛在〈雜詩〉中吐出對生命絕望的哀音說：

人生無根蒂，飄如陌上塵。
分散逐風轉，此已非常身。
落地為兄弟，何必骨肉親？
得歡當作樂，斗酒聚比鄰。
盛年不重來，一日難再晨。
及時當勉勵，歲月不待人。㊽

對濟慈來說，死亡雖然可怕，還有友情、愛情可以支撐他的生命。陶潛在失望之餘，竟連中國人最重視的骨肉親情也要拋棄。其次，濟慈因爲身體健康問題才對生命感到悲觀，陶潛卻超越了個

㊽ 陶潛：〈雜詩〉，同㉟，卷四，頁一一五。

人而對整個人類的命運感到悲觀絕望。人生在世，既然無根無源，無援無助，惟有借酒消愁，及時行「樂」，以求一時的解脫。此外，無論對陶潛、李白或古詩十九首的無名詩人來說，時間都像白駒過隙，絕不能憑主觀幻想延長至永恒的。

（五）

雪萊將「天堂」置於未來和死亡之後。但他的「天堂」與基督教所說的天堂不同。雪萊的「天堂」與他的經歷和哲學思想有緊密的關係。雪萊的爲人，極不容易妥協，而且最愛異端邪說。當他在牛津大學肄業時，因爲身體孱弱，經常被強壯的年長同學欺負。久而久之，他將大學裏一切老師及同學的專橫跋扈，視爲人類對同類不人道的表現。並且發誓終生獻身於對抗人類的不平等和強權的壓迫。很不幸，他雖然全心全意爲人類謀取幸福，但不久他們竟遺棄他、鄙視他，甚至把他當作社會的被放逐者。這個悲慘的敎訓使他厭倦了過去和現在而寄望於未來。他從柏拉圖及新柏拉圖主義（Neo-Platonism）學習到「世界二分」說。所謂世界二分說，是指宇宙間原有兩個世界存在，其中一個是變幻無常的、敗壞的、充滿罪惡和痛苦的現實世界，就如他〈變異〉（"Mutability"）詩內所說的一樣。所以人類也祇好如詩中最後一節說：

當天空蔚藍而光亮，
當花朵在喜悅，
當傍晚就轉變的眼睛令日間興奮，
當時間靜靜地爬去，
請你尋夢吧——
然後從夢中醒來哭泣。㊾

無論生命如何美麗，都不外是夢境，生存在這個世界上，就應該早日甦醒，爲這個毫無意義的生命而哭泣。另一個世界卻是永恒不變的理想世界。雪萊因爲看透了現實世界的虛幻，所以十分渴望能夠早日脫離這個短暫的生命，到達那個永恒的世界。當然，人祇有脫去骨肉皮囊才能到達那個最終的目的地。在雪萊的詩中，雀鳥、雲、風和火等可以向上飛升的意象特多，反映出他對超脫的憧憬和渴望。故以，當華滋華斯寄托希望於童年之際，雪萊卻作了一百八十度的轉變，把幸福寄托於老年及死亡，因爲它們是進入理想世界的通道。所以奧士曼狄亞斯希祈在這腐朽世界上建立永恒功業，在雪萊眼中便顯得十分愚昧了。(詳第三節)在〈感性的植物〉("The Sensitive Plant")一首詩中，他更指出：

㊾ 雪萊：〈變異〉(一八二一年)，第一五至二一行，同㊴，頁四四四。

在這生命中
充滿謬誤，無知和掙扎，
沒有真實，祇有虛假，
我們（人類）不外是夢的陰影。[50]

夢和陰影都有空虛、幻象等含意，何況是「夢的陰影」呢？雪萊說生命是「夢的陰影」，可見他對生命的態度極為消極。他這種人生觀與上述中國詩人的生命觀甚為接近。當濟慈去世時，他在寫給濟慈的輓歌〈亞當尼斯〉("Adonais: An Elegy on the Death of John Keats")裏，正面道出死亡的幸福說：

天堂的光輝永遠在照耀，
地球上陰影飛翔，
生命，如像五色繽紛的玻璃半球體，
沾污了永恆的白光，
直至死亡把它砸碎。[51]

[50] 雪萊：〈感性的植物〉，第一二三至一二五行，同[39]，頁三九六。
[51] 雪萊：〈亞當尼斯〉，第四六二至四六四行，同[39]，頁三三一。

「五色繽紛的玻璃半球體」和那地球上飛翔的陰影就是指生命中種種幻象，它們掩蓋了「永恒的白光」。祇有通過死亡，才能澈底粉碎這些幻象，人們才可以從「陰暗詛咒的誕生」(the eclipsing curse of birth) 中解放出來。[52]

保羅・狄力 (Paul Tillich, 1886-1965) 在《基督教年代》(*The Protestant Era*) 一書裏評論中國文學說道：

> 現在是過去的結果，却不必是對未來的期待。在中國文學裏，雖有敍述過去的優良作品，却沒有展望將來的著作。[53]

雖然我們對這樣的分析有點懷疑，卻不能不讚美狄力的敏銳觀察力。中國因爲沒有一種好像基督教在西方那麼具影響力的宗教，對永生作出保證，所以一般人對未來或死後都抱有不安的態度。如陶淵明說：

> 人生似幻化，終當歸空無。[54]

---

[52] 同上。

[53] Paul Tillich, *The Protestant Era*, tr. J. Luther Adams (Chicago: Chicago University Press, 1948), p. 19.

[54] 陶潛：〈歸園田居〉，同[35]，卷二，頁四二。

又說：

有生必有死，早終非命促。
昨暮同為人，今旦在鬼錄。
魂氣散何之，枯形寄空木，
嬌兒索父啼，良友撫我哭。
得失不復知，是非安能覺，
千秋萬歲後，誰知榮與辱，
但恨在世時，飲酒不得足。55

死亡卽是人生必經的最後一站，無論生命如何長或怎樣短，最後還是歸於幻滅。那麼生命的長短便沒有多大分別。而且人死了後，魂氣一散，得失、是非也顯得毫無意義，還說什麼千秋萬世的榮辱呢？由此可見，在中國詩人心目中，死亡的後面渺茫而可測，並不是雪萊的理想世界。故李商隱悲觀地說：

海外徒聞更九州，他生未卜此生休。56

55 陶潛：<擬挽歌辭>，同35，卷四，頁一四一。
56 李商隱：<馬嵬>，同32，頁六〇四。

是的，中國詩人對來生根本就缺乏信心。李商隱除了認爲來生不可逆料外，對未來也是憂心忡忡的，同樣感到沒有把握。他的〈夜雨寄北〉說：

君問歸期未有期，巴山夜雨漲秋池。
何當共剪西窗燭，却話巴山夜雨時？[57]

劉若愚評論這首詩說：

這首詩中的時間是固定的，至少被當作不移動。而說詩人（speaker）的意念却移到未來，並且幻想他（在未來）怎樣回顧現在。[58]

他進一步指出：

由於（說詩人）意識到將來未必真的能夠如願以償，可以快樂地團敍，所以增加了現在的尖銳感。不過詩人假裝充滿信心，描繪未來的重敍，安慰自己和卽將離別的朋友。[59]

---

[57] 李商隱：〈夜雨寄北〉，同[32]，頁三五四。

[58] James Liu, "Time, Space and Self in Chinese Poetry," *Chinese Literature: Essays, Articles & Reviews* 1 (1979), p. 140.

[59] 同上。

在這裏，劉若愚似乎將這詩與雪萊對未來的希望作等量齊觀。就是說李商隱希祈以主觀感受，把渺茫的未來，看成可見可即的喜樂。不過，劉氏卻好像忽略了詩中最後兩句的原意。這兩句應讀作問題句，而用問題句作結暗示詩人強烈的不安與困惑。雖然希望在未來，但詩人卻十分懷疑它是否可成事，所以才有「何當」的感嘆。換句話說，詩人預見離別之苦，而且茫茫未來並沒有給予他半點重逢的慰藉。

從以上所述中國詩人對過去、現在及未來的三種態度來看，中國詩人是與過去及未來隔絕的。陳子昂（六五六—六九五）的〈登幽州臺歌〉最能表現出來：

前不見古人，後不見來者，
念天地之悠悠，獨愴然而涕下。[60]

劉若愚認為陳子昂這個虔誠的儒家信徒，在這首詩中帶著依戀的心情緬懷理想化的過去。[61]但筆者對劉氏的高見，不敢苟同。誠如前文指出，儒家喜言復古，而且有緬懷過去的理想時代的習慣。但單就這首詩來說，我們不能從其中找到半點蛛絲馬跡，證明詩中的涵義與儒家的歷史觀念

[60] 陳子昂：〈登幽州臺歌〉，《陳子昂集》（北京：中華書局，一九六〇），補遺，頁二三二。

[61] 同[59]，頁一四二。

有什麼關係。我們反而看見，陳子昂正處於「存在主義」學者所說的存在境況（existential situation）中，陷入出生（birth）和死亡（death）之間的夾縫，和祖先及後代完全隔離（estranged）。在這個「存在」時刻裏，中國詩人的命運，就如韓愈（七六八—八二四）的〈秋懷〉所說：

> 義和驅日月，急疾不可恃。
> 浮生雖多塗，趨死惟一軌。[62]

雖然中國知識份子有幾種逃避人生苦痛的方法，亦不能不把死亡作爲人生的終點。

韋利克（René Welleck, 1930-）指出，幻想（imagination）是英國浪漫詩人的三個共同特點之一。[63]浪漫詩人喜歡幻想，所以他們對過去、現在及未來的觀點才可以取替客觀時間

---

[62] 韓愈：〈秋懷〉，《韓昌黎集》（《萬有文庫》本，上海：商務印書館，一九三〇年），卷一，〈秋懷詩〉（十一首之二），第一册，頁二一。

[63] 韋利克說：「英國浪漫主義運動的偉大詩人，組成一個比較趨向一致的團體。他們對詩、幻想的觀念和自然與性靈（mind）都有共同的看法。」見"The Concept of Romanticism in Literary History," p. 178.

的地位。不過，基督教和希臘哲學亦有助於這些主觀意識的成長。[64]在中國古代，由於同時受到儒道釋三家的影響，中國人始終囿於客觀時間的意識裏。只有少數詩人能夠完全投入山水自然，超脫時間與個體（self）的束縛。但在這情形下，那些詩人已全盤接納釋道二家的思想了。王維（七〇一—七六一）和陶潛的晚年便是最好的證明。

中西時間觀念是比較文學中一個重要課題。由於範圍相當廣泛，並非三言兩語可以完全概括起來的。本文不過管中窺豹，以英國三位浪漫詩人為經，以中國古典詩人為緯，說明中西時間觀念中一些較重要的分歧罷了。至於全面性的探討，還有待日後的努力和前輩學者的賜正。

---

[64] 對於基督徒來說，「天堂」可有兩個。其一是「伊甸園」。其二是基督第二次臨降人間作審判後善人居留的「天堂」。米爾頓的《失樂園》和《重獲樂園》(*Paradise Lost & Paradise Regained*) 就是建立在這個信念上。故基督教的「天堂」，一在過去，一在未來。對希臘人來說：「主要關注的是現在的大自然，因為只有在現在的時刻，希臘人才可以建立他們特別的宇宙生命觀。」(見Friedrich Kummel, "Time and Succession and The Problems of Duration," *The Voice of Time*, p. 31.) 所以無論是對過去、現在及未來的理想觀念，都可從基督教義及希臘哲學處找到根源。

論結構主義在東西比較文學研究中的用途

(一)

雖然東西比較文學的研究已有不淺的日子，但至今仍未有學者能成功地爲它下一個人人都可以接受的定義。我們要探討東西比較文學的定義，並不是想搞小圈子，或打算和西方的比較文學傳統分家；而是明白到比較同一文化傳統的文學作品，實和比較不同文化傳統的文學作品有所不同。事實上，很多西方的比較文學家，包括被公認爲開明的「美國學派」，都對比較不同文化背景的文學的方法，持有保留的態度。❶誠然，很多時候在相同的文化傳統的文學作品中被視爲理

❶ Ulrich Weisstein, *Comparative Literature and Literary Theory* (Bloomington: Indiana Univ. Press, 1973), pp. 7-8.

所當然的現象，在別種文化傳統的作品出現時，便往往需要詳細討論。所以，如果我們能夠爲「東西比較文學」確立一個有效的定義，將會提供我們一些守則，提醒我們不應生吞活剝地硬搬一套研究西方比較文學的方法研究東方文學。

在探討東西比較文學定義的學者中，袁鶴翔師的成就最爲特出。他在數年間寫了一系列探討東西比較文學的定義的文章；其中尤以〈東西比較文學可行嗎？〉一篇英文論著最有貢獻。鶴翔師在文中提出一連串的問題，如果我們能夠完滿地解答這些問題，就離確立東西比較文學的定義爲時不遠。可惜，鶴翔師並沒有一一解答他所提出的問題；他只在文中草議了一個「試行定義」(working definition) 及提供一些研究東西比較文學的目的和原則而已。至於東西比較文學究竟「比較什麼」和「如何比較」這兩大難題，始終未有完滿的解決。[2]

[2] 袁鶴翔師的有關著作包括：(一)〈略談比較文學——回顧、現狀與展望〉，《中外文學》，二卷九期（一九七四），頁六二至七〇；(二)〈中西比較文學定義的探討〉，《中外文學》，四卷三期（一九七五），頁二五至五一；(三)〈他山之石：比較文學、方法、批評與中國文學研究〉，《中外文學》，五卷八期（一九七七），頁六至一九；(四) "East-West Comparative Literature: An Inquiry into Possibility," in John Deeney, ed., *Chinese-Western Comparative Literature: Theory and Strategy* (Hong Kong: The Chinese Univ. Press, 1980), pp. 1-24; (五) "East-West Communication and Cooperation," *Comparative Literature Studies*, 15 (1978), pp. 166-176; (六)〈從國家文學到世界文學——兼談中西比較文學研究的一些問題〉，《中外文學》，十一卷二期（一九八二），頁一三至一四。

本文撰述的目的，就是希望透過檢討結構主義在東西比較文學中所能夠扮演的角色，試圖解答「比較什麼」和「如何比較」兩大難題。然而，筆者必須事先聲明，本文以討論結構主義在東西比較文學研究中的應用為主題，它的範圍自然會規限在「外在批評」(extrinsic approach)方面。❸所以它也不可能全面探討東西比較文學的定義。其次，筆者另外希望藉著本文評估結構主義在東西比較文學研究中的地位；但因篇幅所限，因此也不打算全面討論結構主義的批評方法，而以結構主義為例，探究西方的批評方法在東西比較文學研究中的應用問題，其中包括它的長處和短處、可行性和局限性等。因為這些緣故，本文提出的問題也許不是應用結構主義批評方法時所單獨面對的。又筆者在評估結構主義對研究東方文學的價值時，將會選擇有關論文作為討論的根據，希望從實踐中找出利用結構主義來研究東方文學可能出現的危機和問題。

（二）

按照目前在西方流行的比較文學的定義，(詳下文)在東西比較文學研究中，有三個可以應

❸ 見 René Welleck and Austin Warren, *Theory of Literature* (Middlesex: Penguin Book Ltd., 1978), pp. 73-74.

用結構主義的可能。第一個可能出現於比較文學中跨學科研究（interdisciplinary studies）的範圍。就是說：用跨學科研究的觀點研究一種東方文學（下文將以中國文學爲例）與結構主義的關係。第二個可能是文學理論的比較，卽從結構主義中歸納一些文學理論，然後和中國的文學理論互相比較。第三是選出一種（或一組）東方文學作品和一種（或一組）西方文學作品，然後以結構主義的批評方法進行分析和比較。

第一個可能是從美國學派所提出的比較文學的定義演繹出來的。美國學派把比較文學分爲兩大部分：第一部分是跨國家的比較文學，第二部分是跨學科的比較研究。所謂跨學科研究，就是研究文學與其他學科的關係。亨利・雷馬克（Henry Remak）指出，如果要跨學科研究成爲比較文學的一部分，它要有一個特點：就是它必須以文學和另一門學科做研究對象，而且後者必須是一門有系統的學科。他又舉例指出，如果單單研究一個小說人物的心理變化，便不足以構成爲比較文學；但如果用弗洛伊德的心理學理論爲根據，並且從心理分析的角度研究這個人物的心理行爲，則這項研究可算是比較文學的研究了。❹換言之，研究文學與其他學科的關係時，卽使研

---

❹ Henry H. H. Remak, "Comparative Literature: Its Definition and Functions," in Newton P. Stalknecht and Horst Frenz, eds., *Comparative Literature: Method and Perspective* (Carbondale: South Illinois Univ. Press, 1967), p. 7.

究的對象只涉及一個國家的文學作品，它也可以當作是比較文學的一種研究方式。❺既然用一套其他學科的有系統的理論研究一個國家的文學也可以歸入比較文學的陣營，那麼用結構主義批評方法研究中國文學，不就是東西比較文學的一種研究方式嗎？

然而，結構主義和心理學不同。心理學本身是一門正統的學科，一般大學也設有心理學系；但結構主義卻不被承認爲一門獨立的學科，一般學者把它看爲一種方法學（methodology），而且是一種可以跨越不同學科的方法學，因此便有「結構主義人類學」、「結構主義詩學」等等名目。羅蘭・巴爾特（Roland Barthes）認爲結構主義最特定而又最合適的定義是：「一個來自現代語言學的文明產物（cultural artefacts）的分析方式」。❻又提議：「結構主義的名稱在今天應爲一個跟語言學有直接關聯的『方法學上的運動』（methodological movement）所專用」；而在他看來，這就是結構主義最精確的標準定義。❼如果結構主義只是巴爾特所強調的一種方法學，而不是一門獨立的學科，我們就不能夠根據雷馬克的觀點，把用結構主義分析文學當作比較文學的一部分了。可是，巴爾特爲結構主義下的定義卻給我們另一個啓示，儘管表面

---

❺ Calvin S. Brown, "Comparative Literature," *Georgia Review*, 13 (1959), p. 174.

❻ Roland Barthes, "Science versus Literature," *The Time Literary Supplement* (Sept. 28, 1967), p. 895.

❼ Roland Barthes, "Une Problematique du Sens," *Cahier Nedia*, 1 (1967-8), p. 10.

上我們不能把用結構主義分析文學視爲比較文學的一部分，但事實上我們還可以把它作爲比較文學的一種方式。除了巴爾特兩次提到結構主義和語言學的血源關係，考勒（Jonathan Culler）也提出過相類似的看法，他認爲用結構主義研究文學，等如「先理解語言模式，然後把它應用在文學研究上」。❽基於上述的說法，結構主義與中國文學之間的跨學科關係就是建立在語言學與文學的跨學科關係上面。

除結構主義外，很多學者又認爲採用現代的西方批評導向（critical approaches）研究中國文學是研究比較文學的一種方式。如劉若愚指出，運用現代的西方批評方法研究中國文學，其實暗含一個比較的層次。❾余國藩更相信，用現代的西方批評方法研究中國文學，對研究中西文學關係來說，是一個很有發展潛力的方向。他又強調，用現代的西方批評方法研究中國文學和研究西方古典文學其實並無二致。❿但誠如艾德治（A. Owen Aldridge）⓫師指出，余國藩所謂

❽ Jonathan Culler, *Structuralist Poetics* (London: Routledge & Kegan Paul, 1975), p. 256.

❾ James J. Y. Liu, "The Study of Chinese Literature in the West: Recent Development, Current Trends, Future Prospects," *Journal of Asian Studies*, 35, No. 1 (1975), p. 28.

❿ Anthony C. Yu, "Problems and Prospects in Chinese-Western Literary Relation," *Yearbook of Comparative and General Literature*, 23 (1974), p. 50.

⓫ 「艾德治」是 A. Owen Aldridge 師自取的中文名，但國內通行的譯名是奧椎基或奧爾德里奇。

用現代的西方批評方法研究西方古典文學的學者，卻不認爲自己在進行比較文學的研究。因此，余國藩的觀點，還是有待商榷。⑫當然，論者也可以反駁說，根據上述雷馬克的定義，只要研究者採取的批評方法來自一門獨立的學科，用現代的西方批評方法研究西方古典文學，已屬比較文學的範疇；他們是否意識到這個事實，或者承認這個事實，倒也無關宏旨。不過，採用西方批評方法研究中國文學的問題相當複雜，並不是上述三言兩語便可解決。若要解決這些問題和評論艾德治師與余國藩兩人的意見，必須先了解「文學批評」的目的。

文學批評實質上包括訊問和說明兩方面。當批評家面對一個文學現象而產生一種訊問的意念，這個意念便促使他解釋和說明這個文學現象。其次，文學批評又包含理論批評和實際批評兩個層次。就前者來說，批評家針對的是文學的本質和文學的作用；就後者來說，批評家則着重文學作品的理解和評價。⑬上述兩個層次並不是完全無關的。譬如說：在理論批評的層次上，批評家試圖解釋爲什麼某一句說話是詩，而另一句卻不是詩；或者解釋詩的功用是什麼和詩爲什麼有這個功用。當在理解一首詩的意義時，批評家試圖說明詩的內涵；在評價時，他則說明爲什麼它

---

⑫ A. Owen Aldridge, "East-West Relations: Universal Literature, Yes; Common Poetics, No," *Tamkang Review*, 10, No. 1 (1979), p. 18.

⑬ James Liu, "Towards a Synthesis of Chinese and Western Theories of Literature," *Journal of Chinese Philosophy*, 4 (1977), p. 1.

是一首好詩或是壞詩，又或爲什麼它比另一首詩好或壞。理論批評家差不多一定從觀察文學作品而歸納或演繹出他們的理論，而且在解說他們的理論時，他們必然以有關作品爲例證。實際批評家則根據已有的文學理論作爲理解和評審文學的準繩。例如，爲了說服讀者爲什麼他認爲甲詩比乙詩好，或甲詩中的傘子應該理解爲男性生殖器的象徵，他便需要依賴某些文學理論支持他的觀點。因此，理論批評家也好，實際批評家也好，他們都以文學作品爲他們批評的依據，而且必須經過相類的閱讀過程，才能達到他們批評的結論。不過，理論批評家和實際批評家取悅的對象卻不同。理論批評家的讀者對象，必然是其他理論批評家、作家或其他文學研究者，我們可統稱他們爲有經驗的讀者。實際批評家最大的讀者對象按理應該是一般讀者。由於理論批評家以有經驗的讀者爲著述的對象，他在措辭用字方面就比較有彈性，甚至多用術語與比較高深和抽象的觀念，也無須害怕讀者不能了解。但是，實際批評家既然以一般讀者爲對象，他的責任便有點教誨讀者的意味。如李伊察特(John Reichert)指出，實際批評家的責任是令讀者對作品產生新的體會和改正讀者的閱讀反應。這就是說，批評家需要揭示一些讀者自己看不出的東西，或帶領他們從一個新的角度去看這個東西，甚至整篇作品。⑭由於實際批評家肩負着指導讀者的責任，所以他需

⑭ John Reichert, *Making Sense of Literature* (Chicago & London: Univ. of Chicago Press, 1977), p. 4; E. D. Hirsh, Jr., *The Aims of Interpretation* (Chicago & London: Univ. of Chicago Press, 1976), pp. 156 ff.

要履行兩個義務：第一，他的文字需要顯淺而易懂；第二，他要經常用新的批評導向從事研究。

應用西方批評方法研究中國文學會否歪曲中國文學這個問題，經常令批評家感到困惑。劉若愚認爲我們既然已經證明了「中西文學傳統來自極之分歧的文化環境，……那麼把一些單從西方文學演繹出來的批評方法和標準，應用在中國文學上，是否可行，便有値得商榷的餘地」。⑮例如，若根據弗洛伊德的心理分析，在文學作品中出現的蠟燭是可能帶有男性生殖器的象徵意義的。⑯但當我們讀到李商隱（八一二或八一三——八五八）的「蠟燭有心還惜別，替人垂淚到天明」時，應否把這兩句詩理解爲詩中男女在分別的前夕，整夜纏綿，一直到天亮呢？菲蘭特（Jean

---

⑮ James Liu, "The Study of Chinese Literature in the West: Recent Development, Current Trends, Future Prospects," p. 28. 也可參考 K. W. Radtke "Concepts in Literary Criticism: Problems in the Comparative Study of Japanese, Chinese and Western Literautre," *Oriens Extremus*, 28 (1981), pp. 107-123; Wai-lim Yip, "The Use of 'Models' in East-West Comparative Literature," *Tamkang Review*, 6.2 & 7.1 (Oct. 1975-Apr. 1976), 109-126.

⑯ 參考 Sigmund Freud, "Representation by Symbols in Dreams—Some Further Typical Dreams," in *The Standard Edition of the Complete Psychological Works of Sigmund Freud*, tr. & ed. by James Strachey, Anna Freud et al., Vol. 5 (London: The Hogarth Press and the Institute of Psycho-analysis, 1953), pp. 350-404.

M. Ferrante）說：「好的文學作品可以容許用差不多無限的方法去理解。」[17]李達三（John Deeney）師也認爲：「跟所有其他的偉大文學一樣，中國文學不會受到任何批評方法的損害或分解。因爲它具有的永恆美，不斷召喚我們去閱讀它，從而獲得更多的樂趣和裨益。」[18]誠然，我們在從事文學研究時，不應囿於檢討文學批評方法的可靠性，而應該集中研究文學批評方法的用處。因爲無論一個批評方法如何客觀，如何科學化，我們永遠距離眞正科學化的階段很遠。因此，只要一個批評方法使我們更能了解文學的本質或個別文學作品的意義，我們就沒有理由棄而不用。但如果那一個批評方法專是用來衡量作品的優劣的話，它在東西比較文學研究的應用性便大大減低。因爲東西比較文學的目的並不在找出那一個國家的文學比另一個國家的偉大，也不希望因爲比較兩國文學而引起它們產生對抗或敵視的局面。[19]誠然，文章千古事，得失寸心知。單單說米爾頓和莎士比亞那一個偉大，或者李白和杜甫那一個更傑出，已經是爭持不下的論爭。若

---

[17] Joan M. Ferrante, "Some Thoughts on the Application of Modern Critical Methods to Medieval Literature," *Yearbook of Comparative and General Literature*, 28 (1979), p. 5.

[18] John J. Deeney, "A Prospectus for Chinese Literature from Comparative Perspectives," *Chinese-Western Comparative Literature*, p. 181.

[19] A. Owen Aldridge, *Comparative Literature: Matter and Method* (Urbaba: Univ. of Illinois Press, 1969), p. 1.

要比較杜甫和米爾頓的高下，相信爭論就更多了。況且這樣的爭論很容易會演變成無意義的意氣之爭呢！例如從前夏志清與顏元叔爭論中國古典文學批評與美國新批評的優劣，就是一個引以爲戒的例子。[20]

袁鶴翔師對在中西比較文學中進行跨學科研究頗有懷疑，[21]但李達三師卻以爲跨學科研究在中西比較文學研究中的前景令人鼓舞。[22]但是，理論歸於理論，在實踐應用時，結構主義是否適合中國文學研究，才是值得我們注意的問題。因爲就算我們原則上同意可以採用任何批評導向研究中國文學，而結構主義的批評方法也在理論上能爲中國文學研究打開一個嶄新的局面，但是在實踐的過程中如果我們發覺事與願違，則結構主義對中國文學研究的用途便大打折扣了。

無疑，採用結構主義的批評方法研究中國文學有它的長處，亦有它的短處。就好處來說：第一，結構主義的批評方法比較嚴謹，可補中國傳統文學批評方法之不足。當然，我們並不是說中

---

⑳ 有關夏、顏的論爭，詳見思謙：〈文學批評的層次〉，《幼獅文藝》，二八〇期（一九七七年四月），頁一九二至二〇九；費維廉(Craig Fisk)：〈主觀與批評理論——兼談中國詩話〉，《中外文學》，六卷十一期（一九七八），頁四六至七八。

㉑ 袁鶴翔師：〈從國家文學到世界文學——兼談中西比較文學研究的一些問題〉，頁一六；"East-West Comparative Literature: An Inquiry into Possibility," p. 6.

㉒ John Deeney, "A Prospectus for Chinese Literature from Comparative Perspective," p. 181.

國傳統文學批評方法比不上西方。事實上，兩者的差異不外乎是觀點與角度的不同。但中國文學批評一向被指以主觀和直覺爲評定文學作品優劣的標準。由於它缺乏客觀的方法可以遵從，所以常常給人一種無跡可尋的感覺。其次，批評者往往只憑片言隻語，就立卽寫下結論，例如他們單憑一聯就論定某首律詩氣象萬千，單憑一、兩個字的妙用便說某闋詞有境界。這樣，讀者便不容易體會「氣象萬千」或「有境界」的意義。㉓卽使這些難以捉摸的文評，可能不是批評家單純的主觀感受，而是經過他們使用某種客觀的評審方法而達到的結論；㉔而且由於他們的讀者對象多是他們的師友，而彼此都持有共同的批評準則，所以不需要花大量篇幅加以論證。㉕但一般讀者則難免有丈八金剛摸不着頭腦的感嘆。㉖因此，各評論者利用結構主義的語言分析方法，讀者便不難在語法、語義和語音方面找到一些有軌可從的批評標準。

第二，結構主義假設文學爲一個「符號的系統」，這個系統本身並不具備任何內在的意義，

㉓ 參考費維廉，前揭，頁五二至五四。

㉔ 思謙，前揭，頁一九二至二〇九。

㉕ Shih-hsiang Chen, "The Genesis of Poetic Time: The Greatness of Ch'u Yuan with a New Critical Approach," *The Tsing Hua Journal of Chinese Studies*, 10.1 (1973), p. 1.

㉖ 費維廉，前揭，頁五二至五六；楊松年：〈中國文學批評用語語義含糊之問題〉，《南洋大學學報》，卷八及九（一九七四），頁一二三至一三〇。

一切的意義依靠存在於內或外的關係而產生。卽是說，符號本身沒有意義，但是符號與符號之間，及這個「符號的系統」（卽文學）與另一個「符號的系統」（如心理學）的相互關係，卻產生意義。㉗這個假設不就是和比較文學中的跨學科研究有共通的地方嗎？㉘所以，用結構主義來研究文學的結果，必然會朝着跨學科研究的方向發展，而這個發展亦廻避了中西文學傳統中那一個比較另一個高明之類的敏感問題。

最後，結構主義詩學以能達到「共同的文學規律」（common poetics）爲最高理想。結構主義批評家不但對個別文學作品發生興趣，而且對「文學性質」（literariness，按：卽文學之所以成爲文學的因素）發生興趣。㉙以結構主義作爲研究比較文學的導向，最後必能達到華達(Vajda) 對比較文學所提出的要求。華達提出，「比較文學最新的方法學不單只是在比較，而是在各種不同的角度觀察在一個廣濶的文學關係網內種種文學現象」。同時，「現代比較文學研究

㉗ 參考周英雄師：〈結構、語言與文學〉，載周英雄師：《結構主義與中國文學》（臺北：東大圖書有限公司，一九八三），頁三八至三九。

㉘ Gyorgy m. Vajda, "Present Perspectives of Comparative Literature," *Neohelicon*, 5 (1977), 279; Elmar Holenstein, *Roman Jakobson's Approach to Language: Phenomenological Structuralism* (Bloomington: Indiana Univ. Press, 1974), pp. 7-8.

㉙ 同❽，頁八。

的理想和眞正的任務，就是尋求一些共同的文學通則」。㉚

雖然上述論點都顯示結構主義對研究中國文學很有用處，但一旦運用起來，仍然有不少問題有待解決。第一個主要的問題是結構主義批評不着重作品本身的意義。如考勒指出：「結構主義幫助我們看到的文學研究並不以理解爲主」，「它不是一種發掘或確定意義的批評方法，它嘗試指定我們怎樣解釋文學作品，而它提供的意見也是文學本身作爲一個（文化）制度所本的」。㉛換言之，結構主義批評只能讓我們得到一個文學的「法則」（grammar），此外，最多還有的是讀者根據什麼原則理解文學作品。不過在此之外，我們仍十分有興趣要知道個別文學作品的意義，文學家要在他的作品中表現什麼，及爲什麼要用某一方式表現某一意念等等。只懂得怎樣理解文學作品而不懂得個別文學作品的意義，就好像我們懂得如何烹調一味精美的菜色而沒有機會親自品嘗一樣令人感到遺憾。然而，對理論批評家或職業廚師而言，上述兩件事卻不足以引爲憾事。所以，結構主義批評方法對理論批評家比對實際批評家有用。

結構主義批評的第二個缺點在於結構主義對文學研究的野心——即把文學研究科學化，試圖把文學分解及歸納爲有限的內在結構模式，好像著名物理學家牛頓（1642-1727）把力學歸納成

㉚ 同㉘，頁二六八。

㉛ 同㉙。

爲三大定律一樣。這個野心本來無可厚非，而且它也有一定的邏輯做根據。若果我們要令到這個研究的成果有意義，必須達到下列各點：第一，這些內在結構模式必須包羅萬有，可以包容所有文學作品。第二，模式的總數目不能太多，而且愈少愈好。可是，理論和實踐卻並不互相契合。很多結構主義批評家在利用文學作品求證某個結構模式是否準確時，每難令到讀者信服。有時由於各人的觀點不同，一篇作品會被不同的批評家分解爲不同的結構模式。本來分解爲不同的模式不是絕對錯誤的，因爲文學批評本身也不斷變化。但由於批評家往往自稱他們所得的結構模式像科學的定律般可以放之四海和繩之古今而皆準。這樣，用同一理論卻得到不同模式的現象便與科學化這個目標互相矛盾，一般讀者看起來難免無所適從。

事實上，一般批評家提出的結構模式，大多數是他們從一個特定時代的國家的文學作品中歸納出來的。說這些模式眞的是繩之古今和放之四海而皆準，實在令人懷疑。菲蘭特就曾發現過一個很有趣而又發人深省的事例。她把碧根斯（Pickens）、鐸夫曼（Dorfman）、凱道（Haidu）和嘉拿斯（Gallais）四位批評家在中世紀小說家克里廷（Chretien）的浪漫故事（romances）中找到的結構模式作一比較，發現碧根斯的模式是一個兩部分再細分爲三部分的模式；鐸夫曼的則是三部分再細分爲四部分的模式；凱道的是一個五部分的模式；而嘉拿斯則有兩個模式：一個是螺旋形的模式，另一個則是六角形的模式。[32] 誰提出的模式最正確並不重要，誠如考勒指出：

[32] 同[17]，頁八。

「結構主義批評得出不同的結論，其實與文學的本質有關。如果我們從一篇文學作品中找到多個結構式樣，那就因爲這篇作品包含了很多不同的結構模式。」㉝但如果從西方文學歸納出來的結構模式也不能科學化地處理西方傳統文學本身的結構問題，不禁令人擔心借用這些結構模式分析中國文學會否削足就履，甚至格格不入。事實上，批評家本人對結構模式的運用有完全的控制權。菲蘭特便指出，斷定批評家在個別作品中找到的結構模式的因素，不是作品的內涵，而是批評家本人的興趣。㉞既然，無論一個批評方法如何客觀和科學化，批評的結果通常都是批評家主觀的產物。那麼強調文學批評科學化是否有自欺欺人之嫌，實在值得我們三思。

此外，結構主義批評方法另有一個無可避免的缺點，就是有關術語運用的問題。由於結構主義批評家大量採用術語，結果只有少數的讀者才能夠欣賞和明白他們的著作。而層出不窮的術語、結構公式和圖表，就常爲不懂得結構主義批評方法的讀者所詬病。李菲佛(André Lefevere)曾就結構主義分析作過這樣的批評：「看這種批評，讀者並不需對作者（按：指結構主義的批評家）所說的話有所『感受』、『獲益』或『瞭解』。他只是應邀觀賞丑角或拋球藝人出神入化的表演，看他們舞弄不必要的公式、圖表與模式。」李菲佛的評語容或過當，但亦可以反映一般讀

㉝ 同❽，頁二五七。

㉞ 同㉜。

者對結構主義批評方法不滿的原因（當然，筆者不是說李氏就是不懂得結構主義的讀者。）㉟本來，批評家之所以大量採用及創造術語和公式，是希望可以把結構主義批評建立為一門獨立的、科學化的學問。但反過來說，此舉也令結構主義批評變成一門一小撮人才懂得的學問，與前述中國傳統的文學批評不遑多讓。因此，有關以結構主義補救中國傳統文學批評的論調必須再為釐整才會令人信服。當然批評家若能自我限制，儘量減省無謂的術語，一定會有所改善。不過，什麼是無謂的術語很難界定，讀者認為是可有可無的術語，在批評家看來，卻可能是不可缺少的。所以術語運用的問題其實十分之難解決。既然，在目前結構主義批評一方面比較適合理論批評，另一方面只有少數人才懂得它的術語，那麼現在來討論結構主義在中西比較文學的地位，未免言之過早。

不過，既然文學研究的最終目的，不外是研究者本人希望了解文學和幫助讀者了解文學，而因為對一般中國讀者來說，結構主義仍然是一門新學問；㊱對一般西方讀者來說，中國文學又是

㉟ André Lefevere, "Western Hermeneutics and Concepts of Chinese Literary Theory," *Tamkang Review*, 6.2 & 7.1 (Oct. 1975-Apr. 1976), p. 162.

㊱ 最先介紹結構主義到中國來的是一羣臺灣學者，他們在這方面的貢獻收集在周英雄、鄭樹森師合編的《結構主義的理論與實踐》內（臺北：黎明文化事業公司，一九八〇）。可是自該書面世以來，國人對結構主義的論述並沒有新的突破。

一個生疏的文學傳統，恕筆者大膽說，目前能夠深徹明白和欣賞一篇用結構主義批評中國文學的論文的讀者，可能是屈指可數，所以，用結構主義批評方法研究中國文學的價值，難免打了折扣。對於這個問題，我們只有從好處着眼。我們一方面要把結構主義的批評理論和方法普及於一般中國讀者，另一方面又多作翻譯和介紹中國文學作品給西方讀者。否則，如果沒有新的讀者或新的批評家「入行」，以結構主義批評中國文學難免重蹈中國傳統文學批評的覆轍，變成一項一個或幾個文學派別互相酬答的活動。

其實在應用結構主義批評時，它的優劣便立竿見影。臺灣大學的張漢良可以說是用結構主義批評方法研究中國文學的佼佼者。他在唐傳奇的結構分析方面用力最勤。如在〈唐傳奇結構主義的文類理論初探〉一文中，張氏嘗試用結構主義的文類理論改良中國傳統文學分類方法，最後並且建立一個適合唐傳奇的結構主義的文類理論。首先，他批評《太平廣記》中以主題爲分類標準的分類法不但極爲粗疏，而且缺乏理論基礎。他繼而根據考勒提出的文類觀點，檢視巴爾特與托鐸洛夫兩人所提出有關敍述體（narrative）的結構模式。考勒認爲，一個完善的文類理論必須嘗試解釋文學作品中指導我們閱讀和寫作的功能類別（functional categories）是由什麼東西組成的。張漢良本此而發現巴爾特的結構主義模式的用途有限，不足以普遍地應用在所有的文學上面。於是他採用托鐸洛夫的模式分析〈南陽士人〉這篇傳奇。很可惜，張氏也發現托氏的三分法文類模式（即把敍述文學分爲「奇幻」(the fantastic)、「怪誕」（the uncanny）和「神妙」(the marvelous) 三大類）也不足以分析＜南陽士人＞，他因而稱這篇傳奇為「奇幻」和「神妙」的混合體 (the fantastic marvelous)。㊲杜邦斯 (William Touponce) 在評論張漢良的文章時指出，張氏用來支持＜南陽士人＞屬於「奇幻」敍述類的論據建立在托鐸洛夫的理論中一條可有可無的規則 (optional rule) 之上。㊳托氏認為「奇幻」所指的是「一個只懂得自然規律的人面對超自然事物所經驗到的猶疑的感覺」。所以要把一個敍述文學看成為「奇幻」的敍述類，「讀者亦必須有同樣猶疑的感覺，而且還要持有一種既不是讀詩或讀寓言的態度來讀這篇作品」。㊴由於這個理論涉及讀者在閱讀過程所持的態度，要把一個故事分類為「奇幻」類，必須讀者的合作。讀者一方面要對故事所述有所懷疑，但不作嘗試理解。

當然，如先知道一篇作品所屬的文類，對閱讀和理解它會有一定的幫助。例如，在閱讀「流

㊲ Han-liang Chang, "Towards a Structural Generic Theory of T'ang Ch'uan-chi," in *Chinese-Western Comparative Literature: Theory and Strategy*, pp. 25-50. 又張漢良：＜唐傳奇《南陽士人》的結構分析＞，載《結構主義的理論與實踐》，頁一○七至一四四。按：上述二文內容大致相同。

㊳ William Touponce, Review of *Chinese-Western Comparative Literature: Theory and Strategy*, *Tamkang Review*, 11. 3 (1981), p. 320.

㊴ Tzvetan Todorov, *The Fantastic: A Structural Approach to a Literary Genre*, tr. Richard Howard (Ithaca & New York: Cornell Univ. Press, 1973), p. 25.

浪漢小說」(picaresque novel) 時，我們因爲知道它的文類特性，便不會指摘它的結構鬆散。又如讀日本的俳句時，我們不會埋怨作者欲言又止而且意義隱晦。但是，我們卻不能禁止讀者會有不同的閱讀反應和感受。從這個角度來看，托氏的文類分類法似乎對作家比對讀者更有裨益。因爲作家若果想創作一個「奇幻」的敍述小說，大可按照公式，依樣畫胡蘆。但問題是：就算我們按照公式寫成一個故事，讀者是否就覺得這篇作品是故事呢？換句話說，讀者閱讀一篇作品的感覺，是不是一定和理論家所預料的互相吻合呢？㊵最近，美國有兩個心理學家，比尼華（William F. Brewer) 和李治坦斯登(Edward H. Lichtenstein) 曾經做過一個心理實驗，看看按照理論家所釐定的公式而創作的作品，是否被讀者接納。他們以爲構成「故事」最重要的因素是讀者從故事中得到樂趣，而故事亦以娛樂讀者爲它的陳述力量（discourse force）。因此，他們對只顧及結構，而忽略趣味這個因素的「故事文法」(story grammar) 公式的可靠性甚表懷疑。於是，他們按照一些「故事文法」的公式創作了一系列「故事」。然後，又在這些故事的適當地方加上一些製造懸疑氣氛的情節，使它們成爲另一系列的「故事」。然後把這兩系列的「故事」給接受心理測驗的人閱讀，請他們判斷那些是「故事」，那些不是「故事」。結果，大多

㊵ 如考勒早已指出，文論家所提出的準則，可能和讀者眞正閱讀文學時的反應沒有關係，同❽，頁二五八。

數人否定第一系列（即只按照「故事文法」的公式而寫成的「故事」）爲故事，而差不多全部的人都認爲加上了懸疑效果的系列才是故事。[41]這個實驗告訴我們，單憑理論家一廂情願地歸納出來的「故事文法」，並不一定符合讀者對故事這個文類所懷有的期望，以及他們在閱讀過程中的感受。

在另外一篇題爲〈楊林故事系列的結構分析〉的文章中，張漢良用了幾種不同的結構主義模式分析〈楊林故事〉，最後認爲葛立馬（Greimas）提出的契約和事構（syntagmatic）模式最爲有用。[42]古添洪利用葛立馬的契約模式分析另一系列的唐傳奇時，也得到同樣令人鼓舞的結論。不過，古添洪亦指出，他曾略爲修改葛立馬的模式才可以成功地處理他挑選的故事。[43]綜合張漢良和古添洪的成績，似乎葛立馬的模式就是研究唐傳奇的萬驗靈方了。可是這些傳奇都是經過二人選擇出來，其他的傳奇故事能否套用葛立馬的模式（或改良過的葛立馬模式）呢？實在令人懷疑。菲蘭特不是指出，由於不同的批評家的觀點與角度不同，他們可以從同一作品找出不同

---

[41] William F. Brewer & Edward H. Lichtenstein, "Stories Are to Entertain: A Structural-Affect Theory of Stories," *Journal of Pragmatics*, 6, No. 5 & 6 (1982), pp. 473-486.

[42] Han-liang Chang, "The Yang-lin Series: A Structural Analysis," *China and the West: Comparative Literature Studies*, pp. 195-216.

[43] 古添洪：〈唐傳奇的結構分析〉，《中外文學》，四卷三期（一九七五），頁八〇至一〇七。

的結構模式嗎？現在由於張、古二人分別用原來的和修訂過的葛立馬結構模式分析不同的文學作品而得到相同的結論，我們更加可以肯定：批評家本身的觀點比作品的本質更能影響批評方法的選擇和批評的結果。

至於葛立馬的結構模式是否萬試萬靈這個問題，考勒有以下的評語：

> 葛立馬的出發點，是假設語言學，尤其是語義學，應該可以解釋一切的意義，包括文學的意義，但他在嘗試發展他的語義學時，却明顯地表示，語言學並不能為語義效果(semantic effects) 的發現提供一個規則系統 (algorithm) 。[44]

又說：

> 葛立馬的模式令人明白，如果把語言描述的技巧直接應用來針對和解釋文學的效果，不失為一個有用的方法，但它自己却不足以構成一個文學分析的方法。[45]

上引考勒的評語，使人感到前述張、古兩位學者的結論，實有重新檢討的必要。

---

[44] 同[8]，頁二五六及七五至七九。亦可參Robert Scholes, *Structuralism in Literature* (New Haven & London: Yale Univ. Press, 1974), pp. 102-111.

[45] 同[8]，頁九五。

由此可見，結構主義中有關敍述類的理論似乎是對作者比對讀者有用。正如上文所述，這些結構公式能幫助作家，尤其是初入行者，如何創作。至於讀者是否接受那些依樣畫葫蘆的作品，則另當別論。前述比尼華和李治坦斯登的心理實驗，就是最佳的證明。所以，未經讀者驗證的一切結構模式，也有着上述「故事文法」所有的危機，亦同樣不可靠。

正如考勒指出，結構主義的分析方法最擅長於解釋文學效果。雅克愼（Roman Jakobson）的語言分析結構主義模式雖然和上述葛立馬的模式有同樣的弊端，[46]卻幫助了周英雄師解釋了在中國文學批評史上長久以來模糊不清的批評觀念——「興」。英雄師文章論述的範圍上起《詩經》，下迄漢詩。[47]而高友工和梅祖麟又採用雅克愼的模式研究唐詩，也有十分卓越的成績。[48]

雅克愼提出的「對等原理」在分析詩的語言時最見效用。在他的論著中，以分析前美國總統

---

[46] 同[8]，頁二五六及五五至七四。

[47] Ying-hsiung Chou, "The Linguistic and Mythical Structure of Hsing as a Combinational Model," *Chinese-Western Comparative Literature: Theory and Strategy*, pp. 51-78; 又〈賦比興的語言結構〉，載周英雄師：《結構主義與中國文學》，頁一二一至一七四。

[48] Yu-kung Kao & Tsu-lin Mei, "Meaning, Metaphor and Allusion in T'ang Poetry," *Harvard Journal of Asiatic Studies*, 38, (1978), pp. 281-356; "Syntax, Diction and Imagery in T'ang Poetry," *Harvard Journal of Asiatic Studies*, 31 (1971), pp. 49-136; 又他們用中文發表的〈唐詩的隱喻與典故〉，載《結構主義的理論與實踐》，頁四五至九四。

艾森豪在競選總統期間的口號「我愛艾克」(I like Ike) 爲什麼能夠風靡美國一時，和解釋爲什麼李察遜 (I. A. Richards) 的詩句「Harvard Yard in April/ April in Harvard Yard」勝過它的倒裝句「April in Harvard Yard/Harvard Yard in April」最爲精彩，由此而令到他的分析方法名噪一時，爲批評家交口稱譽。[49]

據英雄師指出，雅克愼的結構主義模式對描述「興」的語言特徵特別適合。歷來學者和文學理論家對「興」一觀念議論甚多，但衆說紛紜，莫衷一是，有些說法更是批評家借題而發揮，不在尋求「興」的原意。英雄師採用雅克愼的「對等原理」，從語言學的角度分析「興」，從而認爲「興」是「換喩」(metonymic) 的一種，而換喩的關係建立在「組合」(combination) 這個原則之上。但「興」的組合方式，卻與一般語言組合方式不同。因爲，「興」的組合方式，並不表明互相組合的兩者之間的關係，而需要讀者透過比喩的思維方式去把兩者聯繫起來。例如，「關關雎鳩，在河之洲，窈窕淑女，君子好逑」四句詩，前後兩句在表面上沒有任何關係。淑女不能替代雎鳩，「在河之洲」與「君子好逑」也沒有必然關係，讀者必須透過換喩，才可以使兩者互爲銜接。但這種換喩卻存在於語言學以外，而且決定於當時的文化趨向。英雄師解釋

[49] Roman Jakobson, "Concluding Statement: Linguistics and Poetics," in *Style in Language* (Cambridge, Mass.: The M. I. T. Press, 1968), pp. 350-377.

說：「雎鳩相向而鳴，與君子淑女之兩情相悅，在初民物我不分的宇宙裏，可以說是同屬一體，兩者之間的關係是相互銜接的。」可是，「自漢、魏以後，『興』就有日漸式微的現象，因爲在歷史發展的過程中，社會分工日趨繁細，當初人與人，甚至人與物之間，共屬一體的觀念也跟着逐漸消失了。」[50]

英雄師的結構分析是揉合了結構主義分析方法和其他學說的分析方法而成，他亦因而被指摘爲「並沒有貫徹執行結構主義分析」，[51]但他其實提供了我們一條採用西方理論來研究中國文學的方法。正如英雄師所強調：「在文學研究中，語言分析並不是一切，除語言知識外，批評家的文化知識，甚至原型知識（archetypal knowledge），亦應在文學研究中佔一席位。」[52]誠然，我們絕對不應該把西方文學和文化演繹出來的結構模式（甚至批評方法）生吞活剝地應用來研究和分析中國文學或其他文化。所以，若要眞正明白一篇文學作品，必須結構與意義並重，不能固執一隅或以偏賅全。韋利克（René Welleck）亦說：「正確的文學觀是一個全面的文學觀，它視文藝作品爲一個多方面的綜合體，既是一個由符號合成的結構，同時也暗含和要求它有

---

[50] 周英雄師：〈賦比興的語言結構〉，頁一四四至一四五。

[51] 同[38]，頁三二一。

[52] Ying-hsiung Chou, "The Linguistic and Mythical Structural of Hsing as a Combination Model," p. 78.

意義和價值。」[53] 毫無疑問，結構主義分析方法研究中國文學，雖然在理論上可以當作東西比較文學的一種方式，但分析和研究得出來的結果卻不夠全面，它必須和另外一些分析方法配合運用，才可以反映有關文學作品的全貌。

(三)

在中西比較文學中應用結構主義的分析方法的第二個可能是文學理論的比較，這是從一九七九年國際比較文學會（ICLA）的宣言引申出來的。上述宣言是這樣的：

> 國際比較文學會的目的是發展比較文學研究，內容包括用國際性比較的角度而從事的文學史、文學理論、和文學作品詮釋等研究。[54]

同年，在一個比較文學的研討會上，考勤發表了一篇題爲〈比較文學與文學理論〉的文章。他在

---

[53] René Welleck, "The Crisis of Comparative Literature," *Concepts in Criticism*, ed. Stephen C. Nichols (New Haven & London: Yale Univ. Press, 1963), p. 294.

[54] "New Text of the Statutes of the ICLA," 此宣言發表於一九七九年八月二十至二十四日在因斯布魯克舉行的第十一屆國際比較文學會的全體會員大會上。

文中再三強調文學理論研究對比較文學的重要性。[55]由此可見，文學理論的比較漸漸已成爲國際公認的一個比較文學的課題。因此，結構主義詩學和中國傳統的文學理論的比較，亦可順理成章而成爲中西比較文學的一個課題。但是，研究這個課題絕不容易。因爲結構主義詩學以能使文學研究科學化爲目標，而中國的傳統文學理論卻常被人指斥爲不夠科學化，甚至被譏爲批評家直覺的產品。因此，兩者的性質可以說是格格不入的。其次，比較兩者的目的究竟是什麼?是我們在尋求一個「共同的文學規律」?抑或如蘇尼斯（Scholz）在評論上述國際比較文學會的宣言時所述：「比較不同國家的文學理論，就是要比較和評定從前的或目前的文論在方法學上和實踐上的根據，從而決定應該選擇那一種方法和希望達到什麼目的。」如果我們以尋求一個「共同的文學規律」爲目標，我們的任務自然屬於理論的探討。但如果我們以蘇尼斯的說法爲方針，則我們的研究結果雖不一定能夠產生一個綜合性的比較文學理論，「但卻能夠提供一些方法給比較文學家，明確評論各種可以比較的基礎，而這些基礎最後跟我們判斷文學作品之間的相同點的決定有關」。[56]因此，按照蘇氏提議，我們的任務便變成以實際批評爲本了。

---

[55] Jonathan Culler, "Comparative Literature and Literary Theory," *Michigan Germanic Studies*, 5 (1979), pp. 170-184.

[56] Berhard F. Scholz, "Comparing the Theories of Literature: Some Remarks on the New Task Description of the ICLA," *Yearbook of Comparative and General Literature*, 28 (1979), p. 27.

至於如何去進行上述文學理論的比較，蘇尼斯並沒有說明。不過，如果比較的目的是評價文學理論的效用，徵引文學作品爲衡量的標準是無可避免的。換言之，蘇氏提倡的文學理論的比較跟一般求證某文學理論及批評方法的可靠性十分相似。在本文的討論範圍而言，它不外與上節所述的結構主義應用在中西比較文學的第一個可能屬於同一範疇。因爲照目前來說，從事第一個可能的批評家正是把結構主義文論或批評理論應用在研究中國文學上，從而尋求它們的效能和局限。

另外一種文學理論的比較卽所謂「超越的批評」（metacriticism），也就是名符其實的文論比較。目前從事中國文學理論與結構主義文學理論比較的學者寥寥可數。嚴格來說，我們實在找不到一篇名實相符的文章做例子。英雄師在〈結講主義是否適合中國文學〉一文中，比較結構主義文論與幾種主要的中國傳統文論後，認爲現象學（phenomenology）的文論比較結構主義更接近中國文學批評的精神。[57] 葉維廉也以爲，結構主義分析過於機械化，不太適合詩的分析。[58] 然而，在中國文學批評中，卻以詩話和詞話爲主流。因此，結構主義與中國傳統文學批評之間的共通處不多。無怪葉維廉和劉若愚兩位熱衷於尋求中、西方的文學和美學理論互相結合的學

[57] 周英雄師：〈結構主義是否適合中國文學研究〉，載《結構主義與中國文學》，頁二二二至二二三。

[58] 葉維廉：〈中西比較文學中模子的應用〉，載葉維廉編：《中國古典文學比較研究》（臺北：黎明文化事業公司，一九七七），頁一至二四。

者，都不約而同地選擇了現象學和道家的美學思想爲討論的開始。[59]究竟結構主義可以在探求中西文學的「共同的文學規律」中扮演什麼角色，還有待進一步的研究。

大致上說，紀秋郎的〈劉勰的「新奇觀」與俄國形式主義的「減低熟悉度」〉和劉大偉（David Jason Liu）的〈從西方文論看脂硯齋的評論〉兩篇文章可算是嘗試比較中國文學理論與結構主義文論的作品。劉氏的文章分爲兩部分，第一部分就是我們要討論的範圍。劉氏自稱在第一部分中「簡略地研究俄國形式主義與法國結構主義兩評批評方法」，而「在討論的過程中」，他「會找出一些術語，這些術語可以看成是脂硯齋某些批評術語的對等」。他認爲「脂評與結構主義可以互爲啓發：脂評會從系統化的結構主義中得到益處；同樣，結構主義也會在脂評中看到一些它可能不能夠處理的現象。」[60]可是，我們不明白脂評可以從結構主義中得到的益處究竟是什麼。也許，劉氏的意思是「研究脂評的學者可以從結構主義分析法中得到益處」吧！事實上，劉氏除了把一些屬於兩個不同系統的批評術語連繫起來，如說「拱雲托月」和史克羅斯基（Shkl-

---

[59] James Liu, "Towards A Synthesis of Chinese and Western Theories of Literature," pp. 1-24.，及葉維廉：〈語言與眞實世界——中西美感基礎的生成〉，《中外文學》，一卷五期（一九八二），頁四至三九。

[60] David Jason Liu, "The Chih-yen-chai Commentary: An Analysis in the Perspective of Western Theories of Literature," *Tamkang Review*, 10.4 (1980), pp. 471-494.

ovsky）的所謂「metalepsis」有共通處，根本沒有說到兩者互相啓發的問題。譬喻來說，此舉好像一方面說老舍的《貓城記》是一部絕望邦小說（dystopia），作者透過一個動物社會來諷刺人類社會；另一方面又說芥川龍之介的《河童》也是一部透過動物世界來譏諷人間世的絕望邦小說。[61]然後就完結。於是讀者不禁要問：「那又怎樣呢？」

紀秋郎的文章不但比劉氏的文章嚴謹和深入，而且是一篇從國際比較的角度進行文學理論比較的文章。紀氏以俄國形式主義為討論焦點，表面上似與結構主義無關，但誠如英雄師指出，俄國形式主義和結構主義的血緣相近，甚至不能截然劃分，[62]所以紀氏的文章也在本文討論的範圍之內。紀氏在文中開宗明義地指出，由於《文心雕龍》與俄國形式主義兩者的文學傳統南轅北轍，所以兩者的論點有明顯的不同。而比對形式主義和亞洲的文論（包括劉勰的文論），後者可能會補救前者偏倚的地方。[63]但紀氏除把劉勰的「新奇觀」與形式主義中所謂「減低熟悉度」的

---

[61] 有關《貓城記》與《河童》的比較，參考拙著（Koon-ki T. Ho）"Why Utopias Fail: A Comparative Study of the Anti-utopian Traditions in Modern Chinese, English, and Japanese Literature," (Diss. Univ. of Illinois, 1986).

[62] 周英雄師：《結構、語言與文學》，頁三七至三八。

[63] Chi Ch'iu-lang, "Liu Hsieh's View on Novelty and Russian Formalist's Concept of Defamiliarization," *Tamkang Review*, 10.4 (1980), pp. 495-516.

觀念對比外，沒有提及如何補救形式主義不足或偏倚的地方。其次，紀氏說用劉勰的文論補救形式主義的偏差，無疑認爲劉勰的文論比形式主義高出一線。但他是否暗示可用劉勰的「新奇觀」取代「減低熟悉度」的理論呢？紀氏並沒有交代。此外，他亦沒有評估「新奇觀」和「減低熟悉度」的方法論或實踐的依據。因此，我們讀完該文後，仍然不知道它到底想表達什麼。結果，我們不禁又要問「那又如何呢？」

總括來說，一旦我們確立從國際比較的角度來作文學理論的比較的目標，差不多就是決定了我們要採取什麼比較方法和它的結果。假如我們按照蘇尼斯的說法，作爲比較不同國家的文學理論的目的，問題還是比較容易處理。如果我們從大處著眼，以尋求文學的共同的規律爲目的，那麼結構主義文論到現在仍然沒有給我們什麼重要的啓示，反而現象學在這方面似乎更有潛力。不過，無論我們的目的是爲了評估一個文學理論對實際批評的功用，抑或尋求建立一個中西文學的共同的規律，最後我們都必然得到一個分析文學的良方。任何一個取向都會比「爲比較而比較」更有意義。

(四)

應用結構主義在中西比較文學的第三個可能，大概就是最爲人所接受的東西比較文學的課題。因為對一般比較文學家來說，正如艾德治師所謂，「比較文學的定義暗示我們要處理最少兩個或以上國家的文學作品」。[64] 比較文學的目的，不單只在求其同，也在求其異。當我們把兩篇表面相似的文學作品進行比較時，我們很可能會發現一些以前個別研究它們時忽略了的問題、或以為理應如此的東西，因而需要我們再次思考，再次尋求解釋。不論它們屬於主題的還是技巧的範圍，它們大都是某一文化環境的特有產品，它們的意義正如很多結構主義的信徒所相信，很多時候需要透過比較它們與其他社會現象的關係才能顯示出來。因此，結構主義的分析法在這裏便大派用場了。

這樣的比較研究，不會令我們過分集中於尋找文學背後的結構，因為任何有經驗的批評家都會明白，單憑一兩篇文學作品，是不足以代表整個文學現象的。所以用結構主義分析法分析兩種或以上的中西文學相似的作品，只會幫助我們解釋一些現象背後的意義，卻不能作為文學研究的全部。

周英雄師的〈懵教官與李爾王〉便是用結構主義分析法研究兩篇來自中英文學傳統的相類作品的模範。[65]〈懵教官〉的全名是〈懵教官愛女不受報，窮庠生助師得令終〉，收在凌濛初（一

---

[64] A. Owen Aldridge, "East-West Relations: Universal Literature, Yes; Common Poetics, No," p. 18.

[65] 周英雄師：〈懵教官與李爾王〉，載《結構主義與中國文學》，頁一七五至二〇三。

五八〇—一六四四)的《二刻拍案驚奇》內。[66]雖然〈憒教官〉與《李爾王》的體裁不同,前者為小說,後者為戲劇,但兩個故事的情節極為相似。簡言之,兩者都是講述一個愚蠢的父親把自己所有的財產送給女兒,滿以為女兒會感恩圖報而奉養其天年。可惜到頭來他受到女兒的虐待,甚至無家可歸。

英雄師運用符號學(semiotics)的理論,分析兩篇作品中表面相同的父女衝突所包含的不同意義和背後隱藏著的不同的社會信息。為了達到上述的指標,他必須把〈憒教官〉放在中國宗法社會的價值觀和社會精神等加以研究,又需要把《李爾王》放在較為側重個人主義的西方文藝復興時期加以考察,及用十六、十七世紀的西方社會倫理、歷史因素等進行分析。英雄師的結論是:〈憒教官〉中的父親把家產分給女兒而不分給侄兒,實違反了中國傳統的宗法制度,所以受到懲罰。儘管〈憒教官〉表面上肯定宗法社會,但由於故事中的人際關係是用金錢來量度的,所以作者實際上暗中貶低宗法社會的價值觀念。由此看來,〈憒教官〉的社會意識十分強烈。《李爾王》主要偏重在個人人性的探討;這好像說作者有意肯定個人主義。然而,李爾王找尋生命的意義而換來的卻是徹頭徹尾的、虛無的幻滅,所以作者實際上是否定當時剛興起的個人主義的。

其次,雖然〈憒教官〉和《李爾王》的主要角色同樣是一個父親和三個女兒,但在〈憒教

[66] 凌濛初:《二刻拍案驚奇》(上海:古典文學出版社,一九五七),卷二六,頁五四五至五六二。

官》裏，不管父親或女兒都只是一般人的代表，作者並沒有刻意描寫角色的個性。這點從他懶得爲女兒加上名字而可見一斑。這樣，整個故事表達的教訓就具有一般性的意義，並且與作者的社會意識吻合。在《李爾王》中，每個角色都有獨特的性格，三個同胞姐妹的性格截然不同，由此而反映了作者的個人主義意識。而李爾王一方面放棄皇位，一方面卻又想繼續保持王者之尊，更是個人主義最極端的表現。可是，他結果不單破壞了國家的秩序，也破壞了大自然的和諧。[67]英雄師透過符號學的分析方法，抽絲剝繭般把上述兩個類似的父女衝突故事分析得淋漓盡致，不但讓讀者看清楚兩者背後分別隱藏的社會意義，而且間接肯定了結構主義在中西比較文學研究的作用。

如果說英雄師的文章有缺點的話，它則似乎不在於把兩篇屬於不同文類的作品平行處理，而在於「把偉大的作品與不重要的作品作等量齊觀」。[68]無論如何，英雄師的文章令我們看到上述應用結構主義在中西比較文學的第三個可能是可行的。或者讀者會問，究竟我們分開研究上述兩

[67] 從歐洲文藝復興時期流行的「存在物大連鎖」(the great chain of beings) 的觀點看，如果有人僭越皇位，不單人類社會的秩序，就是整個大自然的和諧也會因而受到影響。詳 E.M.W. Tillyard, *The Elizabethan World Picture* (London: Chatto & Windus, 1950), pp. 23-33.

[68] A. Owen Aldridge, *Comparative Literature: Matter and Method*, p. 107.

篇作品和把它們合起來比較分析會有什麼不同。答案是在對照兩者之下，我們會發覺一些未看另一篇作品時所忽略的問題和其中包涵的意義。例如，我們單獨看〈懵教官〉時，不容易察覺三個女兒沒有名字的意義，甚至不會關心這些瑣碎的情節。同樣道理，我們單看《李爾王》時也未必會對李爾王的三位女兒迥然不同的性格發生興趣，更不會推論這方面的描寫跟個人主義有關。此外，當我們比對故事情節時，便會考慮到爲什麼李爾王和第一、二女兒決裂後便一直交惡下去，而懵教官高愚溪的三位女兒在父親破產後雖然遺棄了他，但在他再度致富以後卻回頭要求重修舊好？我們或會再問，高愚溪愛女兒多於姪兒本是人之常情，但爲什麼他破產時女兒不理睬他，反而他的姪兒和學生會幫助他渡過難關？相信上述的問題是在我們單獨研究其中一篇作品時不會提出的，因而便會錯過很多可以更深入理解該篇作品的機會。所以，只有我們把上述兩篇作品同時研究，有關問題才會突出來，並且使我們細心思考，以求找出答案。

(五)

綜合上文的分析，採用結構主義研究中國文學的效能在目前來說並不大，但應用起來則有下列兩種途徑：第一，運用結構主義的語言分析方法解釋文學作品中一些我們知其然而不知其所以然的精妙處，如前節提及雅克愼對艾森豪的競選口號"I like Ike"的詮釋及高友工、梅祖麟以語言分析方法研究唐詩的隱喻與典故，都是成功的例子。第二，採取結構主義的基本假設爲研究中國文學的導向，卻不把中國文學硬套在結構主義的模式上。周英雄師分析「興」和比較《李爾王》與〈憒教官〉就是運用這個方法而有美滿的成績。不管採取上述那一種途徑，我們只宜把應用結構主義研究中國文學爲中國文學研究的其中一個步驟。正如菲蘭特指出：

> 研究文學的風格和結構固然重要和有用，因為這樣能透過比較異同讓我們了解一篇文學作品的各部分如何運作和配合，但這一定只能當作為研究的工具而不是研究的目的。我們最後必定要面對作品的最終意義，否則我們就會完全失去了文學的意義。[69]

因此，單單追求結構而忽略了意義的文學研究，就算符合雷馬克所提倡的跨學科研究的定義，也不宜作爲比較文學的一種方式。

(六)

艾特華(James Hightower)在〈中國文學在世界文學的地位〉一文說：

---

[69] 同[17]，頁九。

今天我們需要的是受過其他文學（按：指中國文學以外的文學）研究訓練的學者，運用他們學過的批評方法研究中國文學。只有透過這樣的研究，我們才可以希望中國文學能夠獲得正確的理解，及說服西方讀者接受中國文學為世界文學的一分子，值得他們注視。⑩

雖然這篇文章在三十多年前發表，但時至今日，中國文學仍然沒有受到西方學者廣泛地接受。文學作品尚且這樣，遑論是中國的文學理論了。所以，筆者認爲：在世界文學批評界還未熟悉中國的文學和批評理論之前，爲了普及中國文學，我們不能不同意艾特華的看法，借助西方的批評方法作爲研究媒介。當然，最理想的莫如劉若愚所主張：「把中西文學及批評理論綜合起來，作爲研究中國文學的理論基礎和實際批評的方法。」⑪這也是我們之所以讚揚前引國際比較文學會宣言中所提比較不同國家的文學理論的原因。本著劉氏所謂的理論基礎和有關的批評方法來推廣中國文學，自然收到事半功倍之效。

至於透過文學理論的比較來找出「共同的文學規律」的願望並無不妥。問題是這個願望有沒

---

⑩ James Robert Hightower, "Chinese Literature in the Context of World Literature," *Comparative Literature*, 5 (1953), pp. 117-124.

⑪ James Liu, "The Study of Chinese Literature in the West: Recent Development, Current Trends, Future Prosepcts," p. 29.

有可能達成？最後得出的規律有什麼用途。葉維廉在〈中西比較文學模子的應用〉和〈比較文學叢書總序〉兩篇文章中，解釋為什麼要建立「共同的文學規律」的原因和提議建立的方法，值得我們重視。葉維廉心目中的「共同的文學規律」是一個中西文學規律不分彼此而且地位平等的綜合體，而它的基礎建築在比較中西文學的批評導向上，他說：

> 我們在中西比較文學的研究中，要尋求共同的文學規律、共同的文學據點，首要的，就是就每一個批評導向裏的理論，找出它們各在東方西方兩個文化美學傳統裏生成演化的「同」與「異」，在它們互顧互對互比互識的過程中，找出一些發自共同美學據點的問題，然後才用其相同或近似的表現程序來印證跨文化美學滙通的可能性。……我們不要只找同而消除異……我們還要藉異而識同，藉無而得有。[72]

葉氏提倡尋求共同的文學規律實在極有意義，但筆者更有下列的意見：除非我們只希望建立一個只適合中西文學傳統的「共同的文學規律」，否則如果我以溝通世界文學為最終理想，在西方以外，我們實有加入非洲文學、拉丁美洲文學等理論來作全盤考慮的必要，因為它們實有別於以英、美和歐洲大陸為主的西方文學傳統。而中國文學也不足以代表印度、日本、韓國、阿拉伯及

[72] 葉維廉：〈比較文學叢書總序〉，《中外文學》，十一卷九期（一九八三），頁一二二至一三四。

其他東方文學傳統。因此，若要達到世界性的「共同的文學規律」，我們似乎先要成立一個「寰球文學規律」(cosmopolitan poetics，按：上述名稱爲筆者自擬)。筆者的論點是受到李菲佛 (André Lefevere) 的啓發。李菲佛認爲「確立『文學的科學』(science of literature) 所需要的是一個穩固的『傳導體』(transmit)。如果文學研究者終能在一個共同的立場上討論，卽不是站在西方的立場，而是立足在西方與東方之間的緩衝區 (fortiori)，這個『傳導體』就是最先決的條件。」而李氏所謂的「傳導體」是「一張包含文學創作一切可能性的『想像的商品清單』(imaginary inventory)」。[73]至於筆者所謂的「寰球文學規律」就是包括全世界所有文學規律的清單，如果一日不能草議這張清單，「共同的文學規律」這個理想就一日不能達到。所以，單憑西方的文學規律固然不足以議定「共同的文學規律」，卽使再加上中國文學的理論也不足以完成任務。其次，每一個批評家都會按照自己的專長和熟悉的文學規律來發展「共同的文學規律」，如果沒有「寰球文學規律」作爲共同的目標，一個所有學者都能接受的「共同的文學規律」能否成立，實在很成疑問。

[73] 原文的 transmit 應爲動詞，而不是名詞。因此李菲佛的眞正意思並不明確。現據 transmit 一字的語義暫譯爲「傳導體」。詳參 André Lefevere, "Some Tactical Steps Towards a Common Poetics," p. 13.

假設一個「共同的文學規律」終於被議定了，究竟它對文學研究有什麼幫助呢？目前仍無法估計。最低限度，我們當然希望這個「共同的文學規律」能夠幫助文學創作與文學批評，但能否立竿見影，目前實在言之過早。所以在世界性的「共同的文學規律」未成立以前，我們若要進行文學理論的比較，似乎應依循蘇尼斯所提倡的方向發展，亦即是說，從事文學理論比較爲的是幫助我們作實際批評。

在蒐集全世界的文學規律時，我們不妨用同樣的方法把世界各文學傳統的批評方法和模式集合起來。我們希望此舉有助於西方學者多認識東方的文學批評方法。如果我們同意用西方的批評方法研究中國文學可以擴濶我們的視野及使我們從一個新角度認識和欣賞中國文學，甚至可爲中國文學研究打開一個嶄新的局面；我們也有理由相信，用東方的文學批評方法研究西方文學亦可以得到同樣的效果。在這個前提下而進行中西文學和批評理論的比較，西方文學研究者當更能明白中國文學和批評理論，而這項研究結果必然成爲中西比較文學研究的一個重要方向。至於結構主義可以在這個研究方向中扮演什麼角色，還有待驗證。

由此可見，在中西比較文學研究中應用結構主義的三個可能中，似乎只有第三個可能——運用結構主義的批評方法來比較研究兩種或以上屬於不同國家文學傳統的作品——最有前途。其次，由過去用作者的角度研究文學的規律而轉移到從讀者的角度研究讀者接受有關作品的規律，必然成爲結構主義文學研究的新方向。而這個研究方向最後對我們從事中西翻譯會有很大幫助。

因此，我們爲東西比較文學的跨學科研究下定義時，便不能不以第三個可能爲藍本。換言之，不論我們研究時所用的另一個科目是心理學、語言學或其他學科，我們要求最少有兩篇屬於不同國家文學傳統的作品爲研究的基本單位。事實上，東西比較文學的跨學科研究比較特殊，不能硬搬雷馬克的一套便以爲解決了問題。此外，我們也應該把文學理論的比較納入東西比較文學的範圍內，這樣，我們不單只朝着綜合世界文學的理想向前，同時亦朝着釐定「共同的文學規律」的理想邁進。

從貝克特的《等待果陀》看老舍的《茶館》

——兼論中西比較文學的「類比研究」的問題

(一)緒論

一直以來，從事比較文學的學者，大都對「類比研究」(analogy studies)存有戒心。例如「法國學派」(French school)的學者根本就否定它是比較文學的課題；即使是「美國學派」(American school)的學者，雖然處處與「法國學派」針鋒相對，但其中不少成員也對「類比研究」持有保留的態度。著名的美國比較文學家維斯坦因(Ulrich Weisstein)就是一個例子。他一方面反對「法國學派」只重視尋求作品與作品之間的「實在關係」(rapports de fait)的理論，另一方面亦認為把兩個屬於不同文化背景的文學作品來作「類比研究」是不大妥當的。[1]誠然，如果我們單從兩篇不同文化傳統的作品的表面相似點進行比較，並且稱這種方法爲「類比研究」，難免會招「爲比較而比較」之譏。就中西比較文學而言，由於中國和西方的文化傳統截然不同，應用「類比研究」時遇到的問題自然就更多了。但不採用這種方法，中西比較文學的研究領域也不能擴展。可是，怎樣才能正確地應用「類比研究」來進行中西比較文學，而使我們不致於過分拘泥於「法國學派」對「實在關係」的執着，亦不致陷入「爲比較而比較」的陷阱，的確是中西比較文學者當前必須解決的問題。

任何「類比研究」都必須有一個明確的方向，不能漫無目的地進行。譬如，我們要把《紅樓夢》和莎士比亞的《羅米歐與朱麗葉》(以下簡稱《羅》)作「類比研究」，就首先要思考幾個問題：㈠如果讀者讀過《羅》後，會對了解、欣賞和評價《紅樓夢》有甚麼幫助呢？㈡相反來說，未讀過《羅》的《紅樓夢》讀者，對了解、欣賞和評價《紅樓夢》會不會有甚麼損失？㈢本着同一道理，看過《紅樓夢》的讀者，對了解、欣賞和評價《羅》是否勝過未看過《紅樓夢》的讀者一籌呢？……否則，如果單能指出兩書在故事情節方面的異同，便勉強聲稱用「類比研究」來作

---

[1] Ulrich Weisstein, *Comparative Literature and Literary Theory*, tr. William Riggan & Ulrich Weisstein (Bloomington: Indiana Univ. Press, 1973), p. 7.

「比較文學」的研究，不過自欺欺人罷了！

本文的撰述，乃採用「類比研究」的方法，透過分析貝克特（Samuel Beckett）的《等待果陀》（*Waiting for Godot*，以下簡稱《果陀》）來了解老舍（舒慶春，一八九九—一九六六）的《茶館》。筆者相信，看過和未看過《果陀》的讀者，對了解、欣賞和評價《茶館》一定會大有差別。

筆者所以把《果陀》和《茶館》相提並論，絕非無的放矢，而是因爲老舍深受西方文學傳統的薰陶。儘管我們沒有資料顯示他直接受過《果陀》和貝克特的影響，但在他們二人的創作歷程中，不無相同的西方文學背景。至少，老舍的第一部長篇小說《老張的哲學》，便是脫胎自狄更斯（Charles Dickens，一八一二—一八七〇）的小說。❷雖然老舍和貝克特之間的「實在關係」不容易確立，但基於上述的理由，把二人的作品進行「類比研究」相信會有多少說服力罷。

(二)《茶館》與「革命文藝」

❷ 老舍：〈我怎樣寫《老張的哲學》〉，載曾廣燦、吳懷斌編：《老舍研究資料》（北京：十月文藝出版社，一九八五），頁五二三。

中國文學批評家對《茶館》的評價，明顯地存有矛盾的看法。雖然老舍自稱從毛澤東（一八九三—一九七六）的〈在延安文藝座談會上的講話〉中「找到自己的新文藝生命」，❸但如果拿〈在延安文藝座談會上的講話〉的精神來作批評的標準，《茶館》不能說是一部成功的「革命文藝」的作品。《茶館》雖然是在社會主義的新中國成立以後幾年創作的，卻沒有任何關於社會主義在新中國裏存在的信息，也沒有透露任何令人對現況及未來感到樂觀和鼓舞的暗示。若按照周揚（一九〇八—）的觀點，即在社會主義革命階段（按：指一九四九年以後）內從事創作而不描寫建國以來的社會，「就是對寫社會主義有抵觸」，❹則《茶館》甚至可以被視爲反社會主義的作品。難怪自一九五七年《茶館》面世以來，❺先後受到各方面嚴厲的批評，以致它在一九六三至一九七九年間完全沒有在中國演出的機會。雖然其間不是沒有稱讚《茶館》一劇的評論，但總括來說，在一九七九年以前，無論批評家從藝術或政治的角度來討論《茶館》，總是譭譽參半，《茶館》並沒有得到文藝界一致的讚賞。

❸ 老舍：〈毛主席給了我新的文藝生命〉，載克瑩、李穎編：《老舍的話劇藝術》（北京：文化藝術出版社，一九八二），頁六八。另參老舍：〈五十而知使命〉，載《老舍研究資料》，頁八四。

❹ 見周揚：〈高舉毛澤東思想紅旗，做又會勞動又會創作的文藝戰士〉，《紅旗》，一九六六年第一期（一九六六），頁一七。

❺ 《茶館》最先發表在《收穫》，一卷（一九五七年七月），頁一一九至一四一。

然而，令人感到奇怪的是：《茶館》在一九七九年由北京人民藝術劇院作第三度公演時，卻得到空前熱烈的反應。接着，它還肩負着代表新中國話劇的成就的名義，到世界各地巡迴演出。而當它在西歐演出時，也受到廣泛的歡迎。❻另一方面，中國的報章和雜誌所刊載討論《茶館》的文章，仿如雨後春筍。這些文章，大多數談論《茶館》的舞臺藝術，其中不乏由北京人民藝術劇院的導演和演員執筆憶述《茶館》在國內和國外的幾次綵排和公演的經過，以及描寫他們飾演劇中人物的感受。至於《茶館》的中心思想和它的戲劇結構的特色，只有很少文章有深入討論，但亦提不出新的見解。因此，我們無法從這些文章中找到爲甚麼《茶館》雖不符合「革命文藝」的要求，卻不但受到大衆的歡迎，而且還被選爲出國巡迴演出的話劇的合理解釋。

早在《茶館》初版時，中國文學界對它的藝術成就已抱有保留的態度。就是十分肯定《茶館》的藝術地位的冉憶橋，在他一九八〇年撰寫的文章中，對《茶館》的戲劇結構，仍有微詞。他認爲在《茶館》裏「找不到清楚的故事發展線索，看不到集中統一的戲劇衝突，也很少出現扣人心弦的戲劇懸念。」❼其實早在一九五八年李健吾便已指出，《茶館》的「三幕的性質近似圖卷，特別是世態圖卷。甚至於一幕之中往往也有這種感覺。」它的「毛病就在這一點：本身精

❻ 詳參烏葦克勞特編：《東方舞臺上的奇蹟：《茶館》在西歐》（北京：文化藝術出版社，一九八三）。

❼ 冉憶橋：〈帶笑的葬歌——談圍繞《茶館》爭議的幾個問題〉，載《老舍的話劇藝術》，頁四七七。

緻，像一串珠子，然而一顆又一顆，少不了單粒的感覺」，他甚至認為「就戲劇來說」，這個現象「顯然屬於致命的遺憾」。❽由此可見，從傳統的戲劇理論來看，《茶館》的「戲劇性」可說是相當低的。

大概有鑒於《茶館》不大為人接受和了解，老舍在一九五八年中先後發表了兩篇文章，解釋他創作《茶館》的動機、該劇的中心思想和他選擇一個異於傳統的戲劇結構寫作《茶館》的理由。在其中一篇題為〈談《茶館》〉的文章裏，❾老舍強調他創作《茶館》的動機，就是要反映中國在一九四九年以前的五十年中的社會面貌。他希望讀者在看到這段時期令人啼笑皆非的衆生相後，「就可以明白為甚麼我們今天的生活是幸福的，應當鼓起革命幹勁，在一切的事業上工作上爭取躍進，大躍進！」❿上述的說話不但使人感到《茶館》的創作似乎有它的政治目的，而且它也符合「革命文藝」的要求。至於他採用的技巧，老舍在另一篇題為〈答覆有關《茶館》的幾個問題〉的文章裏指出，《茶館》所以描寫上述五十年間的三個時代，就是要「葬送三個時代」。由於他放眼於整個五十年內的社會變遷，他不能不採用一個嶄新的戲劇手法，以人物貫串全劇和

❽ 李健吾：〈讀《茶館》〉，載《老舍的話劇藝術》，頁三八四至三八五。
❾ 〈談《茶館》〉，《中國青年報》（一九五八年四月四日），頁一二七。
❿ 同上。

帶動故事的發展。⓫

老舍在上述兩篇文章中的自辯，成爲日後注解和評價《茶館》的基本論據。如有些人指出，《茶館》雖然描寫革命前的中國，目的卻在教育新的一代，讓他們認識中國在社會主義革命以前是怎樣的黑暗，和在革命以後怎樣變得光明和進步。所以，縱然《茶館》沒有正面刻劃革命或社會主義時期的社會面貌，卻在側面肯定了社會主義對中國的貢獻。⓬上述的說法，顯然脫胎自老舍〈談《茶館》〉一文。至於汪景壽指「《茶館》對舊世界的控訴，蘊含着浪漫主義的理想因素和對光明的憧憬」，⓭無疑是進一步把《茶館》看成爲與毛澤東提倡的「革命的現實主義和革命的浪漫主義」相結合的作品，並且試圖消弭前人對《茶館》的政治思想的質疑。

可是，要劇作家解釋自己作品的創意和主題是不公平的。當史拉特（Allen Schneider，《果陀》在美國作第一次公演的導演）詢問貝克特究竟「果陀」（Godot）的眞正意義和作用時，

⓫〈答覆有關《茶館》的幾個問題〉，載《老舍研究資料》，頁六四〇至六四一。

⓬參考郭漢城：〈《茶館》的時代與人物〉，載《老舍的話劇藝術》，頁四一三至四二一；王雲縵：〈戲劇名珠重生輝：試論老舍名劇《茶館》的藝術特色〉，載《老舍的話劇藝術》，頁四五八至四六七；冉憶橋：〈帶笑的葬歌——談圍繞《茶館》爭議的幾個問題〉，前揭。

⓭汪景壽：〈試論老舍解放後的戲劇創作〉，載《老舍的話劇藝術》，頁五五九。

貝克特回答說：「我若知道的話，早就在劇中說明了。」[14]其次，要老舍公開解釋有關《茶館》的問題和答辯來自多方面的指摘尤其不公允。因爲在一九五八年「反右派鬭爭」剛剛結束，接着又有「大躍進」的浪潮席捲全國，爲了防止有關當局對《茶館》查禁和避免自己身陷囹圄，他一定不能說《茶館》是不符合毛澤東〈在延安文藝座談會上的講話〉所揭櫫的文藝指標的。其實從評論《茶館》的學者無法在老舍的自辯以外找到可以證明《茶館》的「革命浪漫主義」的性質的證據，便足以令人懷疑老舍自辯的眞確程度。正如《茶館》的導演夏淳指出，當他在一九六三年執導《茶館》時，發覺要爲《茶館》加上一條「紅線」十分困難；當他在一九七九年再次執導《茶館》時，更坦白地承認當年爲《茶館》加上一條「紅線」是錯誤的，因爲該劇根本就沒有「紅線」。[15]

假如連多次導演《茶館》，並且曾參與劇本修訂的夏淳都覺得《茶館》沒有「紅線」，勉強加上「紅線」，只會破壞劇情的完整。汪景壽似乎必須多拿出一些證據，才能令人信服他爲《茶館》和「革命的現實主義和革命的浪漫主義的結合」之間所劃上的等號。其次，如果我們把《茶館》和使老舍贏得「人民藝術家」的美譽的《龍鬚溝》加以比較，則會發覺後者的「社會主義現

[14] Martin Esslin, *The Theatre of the Absurd* (London: Eyre & Spottiswoode, 1962), p. 32.

[15] 夏淳：〈《茶館》導演後記〉，載北京人民藝術院藝術研究資料編輯組編：《《茶館》的舞臺藝術》（北京：中國戲劇出版社，一九八〇），頁二一八至二一九。

實主義」的色彩遠在《茶館》上。⑯《龍鬚溝》第一幕描寫革命前的北京市的醜陋面貌；第三幕則描寫人民政府上臺後北京市容的改進。而老舍除在第三幕直接歌頌人民政府的偉大外，我們透過劇中所作的今昔對比，對於誰是誰非自然一目了然。相反，《茶館》沒有披露人民政府上臺後新中國的社會面貌，讀者或觀衆如果沒有豐富的想像力，根本無法得到老舍自稱所傳達的信息。因此，中國人民藝術劇院爲甚麼不選擇《龍鬚溝》而以《茶館》來代表新中國文藝路線下的戲劇典型和作爲出國訪問的話劇，實在令人難以明白。

(三) 詮釋《茶館》的正確方向

透過上面的分析，我們知道單憑「革命浪漫主義」的文學準則，是不能全面解釋《茶館》的魅力和它能夠瘋魔中國與海外觀衆的眞正原因。筆者認爲《茶館》所反映的是二十世紀的現代人共同面對的困境和共有的心態。也因爲這個緣故，它才受到中外觀衆的歡迎，和取得他們的共

⑯ 新華社：〈北京市府委會和協商會聯席會議授給老舍「人民藝術家」獎狀〉，《文滙報》（一九五一年十二月二十五日）。《龍鬚溝》顯然是一篇「社會主義現實主義」的作品，而且富有濃厚的浪漫主義色彩。詳參周揚：〈從《龍鬚溝》學習甚麼？〉，載《堅決貫徹毛澤東文藝路線》（北京：人民文學出版社，一九五二），頁六三至七一。

鳴。因此，《茶館》可以說是中國現代和近代文學中較爲罕見的「現代主義」(Modernism)的作品。

筆者認爲，與其單單用一些文學理論家爲「現代主義」所下的空泛定義來討論《茶館》，不如用一部相類的西方的經典作品跟它比較來得實際，於是筆者選擇了《果陀》。雖然，兩劇的表達方式並不完全相同——大致上說，《果陀》採取的是「荒誕劇」的手法，而《茶館》則利用「現實主義」(Realism)的表現方式——，但二者都在反映現代人處於舊世界已死，新世界仍未建立的荒謬處境。更具體地說，二十世紀的人，一方面感到舊世界已經死去，另一方面又不能接受當時的世界就是他們夢寐以求的「現代世界」或新世界，於是只好沮喪地等待他們心目中理想的新世界的來臨。

其次，筆者認爲《茶館》是老舍有意識地或下意識地表達他在早期小說所流露的消極人生觀和對中國前途感到悲觀的作品。在老舍的戲劇創作裏面，這種消極和悲觀的態度，只能在《茶館》中找到；其他在《茶館》前後寫作的反映新中國社會面貌的戲劇如《紅大院》和《龍鬚溝》等，都沒有出現過這樣灰色的調子。

如果撇開《茶館》的枝葉不理，整個故事的主線實在是圍繞着王利發、秦仲義、常四爺三個主角而發展的。簡單地說，《茶館》所描述的是王、秦、常三人如何運用自己的手段在新舊世界交替的過渡時期謀生，使能和新世界銜接的故事。而從抽象的層面上說，《茶館》是描寫三人在等待新世界來臨期間所發生的故事；從這個角度着眼，《茶館》便和《果陀》十分相似了。因爲後者所描寫的，也是主角愛斯特拉公（Estragon，以下簡稱愛斯）和佛拉底米爾（Vladimir，以下簡稱佛拉）二人在等待「果陀」（卽新世界的象徵）時所發生的故事。兩者所不同的是，王、常、秦三人一生奮鬪，希望能夠改善生活，甚至改善社會，亦卽直接或間接參與建設新世界；而愛斯和佛拉只是消極地等待，卽是希望新世界會自動地來臨。如果愛斯和佛拉是「時代的遺民」(clochards)，⑰那麼王、秦、常三人便是「時代的遺民」的前身，但他們在劇終時卻都被環境摧殘而成爲名符其實的「時代的遺民」了。（詳第四節）

歐文豪(Irving Howe)爲「現代主義」下定義時，曾引用德國小說家赫爾曼•赫斯(Herman Hesses)的說話來描寫現代人所面對的境況。他說現代人是「被夾在兩個年代、兩種生活方式的一代，這個處境使整代人都失去了自我了解的能力，他們沒有任何標準，缺乏安全感，也

---

⑰ Clochard 這個字一般解作「流浪漢」。但這個字原本是指在巴黎的一種人，他們有過一段風光的日子，但現在卻與社會脫了節。參考 Günther Anders, "Being Without Time: On Beckett's Play *Waiting for Godot*," in Martin Esslin, ed., *Samuel Beckett: A Collection of Critical Essays* (Englewood Cliffs, NJ: Prentice-Hall, Inc., 1965), p. 142.

不會很容易就默默地接受一切。」[18]然而，赫斯這個現代人形象的素描卻有欠完整，因爲他忽略了一個很重要的意象——現代人等待着美好的新世界來臨的意象。十九世紀末英國大詩人馬修阿諾德 (Mathew Arnold) 早就在他的詩中建立了這個等待的意象，他說：

> 徘徊於兩個世界，其中一個已經逝去
> 另一個無力出生
> 找不到可以下榻的地方
> 就如這樣，我在地球上沮喪地等待……。[19]

阿諾德筆下的現代人在等待美好新世界來臨的意象，被貝克特在《果陀》中發揮得淋漓盡致，而《果陀》一劇也舉世聞名，它不但成爲二十世紀西方戲劇的一個重要的里程碑，而且它的影響力還伸展到世界各地。貝克特在劇中暗示：舊世界已經隨着神 (God) 一同逝去，美好的新世界要

---

[18] Irving Howe, "*The Idea of the Modern*," in his *The Idea of the Modern in Literature and the Arts* (New York: Horizon Press, 1967), p. 15.

[19] Mathews Arnold, "Stanzas from the Grande Chartreuse," collected in the *Norton Anthology of English Literature*, ed. M.H. Abrams et al., 2 Vols. (New York: Norton, 1979), Vol. 2, pp. 1379-84.

和「果陀」(Godot) 一起來臨，我們（現代人）都在等待果陀出現，可惜他卻遲遲不見踪影。

雖然阿諾德、貝克特和歐文豪似乎並沒有把他們的視野擴展到東方世界，但他們筆下的「現代人」的境況，卻在一定程度上應合現代中國的情況。在一八九八年，中國有所謂「百日維新」。這個運動要使當時國勢日益頹敗的中國重新振作起來，並且希望透過引進西方的思想、制度和科技，使在垂垂老矣的清朝政府統治下的中國社會，順利地踏上現代社會的道路。雖然「百日維新」只維持了三個多月就被清廷的保守勢力瓦解，但這次運動卻標誌着中國知識分子對中國固有傳統的價值失去信心，因而着手尋找新的生命路向和新的生命價值與意義。中國知識分子察覺到他們一向奉爲圭臬的傳統與價值，已隨着時代的改變而不合時宜，他們的當前急務不在繼往，而在開來，在革新，把中國帶領到一個前所未有的大同世界。康有爲（一八五八——一九二七）的《大同書》，可說代表了那個時代的思想。而老舍在二十三歲那年（卽一九二二年），曾經發表過一次演講。他說：

> 耶穌只負起一個十字架，而我們卻應該準備犧牲自己，負起兩個十字架：一個破壞舊世界，另一個是建立新世界。[20]

[20] 舒乙：〈父親的最後兩天〉，載老舍：《文牛：老舍生活自述（回憶與隨想文叢）》（香港：三聯書店，一九八六），頁二五六。

可見老舍眞實地意識到他們那一代處於新舊世界交替的夾縫中。同年，他加入基督教，領受洗禮；㉑並在十二月在北京基督教青年會證道團主辦的刊物《生命》月刊第三卷第四期中翻譯了一篇題爲〈基督教的大同主義〉的文章。㉒顯然，這時老舍心目中的新世界，是富有基督教色彩的。不過，無論老舍這時認爲什麼方法才可以救中國，他在這一年內的一連串活動，足以證明他和康有爲等人一樣，是希望能夠爲中國建設一個前所未有的美好新世界的。

從一八九八到一九四九年間，可以說是中國從傳統封建社會發展到社會主義社會的過渡期，中國確是經歷了空前的大變革。從辛亥革命到袁世凱（一八五九—一九一六）復辟，從軍閥割據到北伐成功，從抗日戰爭到中華人民共和國的成立，中國社會飽受內憂外患，而中國人民不斷地在苦難中等待着美好新世界的來臨，可是他們卻一次又一次地失望。老舍的《茶館》就是建築在中國這五十年的歷史上面。透過舞臺藝術，老舍把中國這五十年的歷史，濃縮成爲三幕戲；把中國的命運，反映在「裕泰茶館」和它周圍的人物上面。老舍彈着灰色的調子，暗示人們對美好新世界的憧憬，到頭來很可能會落空。

㉑ 王惠雲、蘇慶昌：《老舍評傳》（石家莊：花山文藝出版社，一九八五），頁一五。

㉒ 詳參曾廣燦：〈老舍早期譯文：〈基督教的大同主義〉〉，《文史哲》，一九八一年第四期（一九八一年七月），頁七七。

(四) 從《果陀》到《茶館》

正如所有「現代主義」的文學家一般，老舍和貝克特都不約而同地採用了異乎傳統的文學表現方式。㉓《果陀》和《茶館》都不合乎傳統戲劇的規律；而二人利用創新的手法，目的是要爲兩劇創造出一種跨越時空的效果。卽是說，劇中的故事，不只代表一時一地的事物，而是萬古常新或不斷重演的人類的處境（human situation）。就《茶館》來說，這個效果尤其重要。劇中的故事雖發生在一八九八到一九四八這五十年內，但我們目睹的卻是中國人民「等待果陀」的故事，它具有超越時空的一般性的意義。

《果陀》由差不多完全相同的兩幕劇組成。嚴格來說，它沒有明確的故事情節，不但沒有開始，而且也沒有高潮、沒有結局。《果陀》好像是一個永遠停留在抽象層面的寓言，㉔從任何傳統的角度來看，它都不算是一齣戲（play）。㉕正因爲它的中心思想含糊得難以令人捉摸，所以

㉓ 同⑱，頁一三。

㉔ 同⑰，頁一四一。

㉕ Edith Kern, "Drama Stripped for Inaction: Beckett's *Godot*," *Yale French Studies*, 14 (Autumn 1954-55), p. 41.

它可容許我們用不同的角度進行批評，或用各式各樣的理論加以詮釋。有人說它的主題在說明生命中「沒有東西好幹」；[26]「沒有事情發生，兩次」（nothing happens, twice）；[27]「沒有事情發生，沒有人來，沒有人離開，很可怕」；[28]甚至單單是「等待果陀」。[29]《果陀》描寫的是有關兩位主角在等待果陀來臨時所發生的故事，相信讀者都耳熟能詳，所以不在這裏介紹了。《茶館》則分爲三幕，共有七十多個角色。和《果陀》一樣，《茶館》並沒有一個明顯的主線或中心思想把三幕劇連貫起來。[30]它的每一幕分別反映現代中國歷史上的一個重要時代：第一幕發生在一八九八年「百日維新」失敗的時候；第二幕發生在十年後「軍閥割據」的混亂時代；

---

[26] Hugh Kenner, *A Reader's Guide to Samuel Beckett* (London: Thames and Hudson, 1973), p. 25.

[27] John Fletcher, "Bailing Out the Silence," in *Beckett: A Stude of His Plays*, by John Fletcher and John Spurling (London: Eyre Methuen, 1972), p. 56.

[28] Jean Anouilh, Rev. of *Waiting for Godot*, by Samuel Beckett, tr. Ruby Cohn, *Arts Spectacles* (27 Feb. -5 Mar., 1953), p. 1.

[29] Alain Robbe-Grillet. "Samuel Beckett, or 'Presence, in Theatre," tr. Barbara Bay, rpt. in *Samuel Beckett: A Collection of Critical Essays*, op. cit., p. 111.

[30] 冉憶橋，前揭，頁四七七。

第三幕發生在一九四八年前後，卽在日本投降後和新中國成立之前。㉛

歐文豪指出，由於「現代主義」的信徒對人類歷史感到絕望，所以放棄了歷史是直線發展的「直線的時間」(liner time) 觀念，而求助於更古老的「循環的時間」(cyclic time) 觀念來觀察世界。持「循環的時間」觀念的人，認爲宇宙內一切事物的存在與滅亡，都按照着一個永恒不變的週期性的節奏，循環不止地發生。但每一個週期內，每一事物都經過不斷的演化、混亂和再生幾個階段。㉜這個對「循環的時間」的信仰，同時出現在《果陀》和《茶館》內。如果我們硬要在它們中間找尋戲劇的「情節」(plot)，那麼，我們必定會發現它們的「情節」是循環的。雖然我們可以在兩個劇中明顯地看到時間（甚至是「直線的時間」）的進程，但這個進程卻建築在一個「循環的時間」的系統內。換言之，所有活動都在一個關閉的系統內進行，就好像月亮在由新月變成滿月的過程中，每一日的月亮的形狀儘管不同，但整個月缺至月圓的週期卻永恒不變。因此，在這種時間觀念中，「變化」本身也帶有「靜態」和「動態」兩個特性。一方面，「變化」是永恒不止的；但另一方面，由於萬變不離其宗，「變化」的週期同時說明了世界原來

㉛ 在《茶館》的劇本中，除了標明第一幕在一八九八年發生，其餘兩幕都沒有明確的指出發生在那一年。而因爲老舍自己說「這三幕共佔了五十年時間」（〈談《茶館》〉，頁六三五），所以第三幕應在一九四八年發生。

㉜ 同⑱，頁一七。

是靜止的道理。當然這種「變化觀」不盡是西方人或現代人才有的思想，中國的《易經》中的六十四卦，亦是建築在一個相同的思想模式上面。由此看來，開幕或閉幕雖然理論上標誌着一幕戲的開始或終結，但兩者其實並沒有顯著的分別。因爲開幕不外乎是另一場戲的閉幕；而閉幕也可說是另一場戲的開幕。

在《茶館》裏，上述的「循環的時間」觀念表現於每一幕所發生的時間和地點。《茶館》的每一幕都在同一地點——裕泰茶館——發生。第一幕開幕時是秋天的某一早晨，而第三幕也發生在秋天的某一個早晨，無形中暗示到了第三幕時，整整一個週期已經過去了。其次，這個週期的終結，正是另一個週期的開始。關於這點，我們可以從劇中所反映的歷史時間來證明。第一幕的故事剛好在「百日維新」失敗後不久發生，這時正是中國封建皇權制度沒落而踏上民主道路的開端。第三幕的劇情在一九四八年的秋天發生，當時是南京政府倒臺前夕，亦即社會主義新中國成立的前一年；這段時間也是一個週期的末端和另一週期的開始。在這個週期內，中國的社會面貌跟裕泰茶館一樣，經歷了很大的改變；但一般百姓的生活，不單和他們在清末時同樣地艱難困苦，甚至有每況愈下的跡象。

在老舍的作品裏，革命與社會表面上的變革不能眞正改善社會和人民生活這個主題，不是《茶館》所獨有。早在《貓城記》裏，他已經表現過相同的思想。在這部小說中，貓國幾千年來都由皇帝統治，直到奉行「大家夫司基」主義（按：指一種類似社會主義的政治思想）的「鬨」

（按：即政黨）來發動革命，推翻朝廷，及以「大家夫司基」主義作爲治國綱領後，政局才史無前例地得到革新。不幸的是，革命成功後不久，「大家夫司基」閧的領袖突然登基當了皇帝，把貓國帶回到皇權制度去。於是，貓國的歷史再次踏入「循環的時間」的圈套中。㉝

《茶館》的第二幕在春天發生，表示在每一特定的週期內，時間是有進展的。因此，三幕之間的關係就如秋——春——秋的循環一樣。《茶館》第二幕在春天發生，使人聯想到《果陀》劇中「樹」這個舞臺背景。在《果陀》的第一幕時，這棵樹是光禿禿的，但到了第二幕，樹上長出了三、四片葉。雖然劇本寫明第二幕的故事發生在第一幕故事的後一天（next day），但這三、四片葉的出現，目的是讓觀衆知道第二幕不一定發生在第一幕故事的後一天，甚至在時間上有一段距離。也就是說，這兩幕只不過是一個週期內的任何兩個片段而已。

《果陀》兩幕的情節極度相似，而《茶館》每一幕只處理一個歷史時代，相比之下，似乎後者的三幕各自獨立和各有特色。但如果我們細心分析，卻發覺《茶館》的三幕其實有很多重複的、循環的，和互相平衡的元素，茲表列如下：

㉝ 有關《貓城記》的主題和思想，參考拙著（Koon-ki T. Ho,）"*Cat Country:* A Dystopian Satire," *Modern Chinese Literature*, Vol. 3, No. 1 & 2 (Spring/Fall 1987).

主題	第一幕	第二幕	第三幕
不正當/常的性觀念	龐太監要娶妻	兩個逃兵要共娶一妻	裕泰茶館要改裝爲妓院
皇權制度	清朝	袁世凱登基	龐四爺策劃要登上皇位
每一幕劇終前的死亡主題和象徵	(1)康順子暈倒（象徵死亡，因爲她要嫁太監） (2)棋客：將，你完了㉞	劉麻子被誅	王、常、秦三人各自「祭奠自己」，王利發更上吊而死
政府查禁言論	「莫談國事」紙條貼在牆上	「莫談國事」紙條貼在牆上	「莫談國事」紙條貼在牆上
對中國的未來感到失望	常四爺：大清國要完了	崔久峯：中國非亡不可	裕泰茶館（中國社會的象徵）要倒閉

《果陀》的結構同樣地建築在「情節的重複和主導的母題（leitmotif）的重現與變易的元素彼此之間的均等的平衡」(exact balancing of variable elements)上面。㉟劇中的「情

㉞《茶館》在一九五七年刊在《收穫》的版本裏，第一幕是隨着康順子暈去而結束的。到後來的版本才加上棋客下棋的一個環節。據夏淳指出，這個環節是「導演和演員創造的成果」。由於老舍也接受這樣的安排，所以在以後的版本，它便成爲劇中的一部分。見夏淳，前揭，頁二二五。

㉟同㉗，頁六五。

節」(action)顯然是週期性的（cyclical）。就是說，第二幕基本上是把第一幕重新演出一次。正如哈辛（Ihab Hassan）指出，「劇中的情節是靜止的和循環的，其中發生的事情在永無止境地重複。就貝克特來說，僅僅兩幕就足以表達一個可以延長到無限的連續片斷。」[36]

在《茶館》三幕中，事情的重複和「主導的母題」的重視，本已有效地製造出這三幕劇的故事可以無限地循環發展的效果，同時因爲老舍安排各個角色的兒子去承繼及發揚父親的事業（例如，正面人物如王利發和秦仲義固然繼承父業，反面人物如小劉麻子和小唐鐵嘴也同樣克紹箕裘），更能把故事重複發展至無限的意念表露無遺。《老子》說：「一生二，二生三，三生萬物。」[37]老舍用三幕劇和三個主角，似乎就是採用「三」的象徵意義使觀衆明白到他在劇中表達的眞理是不受時間限制的。換句話來說，《茶館》所演繹的五十年，雖然是歷史上的一個小環節，卻是日後無數連貫的環節的寫照。

如果我們說《茶館》和《果陀》兩劇的情節都經過特別的處理，以求能表達它們是超越時間限制的效果。那麼，兩劇的舞臺設計亦能給人一種超越空間限制的感覺。老舍說：「茶館眞是個

[36] See Ihab Hassan, *The Literature of Silence: Henry Miller and Samuel Beckett* (New York: Peter Smith, 1976), p. 176.

[37] 《老子》，第四十二章，載朱謙之：《老子校譯》（北京：中華書局，一九六三），頁一七二。

重要的地方，簡直可以算作文化交流的所在。」（頁五）㊳又說：「一個大茶館就是一個小社會。」㊴無疑，茶館是一處代表中國人「集體潛意識」(collective unconsciousness) 的地方，正如日本的公衆浴室能夠反映日本人的心態一樣。因此，裕泰茶館的變遷，無疑象徵着中國整個社會的變遷。

《果陀》的佈景比較簡單，除一棵樹和一個土丘外，什麼也沒有。作者希望我們把這個背景看成是一條鄉間的道路。事實上，演出《果陀》根本就不需要一個像正統的劇院的地方。不過，與其說在什麼地方都可以演出《果陀》，不如說《果陀》的故事可以發生在任何地方罷。亦即是說，《果陀》的劇情超越了空間的限制，那棵樹的作用，除表達第一、二幕之間發生的時間有一段距離外，大概也提醒觀衆，整劇的故事都在地球上而不是在什麼難以想像的外星世界裏發生。

由於貝克特採用了一些「荒誕劇」的藝術表現方式，舞臺上的景象就很容易成爲整個人類世界的縮影。貝克特說舞臺上的背景是一條路，路本身就有很多象徵意義。路是連接兩個地區的地方，所以在象徵層面上，這條路可以代表從舊世界到新世界的過渡期。愛斯和佛拉兩人被困在這

㊳ 本文徵引《茶館》的文字，乃根據北京中國戲劇出版社的一九八〇年版本。徵引文字後面用括號標明頁碼，不另作注。

㊴ 〈答覆有關《茶館》的幾個問題〉，頁六四〇。

條路上等待果陀，代表了「全人類」等待新世界來臨而感到進退兩難的處境。（詳下文）《茶館》卻不同：大體上說，《茶館》是「現實主義」的戲劇，必須靠實實在在的佈景和現實的場面來表達作者的思想，所以老舍只能用一所實在的茶館來反映整個中國。但從《茶館》一劇的邏輯來看，劇中所反映的中國，也是整個人類世界的縮影。為了盡量減低劇中的題材（即一時一地所發生的事）對背後意義的限制，老舍把焦點放在人物而不放在事件上。其次，他故意避開直接描寫歷史人物，而把劇中人局限為社會上的小人物；他更有意識地不直接處理當時的政治事件。㊵於是，《茶館》的故事雖然發生在特定的時空之中，卻不但沒有滯留在這個時空內，反而超越了時空的限制，呈現出一般性的意義。因此，在抽象的層面上，我們從《茶館》所見到的，不再單單是中國從封建社會進化到社會主義時代的艱苦旅程。至少，我們還可以看到二十世紀大部分第三世界國家在現代化過程中共同經歷的步伐。

《果陀》雖有五個角色在舞臺出現，事實上卻總共有六個人物，即愛斯和佛拉，樂克（Lucky）和波佐（Pozzo），果陀和他的使者。我們不應該把劇中任何一人當做一個獨立的個體，而應視他們為幾個抽象觀念的代表。果陀在劇中從來沒有出現，愛斯和佛拉對他的名字實在是否

㊵ 同㊴。

爲「果陀」也弄不淸楚。（頁二一）[41] 因此，果陀代表着人類對旣美麗而又模糊不淸的未來世界的憧憬。有關果陀的資料其實很少，所知道的只是他什麼也不幹（頁九一），他有一把可能是白色的鬍子（頁四二），及他常常責打替他看綿羊的男童而從不打替他看山羊的男童（頁五一）。果陀的形象所以這樣隱隱約約，正好反映出人類對未來世界的眞面目並沒有什麼確實的資料可供稽査。因此，果陀對愛斯和佛拉兩人的永不實現的承諾（卽他要來接兩人到一個理想邦），無疑象徵了人類因爲活在無意義的生活中而無力加以改善，因而對未來作出不切實際的幻想，作爲自我解脫的藥方。

果陀的曖昧的形象，亦透過他的使者的模稜兩可的身分表現出來。果陀的使者是個男孩子，他有三重身分。在原著（按：卽法文版）中，作者注明在第二幕出現的男童和第一幕出現的是同一個人。但在作者自譯的英文版裏，卻取消了這項注明。這樣，在第二幕出現的男童固然可與在第一幕出現的同屬一人，也可以是後者的兄弟（按：指看綿羊的牧童，第一幕出現的使者則是看山羊的牧童）；更可以是一個和上述兄弟無關的第三者。但無論這個使者是誰，他帶來的信息則

---

[41] 本文徵引《果陀》的文字，均據 *Waiting for Godot*, by Samuel Beckett, 2nd ed. (London: Faber and Faber, 1965). 徵引文字後面用括號標明頁碼，不另作注。至於中文譯本，大致上是出自筆者手筆，但筆者也有參考劉大任、邱剛健兩人合譯的《果陀》譯本，載《明報月刊》，總四八期（一九六九年十二月），頁八六—九九；總四九期（一九七〇年一月），頁八四至九六。

和第一幕的使者所說的是一致的，即：「果陀今天不來了，但明天肯定會來。」（頁五〇及九一）果陀的信息說明古往今來人類對美好的明天的憧憬和對改善生活的指望，不過像海市蜃樓；如果我們對它們存有過分的希望，只會換來一次又一次的失望。

愛斯和佛拉代表着古往今來的全人類。[42]由於二人以哥哥（gogo）和弟弟（didi）相稱，[43]他們也代表了友誼和「四海之內，皆兄弟也」的意念。誠如前文指出，他們是按照所謂「時代的遺民」的形象而塑造出來的。「時代的遺民」乃指一些在社會中經歷過一段風光日子的人，但現在他們卻與社會脫節，因而受到世人的排斥，不爲社會所容。[44]由此可見，「時代的遺民」坷坎的景況，就好像歐文豪和阿諾德所描寫的「現代人」的景況一樣。不過，「時代的遺民」不單指現代人。因爲自有人類歷史以來，當每一個國家發生朝代興替，或每一個文化出現消長時，都會產生一羣「時代的遺民」。所以，《果陀》雖然以反映現代人的困境爲出發點，卻沒有停留在這個層面上。前文所述《果陀》有超越時空的效果，就是這個意思。

---

[42] 同[25]，頁四三。

[43] 大抵 Lawrence E. Harvey 是第一個指出劇中兩位主角的渾名 Gogo 和 Didi 是指中文的哥哥和弟弟的人，見"Art and the Existential in *En Attendant Godot*," *PMLA*, Vol. LXXV (March 1960), p. 143, note 14.

[44] 同[17]。

如果愛斯和佛拉代表古往今來的全人類，波佐和樂克則只代表一個特定時限的人類。彌特曼(Metman) 認爲波佐和樂克是「現代世界裏令人討厭的產品」。㊺如果愛斯和佛拉存在於一個「循環的時間」所支配的世界裏，波佐和樂克則受到「直線的時間」觀念所左右。當波佐在第一幕出現時，他不停地看錶，暗示他是個現代人，受着由鐘錶支配的生活節奏所控制。但到了第二幕，波佐變成了一個瞎子，他說：「瞎子沒有時間觀念。」（頁八六）是的，對於瞎了的波佐來說，過去、現在和將來已變得毫無意義。㊻因此，在第二幕中的波佐也脫離了「直線的時間」觀念，而踏入「循環的時間」的軌跡上了。所以，到了第二幕，佛拉不但自稱「我們（按：指佛拉和愛斯）是全人類」(all mankind is us，頁七九)，亦稱波佐爲「全人類」(all humanity，頁八三)。因此，夏菲 (Harvey) 認爲全劇實際只有「人類」一個角色站在舞臺上的看法，㊼是十分正確的。換言之，波佐、樂克、愛斯、佛拉四個人物只是「人類」這個總角色分割出來的四個「自我」(divided self) 而已。從「超現實主義」的角度來看，這四個人物既是作者本人「內在自我」(inner self) 的超現實投射 (surrealist projection)，又是他個

㊺ Eva Metman, "Reflections on Samuel Beckett's Plays," in *Samuel Beckett: A Collection of Critical Essays*, op. cit., p. 122.

㊻ 同㊸，頁一三八。

㊼ 同上，頁一四三。

人對「現代人」和「全人類」的思想和感情的「客觀表現」(objectification)。亦即是說，貝克特透過這四個人物，把他對「現代人」，甚至「全人類」的命運的感受，利用「超現實主義」的藝術手法和戲劇媒介表達出來。在劇中，四人的獨白和對話常常是沒頭沒尾的、斷斷續續的、重複又重複的，它們看似對答，又似牛頭不答馬嘴的夢囈，證明這些說話不外是作者的「意識流」(stream of consciousness) 的「客觀表現」而已。

在《茶館》裏，老舍差不多沒有深入處理過任何一個角色。從頭到尾，每一個角色都好像是浮光掠影、沒有血肉的人物。正如《果陀》內的人物一樣，他們只不過是一些抽象觀念的「客觀表現」罷了。劇中王、常、秦三個主角的思想，代表在歷史過渡期生存的人的三種生活哲學。王利發主張「改良」和「不落在人家後頭」(頁七三)，他要永遠追上潮流和避免跟社會脫節。但他卻不嘗試，也不打算去改良世界。他的所謂「改良」，只是不斷地迎合社會改變的節拍而改變謀生的方法和生活方式。他的動機也是短視而自私的，他只希望「孩子們有出息，凍不着，餓不着，沒災沒病」(頁七三)。常四爺雖是一個「個人主義者」，卻有一副俠義心腸。他一方面「自食其力，憑良心幹了一輩子」，另一方面又「一輩子不服軟，敢作敢當，專抱打不平」(頁七三)。他又比王利發多了一分社會責任感，他「只盼誰都講理，誰也不欺侮誰」(頁七三)。總括來說，王利發隨波逐流，做了一世順民；常四爺卻堅持自己的原則，不因社會的變遷而改變做人的態度。秦二爺是一個「維新的資本家」(頁一一)，所以比上述二人更有對社會的責任感。他一生提倡和致力推行「實業救國」，可說是個典型的二十世紀的「空想社會主義者」(utopian socialist)。不過，他盲目崇拜科技的力量，認爲只要弄好科技，社會問題就可以迎刃而解。

王、常、秦這三個主角，在現代中國這個歷史過渡期的五十年中，彼此運用自己的方式掙扎求存，第一幕時生活還算不錯，但最後三人都被社會上黑暗的力量弄到身無分文，連買棺材的錢也沒有。所以，我們說他們到了第三幕都變成了「時代的遺民」，被時代所遺棄。在表達「時代的遺民」的意義上，《茶館》和《果陀》可說是互相補足的。前者描述了「現代人」怎樣被生活折磨而成「時代的遺民」的過程，後者則把變成「時代的遺民」後的「現代人」等待美好的新世界來臨的境況表現出來。

在研究《茶館》時，我們還要注意的是：王、常、秦三人的生活哲學和生存目標，並不以戲劇手法演繹出來，而是在第三幕裏三人重逢時由各人口中自道而出。從傳統的戲劇美學標準來說，靠人物對話來表達作者的思想當然不及透過故事情節來表達那麼高明。但就《茶館》來說，這個有欠高明的手法似乎另有目的。筆者認爲，老舍此舉是爲了把這三個角色抽象化，使觀衆更容易看出，他們只是象徵，而不致誤會他們是有血有肉的角色。

其次，王、常、秦三人的命運，可能是老舍自己生命的寫照。王利發數次改易經營裕泰茶館的手法來迎合社會的新潮流，不是好像老舍從民國到抗日、從抗日到中華人民共和國立國，幾度爲了文學以外的理由，改變自己的創作題材與風格嗎？王利發的結局，連老舍的兒子舒乙也認爲竟「和父親自己的結局有着驚人的相似之處」。[48]至於常四爺，老舍說他是旗人，而老舍本人原來就是旗人。在老舍的作品中，除常四爺外，大概再找不到另一個那麼有分量的旗人的角色了。所以有人認爲，常四爺是老舍作爲一個忠心爲國的旗人的代言人。[49]此外，老舍在二十三歲時主張中國人要負上破壞舊世界和建設新世界兩個十字架，和秦仲義在第一幕出現時意氣激昂，主張以實業救國的姿態不遑多讓。最後秦仲義不但壯志未酬，而他寄望以實現救國夢想的工廠也被拆去，跟老舍死前被打成「現行反革命」，和他的文學作品，尤其是《茶館》的被禁，極爲相似。[50]《茶館》中的每一位主角，都與老舍有相同的地方；他們的下場，又出奇地和老舍的結局前後呼應。彷彿老舍早已預料到自己的結局，所以在《茶館》中預告出來。自古以來，多少愛國的人，正如三個主角一樣，愛國有心，報國無門，甚至因而受到迫害。因此老舍對王、常、秦三人的處理，不但說出自己的心聲，而且也道出很多中國人的衷曲。至於劇中的每一個配角，大抵亦分別代表着某一類人，而不是某一個人。所以，《茶館》雖然有七十多個角色，但其實眞正的角

[48] 舒乙，前揭，頁二七八。

[49] Ranbir Vohra, *Lao She and the Chinese Revolution* (Cambridge, Mass.: E. Asian Research Center, Harvard Univ., 1974), pp. 161-163.

[50] 有關老舍被批鬪至死的過程，參考嚴家其、高皋：《文革十年史》(香港：大公報出版社，一九八七)，頁六三至六四。

色只有一個，他就是「中國人」。就角色運用而言，《茶館》和《果陀》，實有異曲同工之妙。

（五）《茶館》和《果陀》兩劇中的「反烏托邦」思想

在十九世紀末葉和二十世紀初期，中西方的思想界曾經先後出現過一種烏托邦思想。當時有人相信，藉着現代科技的發展和資本主義制度的推行，社會會不斷地進步，而最後必然達到完美的境界。在這些人眼中，科技不但可以取代神或傳統思想在舊社會的地位，而且更可以令人類擺脫一切由迷信或落後思想所帶給社會的種種束縛和流弊。但在第一次世界大戰後，思想界又湧現了「反烏托邦主義」(Anti-utopianism)的熱潮。這個新思潮是要反對和批評現代烏托邦思想家對科技的盲目崇拜，並且成爲二十世紀烏托邦思想的主流。[51]

由於《茶館》和《果陀》表達了老舍和貝克特對明天會更美好的觀念的懷疑，甚至是失望；又側面否定了科技在改善社會和生活中所扮演的角色，所以它們可以歸入「反烏托邦」文學的陣營。若要了解兩劇中的「反烏托邦」思想，我們可由分析及比較秦仲義和波佐兩個角色入手。

---

[51] 有關現代烏托邦和反烏托邦思想的文獻十分多，因篇幅關係，不能在此盡錄。至於現代烏托邦思想怎樣被反烏托邦思想取代的過程，可參考 Juan Lopez-Morillas, "From 'Dreams of Reason' to 'Dreams of Unreason'," *Survey*, 18 (1972), pp. 47-62.

如果《茶館》裏的王利發代表看風使帆的大多數小市民，而常四爺代表我行我素的一羣，他們對社會的貢獻，肯定不會比愛斯和佛拉兩個流浪漢超過多少。反而秦仲義因爲抱有「實業救國」的理想，而且一旦他的理想實現，他就會變成「果陀」的化身，所以他出場的時間雖然比王、常二人少得多，但他所象徵的意義卻不比二人的分量爲輕。筆者認爲，雖然秦仲義並不代表老舍心目中的「果陀」，但他的角色卻與烏托邦思想有關。

筆者相信，老舍把秦仲義代表着上述對科技抱有過分希望的烏托邦思想家。借用貝克特的說話，秦仲義代表的是那些把科技當爲「果陀」的人。如果我們把秦仲義和波佐作一比較，則秦仲義所象徵的意義更爲明顯。

秦仲義和波佐分別只在舞臺上出現過兩次。在頭一次出現時，二人都表現得意氣風發，不可一世。但到了後來，二人變得壯志消沈，而且陷於窮途末路。

在《果陀》的第一幕裏，波佐看來極像一個有權勢的富人或是一個資本家，他對自己信心十足。伊斯連(Esslin)說得好，這時的波佐活像一個老於世故的人，他的樂觀既脆弱又短視，還幻想自己可以擁有權力和永恆。[52]而愛斯和佛拉一度誤會他就是他們等待的果陀，暗示波佐代表着前文所說的近代烏托邦思想。(詳下文)因此，波佐這個形象，跟秦仲義在《茶館》的第一幕

---

[52] 同[14]，頁三五至三六。

出現時十分相似。

其次，兩人看來都好像是不甚體諒下屬的主人。在波佐第一次出現時，他是在帶領樂克到市集的途中。他對待樂克如同奴隸，動不動就呼喝和鞭打，現在還打算在市集賣了他。由於在《果陀》的法文原本裏，市集的名稱是「聖救主市場」（marche de Saint—Sauveur），於是伊斯連便把這個情節跟劇中早些時愛斯和佛拉討論與基督一同釘在十字架上的兩個盜賊的命運那一節連結在一起，並推論說，波佐是要犧牲樂克來救贖自己：[53]在兩個盜賊之間，一個要入地獄，一個則獲救升天堂，不外說明每個人都有一半下地獄，一半上天堂的機會。現在波佐要把樂克在「聖救主市場」賣掉，象徵波佐要犧牲樂克來換取自己百分之百獲得救贖的機會。如果獲得救贖可以看成是美好的新世界的實現，則波佐所代表的資本家的成功，無疑是建築在樂克所代表的工人階級的痛苦上面的。

在《茶館》裏，秦仲義爲了達成「實業救國」的雄心，打算變賣裕泰茶館所在的土地來集資開工廠，卻不顧此舉會令王利發一家和他的伙計都會一併失業，從而流離失所。就算秦仲義的計劃能夠成功，他的屬下需要付出的代價實在不少。其次，秦仲義對窮人沒有同情心。當他第一次在裕泰茶館出現時，剛好有一對母女走進來。母親因爲太窮困了，打算把女兒賣掉。但秦仲義

[53] 同上，頁四一。

的第一個反應就是叫王利發把他們「掏出去」。後來當常四爺動了惻隱之心，買兩碗爛肉麵給這對母女吃，並且觸景傷情地說：「大清國要完了」的時候，秦仲義還報以冷眼地說：「完不完，並不在乎有人給窮人們一碗麵吃沒有」（頁一四）。秦仲義對窮人的冷漠和波佐對樂克的刻薄，雖不分伯仲，但秦氏有一套救國救民的大計，與波佐一點也不體恤別人和自我中心的表現則有顯着的不同。然而，無論他們的目的是利己抑或利人，他們的手段同樣令別人遭受重大的損失。似乎，兩劇的作者都在暗示秦仲義和波佐所代表的資本主義與科技文明並不是現代世界的眞正「救世者」。

在他們第二次出現時，波佐已成爲了一個依靠樂克領路的瞎子，而秦仲義也變成一個無依無靠的窮光蛋。當波佐第二次出現時，他曾不可一世的說：「我像一個可以被迫受苦的人嗎？」（頁三四）到了這時，他卻發出：「他們在墳墓上生產，光只閃了一下，然後又是黑夜」的絕望的哀鳴。（頁八九）秦仲義向來自視爲國家和民族的英雄，但當他寄望用來實現「實業救國」的工廠被政府拆去時，他不得不自稱爲「天生來的笨蛋」（頁七三）。波佐和秦仲義的共同命運，象徵着前文所述的人類對科技的信仰在二十世紀思想中的變遷，這裏不再贅言了。

（六）《茶館》和《果陀》的中心思想

透過上述幾節的分析，相信讀者對《茶館》和《果陀》二劇的內容大要已有簡略的認識，現在筆者擬集中討論兩劇的主題。先說《茶館》。筆者基本上同意老舍自稱寫《茶館》的用意是要「葬送」中國從一八九八至一九四八年這五十年間的三個年代的說法（詳第二節）。但筆者卻不認同《茶館》透過暴露上述三個年代的社會黑暗，來間接讚揚社會主義時期的中國的觀點。因爲劇本的邏輯使我們感到作者其實在暗示社會主義的年代不但並不比前三個年代好，而且會同樣令人失望。

誠如上文指出，《茶館》反映了一八九八至一九四八年五十年間中國社會的變遷。但正如裕泰茶館一樣，雖然它在每一幕（代表每一個年代）的面貌都不同，但當掌櫃的王利發的生活卻沒有任何改善。換言之，這五十年間的社會，大致上沒有實質的改良。因此，我們不能單憑社會外貌的改變，而判斷它有沒有進步。我們甚至可以說，表面上的改善只是一個改變的錯覺而已。而老舍把這個錯覺重復三次，暗示它並不是一個偶然的現象，而是一個普遍的現象。這個似是而非的「改變」的觀念，也是《果陀》的象徵意義的一個重要基礎。同時，如能先了解《果陀》的情況，有助於我們了解這個「改變」的觀念在《茶館》內是如何運作的。

在《果陀》裏，「變」與「不變」是透過劇中的中心意象——等待——而表現的。伊斯連說得好：

> 等待是要去感受時間的活動。時間的活動就是不斷改變。不過由於劇中沒有任何事情發生，其中的改變只是錯覺而已。〔因此，〕時間的活動是自折臺脚的、無意義的，所以也旣是無效，而且又可以作廢。東西愈多改變，就愈顯得它們依然故我。[54]

從這個角度看，雖然在表面上波佐和樂克在第二幕時都改變了很多，但兩人實質上並沒有不同。荷基艾（Robbe-Grillet）說，兩幕在情節和角色上的輕微變化，實際上是一種退化，劇中要表達的是，「在開始時，我們只得到我們認爲少得可憐的一點點，轉眼間連這一點點也在我們眼前消失了」。[55]換言之，他認爲《果陀》的中心思想暗示人類的境況必然每況愈下。誠然，從表面看來，波佐在第二幕時的景況比他在第一幕時差了許多，好像是一種退化。但是，光禿禿的樹畢竟在第二幕時長出幾片葉，這個現象可否作爲退化看待呢？更何況主角愛斯和佛拉二人在兩幕中幾乎沒有甚麼改變呢！顯然，上述「退化」的結論還有值得商榷的餘地。

筆者認爲，波佐的改變不代表甚麼退化，樹長出葉來也不表示甚麼進步；表面的不同，只代表一個「統一體」（entity）在同一個週期內兩個不同面貌，其中的關係就像新月與滿月一樣。波佐在第一幕中，被形容爲「現代世界裏令人討厭的產品」，但撇開他現代人的特性（表現於他

---

[54] 同[14]，頁三八至三九。

[55] 同[29]，頁二一。

受「直線的時間」觀念所支配的意念上），他和其他三個角色都是人類的一分子。所以到了第二幕他瞎了以後（意味「直線的時間」觀念對他已毫無意義），他就被佛拉當成「全人類」的代表。（詳第四節）這不是說明第一幕中氣燄高漲的波佐和第二幕中沮喪可憐的波佐的關係，好像第一幕時光禿禿的樹和第二幕時頂上長了幾片葉的樹一般，是同一個「統一體」在同一週期內表現的兩個不同面貌。所以，樹沒有因爲長出了葉而出現了本質上的改變，波佐也沒有因爲擁有或失去財富而有本質上的不同。因此，《果陀》所要表達的其中一個信息，就是荷夫曼所說的：「生命會不斷在沒有變化的情況下延續下去，一切對改變存有希望的人到頭來都會失望。」[56]

在貝克特看來，無論在表面上社會起了甚麼變化，世界根本就沒有可能有所改善。可惜，愛斯和佛拉似乎並不了解這個道理，他們仍然繼續等待他們的「果陀」來臨。由此可見，「貝克特要表現的，不是虛無主義的人（nihilistic men）」，而是慨嘆「就算在一個完全沒有希望的環境下，人類還不能達到虛無主義者的境界」。本來，單單說人類無法達到虛無主義者的境界，可以從正面了解爲人類對生命抱有無比的信心和希望，他們「就算在一個明顯沒有意義的場合」，「仍然認爲生命必定有意義」。[57]但在《果陀》的世界裏，我們只得到絕望的感覺。難怪艾勞爾尼

---

[56] Frederick Hoffman, *Samuel Beckett: The Language of Self* (Carbondale: Southern Illinois Univ. Press, 1962), p. 133.

[57] 同[17]，頁一四四。

(Anouilh)在評論《果陀》的演出時指出：

《果陀》是個傑作，它會令一般人，尤其是劇作家，感到絕望。58

從上面分析可見，所謂「絕望」有兩層意義：第一，它是一種「反烏托邦」思想，對人類可以有達到一個比目前更美好的世界的機會，感到絕望。第二，它對人類有朝一日能夠了解上述第一層意義所指的「反烏托邦」思想(卽理想世界不能實現的思想)，同樣感到絕望。

如同《果陀》的情形一樣，《茶館》內所見到的「改變」，只是週期性的變化，沒有涉及事物的本質。無疑，劇中有些人事的變遷，總給人一種每況愈下的感覺，所以有些批評家便指出，《茶館》流露出「今不如昔」的慨嘆。59但這些所謂「改變」，其實換湯不換藥，生活與社會的本質，根本沒有變化。劇中反面的角色，如劉麻子父子，代表着循環而不變的生活條件和社會狀態——就算舊的一代去世，新的一代便會起而代之。讀者如細心看看第四節列出的「主導母題」表，對上述「改變」的雙重意義，當有更深刻的體會。所有這些母題都暗示社會與生活的本質會一成不變地延續下去。如第二項「皇權制度」表示，無論是在清朝、軍閥割據時期或國民政府統

58 同28，頁一。

59 冉憶橋，前揭，頁四六八。

治期間都有人要當皇帝。而最後一項和第二項前後呼應，說明了國家無論由甚麼性質的政府統治，都不容許任何批評，顯示無論是那一種政治制度都難免走上極權主義的道路。既然在這五十年間人民的生活沒有改善，社會也沒有進步，《茶館》的邏輯似乎在暗示：無論由誰來主政，將來比現在美好的理想肯定不能實現。因此，《茶館》的中心思想似乎不在宣揚「今不如昔」的哲學，反而叫人相信今即是昔，今天的生活質素不會隨着時代的改變而提高；對寄望將來的烏托邦思想抱有希望的人，到頭來只會感到失望。

在第三幕中，老舍透過鄒福遠和衞福喜兩師兄弟、方六與明師傅等人談及說書、唱戲、滿漢全席和中國畫等國粹已經完全喪失了昔日的光華，而變得一錢不值（頁五五至五六），宣佈舊文化已死的噩耗。這時，就是靠着改良和跟風的處世哲學而成功地活了半輩子的王利發，也不免趕不上潮流，迷失了生命的方向，成爲名符其實的「時代的遺民」了。最後王、常、秦三人重逢，先後道出自己如何被時代及社會所遺棄，而秦仲義建議他們三人「祭奠祭奠自己」，成爲全劇的高潮。

老舍安排這個模擬喪禮，固然符合他所謂在象徵的層面上葬送劇中反映的三個年代的說法。但我們應該怎樣去了解所謂葬送劇中的三個年代的意義呢？筆者認爲《茶館》中的模擬喪禮，與《儒林外史》中祭泰伯祠一事有共通的地方。而要了解這個模擬喪禮和祭泰伯祠的意義，則要先從認識「禮」在中國文化傳統中的意義入手。「禮」在中國文化傳統中的意義，自然非三言兩語可以交代清楚。但筆者認為，張心滄所論荀子（約前三一三—前二三八）的禮的觀念，頗能總括中國傳統對禮的觀念，引述如下：

> 禮也肯定人的尊嚴，這一點見於禮認可人的感情和慾望的價值上面。禮的作用是培養和美化原始大自然。它的目的却不單在控制大自然。事實上，培養和美化的過程，在最開始時，也是一個把原始世界變成文明世界的過程。禮把道德秩序帶到人世間（見於分辨人的關係），也把道德秩序帶到每個人的心中（見於尊敬這個行為）。但實行禮的結果不止如此，禮不單可以滿足人的慾望，也使人或事物達到精緻和高雅的境界。在感情以外，還有美的存在。所以禮是文化中的一種理想。[60]

但是踏入二十世紀以後，很多持有新思想的知識分子卻否定禮的社會功用，於是禮被形容為「吃人的禮教」。所以，禮和說書、滿漢全席等東西，都是屬於舊世界的產品。

《儒林外史》中祭泰伯祠一節，可說是吳敬梓（一七〇一—一七五四）宣判「舊世界」死亡的宣言。遲衡山等人希望藉古禮、古樂來補救世風日下的社會。儘管祭禮依從古法，但祭祠完畢

---

[60] H.C. Chang, *Allegory and Courtesy in Spenser: A Chinese View* (Edinburgh: Edinburgh Univ. Press, 1955), p. 218.

後，社會依然毫無改善，古禮、古樂並沒有發揮它們應有的教化作用。換言之，固有文化已不合時宜，復古實在是一件不可能的事。但吳敬梓卻未因禮失去了社會作用而灰心。他在《儒林外史》中最後描寫的「四大奇人」，大概就是他為不能接受「新世界」的人提供的一條出路。所謂「四大奇人」都是市井小民，他們分別以賣火紙筒、賣茶、賣字和裁縫為生。四人安貧樂道，自食其力，閒來以各人擅長的琴、棋、書、畫自娛。似乎，吳敬梓以不求名利的半退隱式的生活，作為當時的人的唯一出路。

在《茶館》的社會裏，昔日充滿禮樂的、莊嚴肅穆的泰伯祠祭禮已淪為虛有其表，被用來炫耀的出殯儀式。[61]其次，在《茶館》的社會裏，連不求名利的市井小民也沒有好過的生活；獨善其身也不可能，如常四爺只因說了句「大清國要完了」，就被吳祥子和宋恩子兩個特務抓去坐牢。雖然常四爺出獄後以賣菜為生，自食其力，但晚年連買棺材的錢也沒有。王利發賣茶為生，卻不能逍遙自在，因為他常常受到宋恩子和吳祥子等人的敲詐勒索，以致入不敷支。結果他在模擬喪禮之後，更坐言起行，上吊去了。接着，裕泰茶館便倒閉了，代之而起是由小劉麻子一羣宵小之徒經營的妓寨。裕泰茶館是整個中國社會的象徵，它的倒閉象徵舊世界徹底的死亡，而新世

[61] 據《茶館》一九八〇年版原注指出，北京富人出殯時，每逢「起杠（按：指棺材）和路祭，領杠（按：指杠夫的隊長）須喊『加錢』——本家或姑奶奶賞給杠夫的酒錢。加錢數目須誇大地喊出」，頁七四。

界並不是人們夢寐以求的烏托邦。

如果上述《茶館》的情節眞的是「模仿」（parody）《儒林外史》而作，不禁令人聯想到艾略特（T. S. Eliot, 1888—1965）在《荒原》（The Waste Land）中大量引用和「模仿」典故而造成的反諷效果，而《茶館》「模仿」《儒林外史》的手法，可說能媲美《荒原》。《茶館》這個反諷效果；是足以成爲它作爲一個「現代主義」戲劇的另一個因素的。《茶館》的結構其實也有和《儒林外史》相似的地方。雖然一是戲劇，一是小說，但讀起來都給人有看一幅圖卷的感覺。[62]至於題材方面，兩書都以揭露社會衆生相爲目的。由此看來，爲甚麼老舍採用「以人物來帶動故事」的藝術手法及爲甚麼《茶館》的結構不像一齣傳統戲劇等問題不難解釋。因爲該劇受到傳統敍事文學體裁的影響，以人物而不以情節爲主線，以致結構顯得鬆散。

可能有人會說，老舍在《茶館》中最後不是藉傻楊的角色，透露了希望在明天的信息嗎？誠然，在第三幕結束前，王利發上吊後，跟着便是傻楊上場，向小丁寶說：

小姑娘，別這樣，黑到頭兒天會亮。小姑娘，別發愁，西山的泉水向東流。苦水去，甜水

---

[62] 李健吾認爲《茶館》近似圖卷，詳[8]正文；至於有關《儒林外史》的意見，參考 H.C. Chang, *Chinese Literature: Popular Fiction and Drama* (Edinburgh: Edinburgh Univ. Press, 1974), pp. 20-21.

來，誰也不再作奴才（頁八〇）。

但我們必須注意，傻楊的戲份不是《茶館》原本劇本所有，而是老舍應焦菊隱（按：排演《茶館》的第一位導演）的要求而加進去的。原來刊在一九五七年《收穫》裏的版本，並沒有傻楊這個角色和他的對白。卽使是後來的版本，如一九八〇年版，傻楊的對白也只不過被當作劇本的附錄，書中並注明如下：

> 此劇幕與幕之間須留較長時間，以便人物換裝，故擬由一人（也算劇中人）唱幾句快板，或者休息時間可免過長，同時也可以略略介紹劇情（頁七七）。

因此，傻楊唱的快板，固然不是老舍原來的創作意念，而且加插這一段也不一定與《茶館》的中心思想有關。

雖然《茶館》並沒有描寫到「社會主義期」的中國，但蘭比爾•沃勒（Ranbir Vohra）卻認爲，「莫談國事」的字條在裕泰茶館的出現，正是「老舍對共產黨政府的最大控訴，因爲它並不分辨愛國的知識分子和國家敵人對它的批評。」[63]（按：沃勒所指的，是「反右鬬爭」期間，共產黨政府對誤信「言之者無罪」而向它提出批評的一羣知識分子的逼害。）當然，對經過「反

---

[63] 同[49]，頁一六二。

右鬪爭」的知識分子來說，看見「莫談國事」四個字，自有一番滋味在心頭。如果沃勒的說法可以成立的話，《茶館》便不單沒有用描繪社會主義統治中國以前的社會黑暗，來突出社會主義時期中國社會的光明，它反而是一篇借古諷今的文學作品；「莫談國事」四個字，不但諷刺「反右鬪爭」，而作者更以身作則地不直接談國事，把《茶館》一劇的故事結束於社會主義新中國成立的前夕。

其次，《茶館》的內容契合「四人幫」時期的社會狀況。據老舍的夫人胡絜青指出，《茶館》在一九七九年「四人幫」倒臺後的演出所以受到比以往更加熱烈的歡迎，是因爲觀衆會發現舞臺上《茶館》的情節跟由林彪（一九〇七—一九七一）和「四人幫」製造的歷史浩刦和災難，有極爲相似的地方。她說：

> 當泰二爺慘痛地哀嘆「工廠拆了、拆了！」的時候，臺下的知識分子就會聯想起他們自己辛勤工作過的實驗室、教室和苗圃被「四人幫」毀了、拆了；當王老掌櫃和康媽媽互相祝福「硬硬朗朗的」之後又跟自己的小孫女、兒媳離別的時候，人們回想起自己被趕到幹校、牛棚和隔離室去的時候和親人告別甚至永別的心情；當常四爺和松二爺因為一句話被逮捕的時候，人們想起了那些指鹿為馬的暴虐文字獄和各種各類的寃案、錯案、假案……。[64]

[64] 胡絜青，前揭，頁四一二。

據上述的說法，《茶館》描寫的社會黑暗沒有隨着社會主義新中國的成立而消逝，新的年代和劇本中敍述的三個年代並無不同，歷史不過在重演罷了。

由是觀之，《茶館》所以偉大，在於它能夠把現代中國人民的共同命運和社會問題的根源透過舞臺藝術成功地一一表現出來。它雖然不屬於「革命文藝」，卻道盡了人民的心聲，使觀衆產生共鳴，這也是它受歡迎的主要原因。其次，透過《茶館》和《果陀》的比較，我們又看到《茶館》所反映的中國的情況，竟和現代西方世界的情況極爲相似。《茶館》在西歐各地上演時受到熱烈歡迎，相信就是這個緣故。換言之，《茶館》不但訴說了中國人的心聲，也表達出西方人的衷曲。

西方現代戲劇大師奧紐爾(Eugene O'Neil)寫信給朋友時說：

> 現代的戲劇家有責任披露我們這個世界痛苦的根源。這個根源就是舊的神死去了，而科學與物質主義卻無力提供一個新的神來滿足我們還未逝去的宗教本能。[65]

綜合上面幾節的論點，我們可以結論說，貝克特創作《果陀》和老舍寫作《茶館》，都負起了奧紐爾交托給現代戲劇家的責任。然而，貝克特和老舍對人類境況的洞察力使他們知道，造成現代

---

[65] 同[45]，頁一一七。

人的境況的主要原因，其實是人類的烏托邦本能，亦卽是奧紐爾所謂的宗教本能。這種本能一日不死，就不斷會有人變成「時代的遺民」，不斷會有新舊世界的交替，和不斷會有「現代人的境況」出現。所以貝克特和老舍並沒有停留在反映現代人這個層次上，而是借題發揮，用特別的手法，使《果陀》和《茶館》同時成爲旣跨越時空而又有一般性意義的人類的處境的象徵。

（七）《茶館》與「現代文學」

夏志清在比較中國和西方現代文學時指出，「西洋現代文學的代表作品，對西方文明所代表的富強，表示反叛，它們着重描寫個人精神上的空虛，且攻擊現代社會」，而現代的中國文學，卻表現出作者嚮往「現代西方文明如民主政制和科學」。現代的中國作家不像西方作家那樣「熱切地去探索現代文明的病源，但他們非常感懷中國的問題，無情地刻劃國內的黑暗和腐敗。表面看來，他們同樣注視人的精神病貌。但英、美、法、德和部分蘇聯作家，把國家的病態，擬爲現代世界的病態；而中國的作家，則視中國的困境，爲獨特的現象，不能和他國相提並論。他們與現代西方作家當然也有同一的感慨，不是失望的嘆息，便是厭惡的流露；但中國作家的展望，從不踰越中國的範疇，故此，他們對祖國存着一線希望，以爲西方國家或蘇聯的思想、制度，也許能挽救日漸式微的中國」。他又認爲現代中國作家這種做法不但是姑息中國，而且流爲一種狹窄的愛國主義。[66]夏志清的說法很有見地，但卻不適合用來批評《茶館》。雖然，《茶館》是以中國的歷史和社會爲題材，但老舍利用的特別的手法，使到裕泰茶館成爲一個「有一般性意義的象徵」(universal symbol)。雖然老舍在《貓城記》中確如夏志清所說的現代中國作家般，對外國寄予厚望，希望外國能爲中國改革的模範，但在《茶館》裏，老舍只把外國作爲故事的背景，就算偶然提及，也沒有流露出欣賞的語氣，例如，在第一幕中，老舍就藉常四爺提出「英法聯軍燒了圓明園」的史實，及在第二幕裏借唐鐵嘴指出英國向中國進口「烟」(按：指大烟，卽鴉片)，日本向中國進口「白面」(按：指海洛英)的事實(頁七，二七)，把外國人描繪成嘴臉醜惡的侵略者，與他在《貓城記》中顯示希望透過模仿外國而改革中國的心情，截然不同。其次，《茶館》的邏輯建築在「循環的時間」觀念上，使人覺得作者早已拋棄世界可以改善的想法。因此，老舍在《茶館》裏無形中迎合了夏志清對現代作家的要求，「把改善中國民生、重建人的尊嚴的希望完全打破了」。[67]按照夏志清的準則，我們理應把老舍歸入「現代文學」的主流作家的行列。其實，單是《茶館》在內容和技巧方面的「現代主義」成分，如「循環的時間」觀

---

[66] C. T. Hsia, *A History of Modern Chinese Fiction*, 2nd ed. (New Haven & London: Yale Univ. Press, 1971), p. 536. 譯文乃據劉紹銘等譯：《中國現代小說史》(香港：友聯出版社，一九七九)，頁四六一至四六二。

[67] 同上，譯文，頁四六二。

念、有關現代社會與傳統社會完全脫節的描寫，和模仿古典文學情節以求達到反諷的效果的手法等，都足以使人心悅誠服地把《茶館》歸入「現代文學」的陣營內。

（八）結語

一九八七年十月二十五日，趙紫陽以代黨總書記的身分在中共第十三屆全國代表大會上發言。他說：

> 中國正處於社會主義的初級階段。中國從五十年代生產資料私有制的社會主義改造基本完成，到社會主義現代化的基本實現，至少需要上百年時間，都屬於這個階段。[68]

從一九四九年立國到一九八七年十三屆全國代表大會，新中國經歷了三個年代：即「基本完成社會主義改造的七年」（按：指一九四九至一九五六年），「開始全面建設社會主義的十年」（按：指一九五七至一九六六年），「文化大革命的十年」（按：指一九六六年五月至一九七六年十

[68] 《人民日報》，海外版，八四八號（一九八七年十月二十六日）第一版。

月）。而在一九七六年十月「四人幫」被捕後，中國便「進入了新的歷史發展時期」。[69]雖然趙紫陽把這幾個時期一併納入「社會主義的初級階段」內，顯然從一九四九到一九七六年間，社會主義的中國社會走完了一個週期，而現在正處於另一個週期的開端。這樣看來，老舍在《茶館》所表現的「循環的時間」觀念，或多或少可以應用來認識社會主義時期的中國。

有一次，當波蘭的文評家郭特（Ian Kott）接受訪問時，有人問他布萊希特（Brecht）在波蘭劇壇的地位。他答道：

> 如果我們要幻想劇時，我們會上演布氏的戲劇；但如果我們要現實主義的戲劇時，我們便會上演《等待果陀》。[70]

誠然，《果陀》雖然是一齣採用了一些超現實主義的荒誕劇，但它着實提供了一個現代人的境況的忠實寫照。誠如班特尼（Bentley）指出：

---

[69] 參考《中國共產黨中央委員會關於建國以來黨的若干歷史問題的決議》（北京：人民出版社，一九八一），頁一一至三三；引文見頁三三。

[70] Eric Bentley, "Postscript to Review of *Godot*, by Samuel Beckett," [in] Lawrence Graver and Raymond Federman, eds., *Samuel Beckett: The Critical Heritage* (London: Routledge & Kegan Paul, 1979), p. 110.

《果陀》有一個歷史任務，就是代表在奧斯威辛（Auschwitz）和布痕互爾德（Buchenwald）等集中營內的囚犯的「等待」；在艾碧克特（Walter Ulbricht）統治下的「東德」監獄內的囚犯的「等待」；在一般極權國家內的囚犯的「等待」；和在我們鄰近社會中一些受困於精神上的監獄內的囚犯的「等待」。[71]

《茶館》亦有一個歷史任務，就是代表所有非西方國家現代化（或西化）的艱苦歷程。這些國家固有的傳統被西方文明摧毀了，但西方文明卻不能給它們一個爲大衆接受的新傳統。說得明白一點，西方文明破壞了它們的舊世界，卻沒有能力給它們建立一個美好的新世界。

本文透過比較《茶館》和《果陀》來討論《茶館》，希望能夠達到正確地和公平地評價《茶館》的目的；並希望能藉此爲「類比研究」提供一個方向。筆者深信：中西比較文學的「類比研究」如果還停留在找尋和排比個別文學作品之間的同異，並沒有甚麼特別意義。我們固然希望中西比較文學能夠發揚光大，但爲此而從事盲目和無意義的比較，可能會得不償失。筆者提供的方向，建立在文學批評的兩大目的——詮釋和評價之上。嘗試是否成功，有待前輩學者不吝誨正。

附錄

幸福保證的謊言

——論烏托邦的真面目

（一）

王爾德（Oscar Wilde, 1856-1900）有一句名言說：

> 一張沒有包括烏托邦在內的世界地圖，簡直不屑一顧。因為它遺漏了人類經常踏足的一個國土。❶

誠然，在人類文化史上，烏托邦（utopia）是一個世界性的、跨越時空的觀念。烏托邦可以說是

---

❶ Oscar Wilde, *The Soul of Man under Socialism* (Boston: John W. Luce and Company, n.d.), p. 33.

社會主義的前身，所以很多學者在評論「空想社會主義」(utopian socialism)的時候，都會提及烏托邦觀念。可惜，一般的討論，不是泛論，就是集中討論幾個重要人物的思想，完全沒有探討烏托邦這個觀念的本質和它產生的原因。本文的目的，就是希望塡補這方面的空白。

烏托邦這個字是由英國人莫爾(Thomas More, 1478-1535)所創的，他在一五一六年用拉丁文出版了一本書，由於原書名頗長，所以被簡稱爲《烏托邦》(Utopia)。Utopia 這個字是由希臘文的字根拼合而成的。有些學者推測它是 ou 和 topos 兩個字根的組合：ou 是「沒有」的意思，topos 指「地方」，合起來就是「烏有的地方」。但希臘文另有一個字根 eu 和 ou 的發音相同，而 eu 是「美好的」的意思，所以烏托邦又有「美好的地方」的含意。綜合兩者，烏托邦就是一處既不存在卻又美好的地方；也就是說，它是一個幻想中的美好世界。因此一切虛構的或想像中的美好世界，無論它以什麼媒介或形式表現，都可以統稱爲「烏托邦」。

西方批評家一致認爲烏托邦是一個總有的名詞，而烏托邦傳統(utopian tradition)包括了下列三種表現烏托邦的方式：㈠文學作品、㈡哲學論著、㈢實踐。❷由於提出烏托邦的最終目

❷ Lyman Tower Sargent, "Utopia: The Problem of Definition," *Extrapolation*, 16 (1975), 139; Warren Wager, "Utopian Studies and Utopian Thought: Definitions and Horizons," *Extrapolation*, 19 (1977), p. 9.

的是尋求社會進步和人民安居樂業，所以烏托邦思想和很多學科都拉上關係。無怪自古以來，不論是歷史家、文學家、哲學家、政治學家、心理學家、社會學家，以至建築師都對烏托邦產生濃厚的興趣。從這個角度來看，烏托邦可說是人類嘗試在苦難頻仍的人世間所建築的一個人工的天堂。儘管烏托邦的觀念源遠流長，有關的烏托邦研究亦汗牛充棟，可是我們現在對「烏托邦」一詞仍沒有一個科學性的定義。這固然由於它起源年湮代遠，本義難得，而歷來學者的意見，又衆說紛紜，莫衷一是。所以目前對烏托邦的觀念還是模糊不清。❸筆者不打算在本文中提出新的說法，因爲這樣去做只會增加煩惱，而且烏托邦本身是一個富有爭論性的觀念，釐定一個新的定義，也不容易受到大衆接受。本文的目的，只是透過文學作品和哲學著述中表現的烏托邦思想，對「烏托邦」作一個簡明的介紹。

(二)

西方學者一致相信烏托邦的前身是「黃金時代」(Golden Ages) 或相類的神話。❹聖經

---

❸ Lyman Tower Sargent, "Is There Only One Utopian Tradition?" *Journal of the History of Ideas*, 43 (1982), pp. 681-689.

❹ Thomas Molnar, "Myth and Utopia," *Modern Age*, 17 (1973), pp. 71-77; E.N. Genovese, "Paradise and Golden Age: Ancient Origins of the Heavenly Utopia," in E.D. Sullivan, ed., *The Utopian Vision* (San Diego: San Diego Univ. Press, 1983), pp. 9-28.

上的伊甸園，中國神話裏的三皇五帝時期都是很好的例子。所謂「黃金時代」，不外是說在遠古時代，人類過着無憂無慮的生活，沒有戰爭和天災，甚至沒有疾病或死亡，就是時間也似乎不存在。美國學者羅拔・埃利奧特（Robert Elliot）指出，烏托邦是黃金時代神話俗世化的成果，也可以說是人類運用智慧和意志力去把這個神話變成事實的意念。[5]托馬斯・莫蘭（Thomas Molnar）更把烏托邦和古代社會的「更生禮儀」（ritual of rejuvenation）拉上關係。[6]「更生禮儀」又和瑪斯雅・埃利雅特（Mircea Eliade）所說的「永遠的回歸神話」（the myth of the eternal return）有關。原始人類相信，世界和所有生命一樣，都會漸漸衰老的。通過「更生禮儀」，他們就可以把世界重新帶到原始之始的時間（in illlo tempore）即是黃金時代；世界也因此而得到新生。「永遠的回歸神話」所指的，是一個循環的時間（cyclical time）的觀念，即是把世界看爲一個永久運行着的「誕生——衰老——死亡——再生」的循環。所以，原始人類相信黃金時代是可以重現的。因爲人類普遍受到這個「永遠的回歸」的影響，所以世界上各大文化都有類似黃金時代的神話的流傳。[7]

---

[5] Robert Elliot, "Saturnalia, Satire, and Utopia," in his *The Shape of Utopia* (Chicago: Chicago Univ. Press, 1970), p. 24.

[6] Molnar, p. 74.

[7] 詳 Mircea Eliade, *The Myth of the Eternal Return*, tr. Willard Trask (New York: Pantheon Books, Inc., 1954).

在西方，循環的時間的觀念漸漸被直線的時間的觀念（concept of linear time）所代替。這個改變和基督教的傳播不無關係。直線的時間的觀念和循環的時間的觀念不同的地方，在於前者不容許時間回歸，也即是說前者主張時間一去不復返。由於直線的時間的觀念，取代了人們對「永遠的回歸神話」的信仰，人們體驗到不能回到原始時間的事實，於是「黃金時代」便成爲歷史陳蹟了。所以，實現「永遠的回歸神話」只有兩種方法：第一是中國儒家一貫提倡的「法先王」——模仿過去；第二是寄望將來——以人力改造現實的世界，使它達到黃金時代的境界。模仿過去有開倒車的意味，寄望將來則包含更新、改良等進步思想。雖然基督教把黃金時代（即伊甸園）的神話轉化爲永生的保證（即天堂），卻不失爲一個寄望將來的方法。但升天堂是神的恩賜，可望而不可即，於是有些重視現實的思想家提出烏托邦的方案，在人世間建築一個永遠快樂的天堂。由於時間一逝不返，黃金時代不會重臨，烏托邦給予人的安慰不是迷戀過去，而是提供一個經過重新組織的完美的社會的期望。烏托邦觀念和「永遠的回歸神話」不是完全沒有關係的，它有着後者「脫離時間束縛」的特點。換言之，這個經過重新組織的社會是會永遠保持原狀，不會腐敗的。正如原始社會裏的巫師，烏托邦的建造者因爲感到自己處身於一個充滿罪惡的敗壞世界，便提出一個救世界良方。巫師用的方法是「更生禮儀」，希望可以把目前衰老而漸趨死亡的世界，透過「更生禮儀」帶回原始的黃金時代。烏托邦建造者則提出一個理想計劃，希望藉此重整現實社會，把人類送到一個永恒不滅的理想世界裏。

既然烏托邦不受時間限制，因此它可以是過去已經建立了的，也可以是在將來才建成的。不過前者分兩類型：第一，永久類。這類的烏托邦雖在以前建立的，但它在今日的面貌，和在最初建立時一樣，而將來的面貌也不會發生變化。第二，過去類。從前建立的烏托邦，亦可以經過一段時間便消失。

上述第一種烏托邦在文學中較爲常見，一般稱它爲「空間性的烏托邦」（spatial utopia，以下簡稱「空間邦」）。「空間邦」建築在地球某個隱蔽的角落，從來沒有人發現過它。它甚至可以存在於另一星球之上。陶淵明（三六五？·三七二？·三七六？—四二七）筆下的桃花源便是其中一例。桃源這個社會建於秦朝，五百年來不爲人發現，後來才被武陵漁人機緣巧合地闖入。桃源內的社會並沒有與時俱進，人們的衣着和秦人一樣，知識代代相傳，並無增益。五百年後的桃源社會，與五百年前的社會毫無分別，好像超脫了時間的影響。歸納「空間性的烏托邦」特點有二：第一，它是現存的社會；第二，它和最初建成時沒有分別，好像凝固在初建成的一刹那之上。

和「空間邦」相對的，有所謂「時間性的烏托邦」（temporal utopia，以下簡稱「時間邦」）。這種烏托邦不存在於今時今日，它可能存在於過去，也可能存在於將來。上述第二類建立於過去而到今日已湮沒的烏托邦，就屬於「時間邦」。建於過去的「時間邦」只有靠歷史、神話或傳說的記載流傳下來。三皇五帝時代、〈禮運·大同篇〉中的大同世界，都是例子。另外一種「時間邦」是存在於未來的烏托邦。十九世紀末期，愛德華·貝拉米（Edward Bellamy,

1850-1898）的小說《回顧二〇〇〇—一八八七》（*Looking Backward 2000-1887*，以下簡稱《回顧》）在美國出版。這部小說敍述一個十九世紀末的波士頓人，在催眠後甦醒過來，發覺自己進入了公元二千年的新世界。這時美國因爲推行過某種社會主義，變成了一個理想世界。所有社會問題老早被解決了，人民過着幸福愉快的生活，和十九世紀的美國相比，簡直相去萬里。這種存在於未來的烏托邦，是「時間邦」較重要的一種。

西方學者爲了分別「空間邦」和「時間邦」，鑄造了 uchronia 一個字。❽這裏的 u 和 utopia 裏的 u 一樣，含有 ou 和 eu ——「無」與「好」——兩個意義；至於 chronia 則指時間。於是烏托邦又有幻想的時間和美好的時間的含意了。

---

❽ 對於 uchronia 一字的出處有兩個說法：㈠特魯遜（Raymond Trousson）的創作，見 Hans-Joachim Lang, "Paradoxes of Utopian Consciousness: From *Looking Backward* to *Young West*," *Amerikastudien*, 25 (1980), 233; ㈡從里諾維亞（Charles Renouvier）的暗示而來，Harry Levin, *The Myth of the Golden Age in the Renaissance* (Bloomington: Indiana Univ. Press, 1969), p. 7. 其實，uchronia 這字的出現，也意味著因爲人類對地球每一角落已有了初部的認識，以致「空間邦」變成無地容身，失去了說服力，於是烏托邦思想家便改絃易轍，把烏托邦寄望於將來。

（三）

幻想一個美好的地方或時間通常有兩種心態。一種是純粹的心理作用。當人受到挫折，往往幻想自己能夠得到補償。如考試不及格，便會幻想取得滿分；感到社會動亂，生活困難，便會幻想一個安定繁榮的理想世界。這種幻想，只求一時之快，往往不切實際。我們稱這種不切實際的烏托邦爲「解脫性的烏托邦」（utopia of escape，以下簡稱「解脫邦」）。另一種心態，就比較積極。同樣是考試不及格，希望下一次得到滿分，但他卻實際地設計一套溫習方法，以期達到目的。同樣察覺到社會種種衰敗的現象，在幻想安定繁榮的同時，他更興起改造社會的熱忱，設計一個理想的社會模式，然後和小說或哲學論著發表和宣傳。這種以改善社會爲最終目的的烏托邦，稱爲「重建性的烏托邦」（utopia of reconstruction，以下簡稱「重建邦」）。⑨

〈玄怪錄・古元之〉篇有這樣的故事：在和神國裏，田疇間長滿了大瓠，瓠中盛載着五穀，味道甘香珍美；樹木枝幹間長滿了五色絲纊，人民喜歡什麼顏色的布料，可以隨意收取，任意紝

⑨ Lewis Mumford, *The Story of Utopias* (New York: The Viking Press, 1966), pp. 15-23.

織。因此和神國的人民不用耕種，不用蠶杼，便可以豐衣足食。⑩上述故事顯然是作者有感於生活艱苦，而編織出來的美麗夢想。和神國和歐洲中世紀傳頌的可口鄉（Land of Cockaigne）有異曲同工之妙。在可口鄉內，食物自行煮熟，酒可從溪河汲取；甚至有背上揷有刀叉的燒鵝、燒豬等食品，到處飛舞，嚷着叫人進食。⑪這些神話成份高，而又不能實現的幻想的烏托邦，就是上述所稱的「解脫邦」。烏托邦一詞在今日英文的日常用語中，被貶爲沒有實踐可能的空想，大概和「解脫邦」的觀念有密切的關係。

如果「解脫邦」只是消極的空想，「重建邦」則來自積極性的重建社會精神。這種烏托邦的策劃人着眼於現實世界，他所塑造的烏托邦其實是個改善社會的計劃。康有爲（一八五八－一九二七）的《大同書》是一個可以用來說明「重建邦」的好例子。在《大同書》，康有爲力陳當日社會的弊病，希望按照他提出的改革步驟和方案，把當時千瘡百痍的社會變成大同世界。又如上文討論過的美國小說《回顧》也屬於「重建性的烏托邦」的類別。據作者在〈我怎樣寫起《回

---

⑩ 載李昉編：《太平廣記》，十册（北京：中華書局，一九六一），第八册，卷二八三，頁三〇五六至三〇五八。

⑪ 詳參 Elfriede Marie Ackermann, *"Das Schlaraffenland"* in *German Literature and Folk Song: Social Aspects of an Earthly Paradise, with an Inquiry into Its History in European Literature* (Chicago: Chicago Univ. Press, 1944).

顧》〉的文章指出，他最初沒有打算替社會改革運動作出一個嚴肅的計劃。他的故事的意念，只是文學性的幻想；公元二千年的理想社會，只不過是空中樓閣。後來他卻作了一百八十度的改變。他沒有把小說寫成完美的社會的童話，反而把它作爲表達重組工業的明確計劃的工具。他保留以小說作爲表達形式，不過希望可以吸引多一些人最低限度把他的計劃閱讀一遍。⓬《大同書》是哲學性論著，《回顧》則是文學作品，雖然兩書的性質不同，但兩位作者都不單說空話，因爲在他們所幻想的美好世界的背後，有着一套改良現實世界的計劃。可是，不論是大同世界或公元二千年的美國，到底還是上述作者的主觀幻想世界，所以我們還是統稱它們爲烏托邦比較適當。

由此可見，所謂「空想社會主義」，不外是烏托邦傳統內的一個角色而已。有些學者把莫爾的《烏托邦》、康帕內拉（Tommaso Campanella, 1568-1639）的《太陽城》（Politicae Civitas Solis Idea Reipublicae Philosophicae）和十九世紀的聖西門（Saint-Simon, 1760-1825）、傅立葉（Charles Fourier, 1772-1837）、歐文（Robert Owen, 1771-1858）等人的空想社會主義混爲一談，不無道理。⓭無疑，今日西方論者，都把莫爾的《烏托邦》當做烏托邦

⓬ Edward Bellamy, "How I Came to Write *Looking Backward*," *Science-Fiction Studies*, 4 (1977), pp. 194-195.

⓭ 見吳易風：《空想社會主義》（北京：北京出版社，一九八〇）；李鳳鳴：《空想社會主義思想史》（上海：人民出版社，一九八〇）。

文學的典範和烏托邦思想的一個主要泉源，而康帕內拉在烏托邦思想發展史上也有重要的地位，聖西門等人肯定受過他們的影響。但前後兩者到底仍有分別。《烏托邦》和《太陽城》同是用藝術形象把作者的理想邦表達出來，所以可以歸入上述「空間邦」一類。聖西門等人以至康有為的理想邦則存在於理論的層面上，但他們都提出一套實踐的方法，宣稱只要按部就班去遵行，烏托邦便可兌現。從這角度來看，他們的烏托邦又有「時間邦」的意味。傅立葉和上述數人亦有不同，在他的幻想中，經過改造後的地球不單是兩極的天氣變得溫和，海洋的鹹水變得甘美，獅子、鯊魚等兇猛動物變成家畜般溫馴而任人差遣，⑭但這樣的想法使他重建社會計劃沾染了「解脫邦」的色彩。所以，無論是表現在文學作品或哲學論著上，烏托邦始終離不開它的幻想的特性，它們始終都是美好的幻想世界而已。由於是這樣，單憑烏托邦的表現形式，我們便很難判斷它們的作者是否抱有嚴肅和積極的態度。

由於「解脫邦」表達的多是脫離現實的夢囈，不管讀者看後會陶醉一番，或嗤之以鼻，它對社會沒有什麼重大的影響。可是，「重建邦」一方面因為有諷刺社會和反傳統的言論，⑮另一方

---

⑭ Charles Gide, Introduction to *Design for Utopia*, by Charles Fourier, tr. Julia Franklin (New York: Schocken Books, 1971), pp. 14-15.

⑮ 有關烏托邦與反傳統的關係，參考 J. Max Patrick, "Iconoclasm, the Complement of Utopiansim," *Science-Fiction Studies*, 3 (1976), 157-161. 至於烏托邦與諷刺文學的關係，可參考 Elliot, "Saturnalia, Sative, and Utopia," pp. 3-24.

面提供實現理想的方案，則能對社會產生較大的影響，而且也比較受人注視和爭論。宋朝理學家張載（一〇二〇—一〇七七）因爲嚮往井田制度，力請皇帝撥地給他實驗，證明這個制度可行。雖然皇帝沒有批准，他最後還是決定自置田地，可惜實驗未成，便齎志以歿。[16]美國歷史上也有不少烏托邦的實驗團體，有些人因爲信服某種烏托邦學說，於是組織一個團體嘗試去實現。在美國做實驗的烏托邦團體，以根據聖西門、傅立葉、歐文的烏托邦理論者爲多。當然，紙上談兵容易，實行起來就困難重重，所以他們最後難逃瓦解的厄運。[17]

由於提出烏托邦理論的人都宣稱自己構擬的烏托邦是唯一的救世良方，於是引起許多不同程度的批評和攻擊，較輕的指摘其中缺點，較重的則判斷其爲空中樓閣，不能實行。《回顧》一書就曾掀起一場大風波。當這部小說面世後，在歐美各國受到很大的歡迎，很多人視它爲人類的救星。但攻擊的人也不少，並且指斥它爲異端邪說。有些反對者甚至爲它續作，實行以彼之矛，攻彼之盾，用同樣的情節和人物，盡量指出《回顧》中表現的「理想社會」內各方面不完善的地

[16] 有關張載對井田制度的思想，參考姜國柱：《張載的哲學思想》（瀋陽：遼寧人民出版社，一九八二年），頁一五二至一五八。

[17] Maren Lockwood, "The Experimental Utopia in America," in Frank E. Manuel, ed., *Utopias and Utopian Thought* (Boston: Houghton Mifflin Company, 1966), pp. 183-200.

方，成爲西方烏托邦傳統的一件盛事。[18]

（四）

「重建邦」本身的先天性的缺點甚多，所以不可能不受人攻擊。因爲「重建邦」既以人爲的方法來重建社會秩序，新的社會必然會失去很多舊日社會的色彩。例如烏托邦以整個社會利益爲大前提，又爲求人人平等，烏托邦中的人民甚至要穿着同一顏色和同一款式的衣服。總言之「重建邦」要求每個人民好像士兵遵守軍紀般對政府絕對服從和信任。[19]以下，我們將會探討烏托邦社會的眞面目，並且評論它的意義和價值。

總括來說，「重建邦」有七項特點：第一，它是人類理性的產物，是基於人類有理智，或最低限度可以接受管教這個信念而構思的。所以「重建邦」是由人或具有人性的動物建立的。這些人或動物與常人無異，他們不會長生不老，而且有著人或動物的劣根性，只因邦內的社會制度健

[18] 《回顧》所引起的風波，可以參看 Sylvia E. Bowman, ed., *Edward Bellamy Abroad: An American Prophet's Influence* (New York: Twayne, 1962).

[19] Lewis Mumford, "Utopia, the City and the Machine," in *Utopias and Utopian Thought*, pp. 3-24.

全，才不會出現問題。所以，任何仙鄉都不屬於「重建邦」。正因爲是這樣，「重建邦」才會有社會價值，才會有人擁戴或有人反對。

第二，「重建邦」的構想者本人必定認爲他們筆下的烏托邦是一個完美的、理想的社會組織。可是一個人的理想，往往是別人的噩夢，所以這種憑個人主觀意見塑造的烏托邦是否人人都會接納，實在大有問題。烏托邦文學裏有一種叫絕望邦（dystopia）的變體。這類作品的作者描繪一個表面上極爲完美，但實際上卻是毛病百出而爲人唾罵的社會，從而表達他們反對烏托邦的思想。[20]奧特斯・赫胥利（Aldous Huxley, 1894–1963）的《美好的新世界》（Brave New World）就是很好的例子。絕望邦既有理想成份，而理想又是主觀的見解，如果讀者不能分辨清楚作者的意圖，難免會誤作馮京爲馬涼。[21]

第三，「重建邦」是虛構的社會。這個特點在以小說形式表現的烏托邦中固然顯而易見，但在哲學論著或其他媒介申述的烏托邦計劃中也不難發現。誠然，康有爲、張載、貝拉米等人都表

---

[20] 對於「絕望邦」的定義，學者持有不同的見解。這裏只是一個普遍接受的粗略的定義。見 Arthur O. Lewis, Jr., "The Anti-Utopian Novel: Preliminary Notes and Checklist," *Extrapolation*, 2 (1961), p. 27.

[21] 沃爾什（Chad Walsh）指出，他有一個學生就曾把赫胥利的《美好的新世界》裏所描寫的社會誤看成爲樂園。*From Utopia to Nightmare* (New York: Harper & Row, 1962), pp. 74-75.

示他們提倡的理想社會是可以實現的。但理論終歸理論，一日未實踐，一日都不能肯定推行出來的結果與預期的結果相符。嘉里・莫遜（Gary Morson）說烏托邦是介乎虛構小說和非小說之間的一種文類，或者是介乎社會事實（social fact）與社會小說（social fiction）之間的一種混合體，倒是很中肯的意見。㉒因此，我們還是把烏托邦當作是一種幻想的或虛構的社會來得實際。

由於烏托邦文學既有小說的成份，又有現實的觀點，而且它著眼於整個社會結構和各種制度及風俗習慣，所以烏托邦小說與一般小說的體裁不同。烏托邦小說往往欠缺一般小說的起承轉合的結構、懸疑性和高潮。而且在其他情節上也沒有邏輯的關係。它的故事不外是一個人因爲機緣巧合，透過一次時間或空間的旅行，走進了一個烏托邦。於是作者藉著這個人的見聞，描寫出他心目中的理想世界。由於作者的目的不在塑造有血有肉的角色，所以這些小說中一般不會有很多角色，而且書中的角色不過是作者批評現實社會及介紹他的理想世界的代言人。但是，我們不應因此而詬病烏托邦小說的藝術價值。事實上，用評論一般小說的尺度來批評烏托邦小說是不公平的，因爲烏托邦小說的表現手法和目的，跟一般小說是不同的。

㉒ Gary Saul Morson, *The Boundaries of Genres: Dostoevsky's Dairy of a Writer and the Tradition of Literary Utopia* (Austin: Univ. of Texas Press, 1981), p. 92.

第四，烏托邦所表現的理想社會的結構和組織是片面的，不是全面的。這項特點與第三項有關。由於烏托邦的作者著眼於建造一個完整的社會，由於社會太過複雜了，作者難免掛一漏萬，因此讀者自然看不到烏托邦的全面。無論作者描述其中每一細節如何詳盡，它們不過是一個大環節的縮影。例如烏托邦小說中有訪問學校的環節，目的就是要討論整個教育制度，這樣去做自然難免以偏賅全。即使以長篇論著來討論烏托邦思想，也不可能兼顧到烏托邦中每一個問題。

第五，每個烏托邦都隱藏著它的作者對自己處身的社會的批評。由於作者不滿現實，才會有建設一個完美社會的動機。所以有些批評者甚至把諷刺和反傳統看成是烏托邦的必要條件。㉘

第六，每個「重建邦」都是一個靜態的社會。它的政治和社會結構是永遠保持不變的。不變固然是烏托邦本身完美的先決條件，但烏托邦所以是靜態的社會，還有其他原因。第一，烏托邦最終的目的是解決人類一切的問題。人生在世，常常爲不可預知的未來而憂心忡忡，與其擔心明天，不如把今天作無限量地重複或伸展，或者把一年內每一天的生活程序預先安排，使每人都知道甚至習慣於明天要發生的事。這方法雖然不失爲一個解決人類爲將來而擔憂的方法，但會使得生活變得枯燥乏味和流於機械化。蘇聯離心作家薩米雅田（Evgenii Zamiatin, 1884-1937）的著名絕望邦小說《我們》（*We*）就是描寫一個這樣的社會。那裏的人民每天的起居飲食、工

㉓同⑮。

作、運動、睡眠，甚至性生活，都是由政府預早安排的。在同一時間內，每一個人民都做著同樣的事情，而且也知道跟著又會做些什麼事情。《我們》描寫的烏托邦內的日常生活，可能有點極端，但它所諷刺的，就是烏托邦策劃人爲了免除人類爲未來的擔憂，不惜把人民的生活變成機械化。

其次，因爲烏托邦的社會不變，才使它的策劃人可以確定他的計劃能夠按照原來的目的和程序進行。由於人類不能預知未來發生的事情，爲了保持烏托邦的理想狀況和防止它的衰敗，所以策劃人需要規限它的發展。可是，很多二十世紀的烏托邦思想家卻相信，社會進步才是一件好事。他們指出，容許社會改變才使得人民有應付突變的能力，要求社會停滯不前反而會帶來問題。威爾斯(H.G. Wells, 1866-1946)是烏托邦史上第一個提出應該容許烏托邦社會有改變的思想家。在《現代烏托邦》(*Modern Utopia*)中，他批評以前思想家和文學家提出的烏托邦社會的缺點，尤其著意抨擊靜態社會潛在的危機。他宣稱他的「現代烏托邦」標誌著烏托邦思想的新紀元，因爲它是第一個准許社會有變化、進步和擁有個人自由的烏托邦。但是，他爲「現代烏托邦」釐定的法律和政策，卻跟他揚棄前人的烏托邦中的規劃大同小異。[24]從這個例子可見，

---

[24] 詳見 Elizabeth Hansot, *Perfection and Progress: Two Modes of Utopian Thought* (Cambridge, Mass.: The M.I.T. Press, 1974), pp. 158-161.

近世烏托邦作家在理論與實踐之間的矛盾。其實，古代的或現代的烏托邦思想家都同樣地面對不能預知未來的問題。因此，他們最多只能教人怎樣去建造一個烏托邦，至於建成之後怎樣引進改變的問題，便不能完滿解決。二十世紀以前的烏托邦思想家，希望以不變應萬變。近世的思想家，一方面希望烏托邦社會能夠日益進步，一方面又擔心太大的改變會違背原來的理想，更壞的甚至導致社會衰落。無疑他們始終找不到一個兩全其美的辦法。

「重建邦」不會產生變化的另一原因，是因爲它本質上是一個計劃。每當一個計劃完成以後，計劃中的烏托邦社會就成了定型，沒有人再能去改變它，否則它就不再是原來的計劃或原來的烏托邦了。在烏托邦小說裏，我們見到的社會，通常是以前建成的。到了小說描寫的時候，社會中的一切仍是墨守成規，一成不變，沒有人可以引進任何新的制度了。所以烏托邦常被認爲是一個「封閉的社會」(closed society)(詳下文)。

由於烏托邦的計劃定下之後就不能再更改，烏托邦的政府不能不採取極權的統治政策，來維持它的運作。烏托邦的建設者，好像神一般高高在上，爲他的烏托邦設立所有的政治和社會制度；烏托邦的政府的任務，就是嚴厲執行既定的政策。理論上，完善的社會結構和適當的教育會引導邦中人民自行遵守政府的政策，但由於人民不過是普通人，自然會有些冥頑不靈，不受管教的分子。爲確保邦中的秩序，高壓政策和極權主義便大派用場起來。

還有，就算設計烏托邦的人一心一意爲人類謀幸福，但他個人的理想，不一定爲全部人所接受。爲了確保烏托邦不變質，統治者根本不能容許不同的意見。這樣，在烏托邦的始創期，必須用極權政策才能保證現實社會能順利過渡到計劃中的烏托邦社會去。等到烏托邦實現後，政府也必須採取必要的手段，令人民滿足現狀，感到他們是生活在理想世界中。同時，爲了保證年輕一代完全接受這個烏托邦社會，亦必須透過宣傳或其他心理攻勢進行教育，務求他們完全受到控制，以確保烏托邦不會改變。

在這個原則下推行極權主義是否恰當，雖然是一個見仁見智的問題，但在這種政策底下，政治活動卻無從進行。因此，烏托邦的政體不論是民主抑或獨裁，根本上沒有分別。㉕例如在莫爾的理想邦中，人民表面上有選舉各級官員的權利，可是，不管誰出任官職，其實都是一樣。因爲他們不外是以前烏托畢斯（Utopus）皇在建立國家時所定下的政策的執行者，他們毫無改革政治的權力。誠如活爾特・李普曼（Walter Lippman）指出，一個「有計劃的社會」（planned society），基本上是一個極權的社會。如果要任何社會變爲「有計劃的社會」，它的人民就必須完全服從政府的計劃。如果它要達成官方的目的（official purpose），一定不准許任何私人目的（private purpose）和它抵觸。所以李普曼認爲「有計劃的社會」中沒有眞正民主的存在。這就是說，烏托邦必是一個「封閉的社會」，裏面不但沒有改革，而且不容許任何重要的政

㉕ Gorman Beachamp, "The Anti-Politics of Utopia," *Alternative Futures*, 2 (1979), p. 53.

治活動。㉖

第七，從上述烏托邦社會的靜態特徵可見，烏托邦應該是設計者認為最完善和理想的社會模式。一向以來，學者相信烏托邦代表着完善的社會，從一般字典或文學手册內有關烏托邦的定義可見一斑。但近來有些西方學者卻指出，烏托邦社會不外是比較現實社會理想的模式而已，它距離完善或理想的境界還有一大段路途。㉗有些學者甚至強調烏托邦社會的重點不在建立一個社會的典範，而在諷刺現實社會。㉘然而，史蒂文・羅斯（Steven Rose）說得好，某個烏托邦呈現的畫面雖然枯澀，但假設其中人民的生活同樣枯燥乏味卻是錯誤的。㉙誠然，身為局外人，我們自然不能確知烏托邦的設計者是否認為他所創造的烏托邦是不是一個完善的社會。況且，一個人的天堂，往往是別人的地獄。我們不應從自己的觀點，去判斷其他人的價值標準。我們固然可以說別人的所謂理想、所謂完善在事實上有很多缺點，卻不能說這不是他理想中最完善的境界。

㉖ Walter Lippman, *The Good Society* (New York: Grosset and Dunlap, 1936), p. 51.

㉗ Warren Wager, *Building the City of Man: Outline of a World Civilization* (Grossman Publishers, 1971), p. 73.

㉘ Michael Holquist, "How to Play Utopias: Some Brief Notes on the Distinctiveness of Utopian Ficiton," *Yale French Studies*, 41 (1968), p. 115.

㉙ Steven Rose, "The Fear of Utopia," *Essays in Criticism*, 24 (1974), p. 60.

在理論上，烏托邦是不能不完善的。如果它的設計者認爲他所描寫的社會還有可以改進的地方，他絕不會就此擱筆，不把它改造成十全十美的社會。我們必須記着，烏托邦是一個靜止的和封閉的社會。如果一個不完善的社會能夠長期保持現狀，作者怎能使讀者相信現實社會可以改善呢？因此，烏托邦社會所以不變，不是不可以變，而是不需要變，因爲設計者認爲它已到達最理想和最完美的境界了。當然「最理想的境界」不是無懈可擊的。因爲烏托邦到底是普通人組成的社會，不可能沒有缺憾。例如，在烏托邦中個人的意願必須在整體利益的大前提下犧牲。舉例來說，如果國家的人口政策是推行家庭計劃，限制人口澎漲，儘管有人希望兒女成羣，子孫滿堂，也必須犧牲了。喬治．伍德科克（George Woodcock）爲烏托邦所下的定義，頗能說明「完善」一詞在烏托邦思想裏的眞義。他說：烏托邦是按照計劃而永久設立和受到嚴格控制的社會，該計劃的設計者相信已照顧到全體人民的最大利益。㉚誠然設計者如果不是自信他構思的社會已達到無以復加的境界，按理他是不會定稿下來的。因此，烏托邦的所謂「完善」，不過說這個社會中的整體人民得到「最大利益」而已。可是巧婦難爲無米炊，在有限資源，人性又不是至善的環境底下，爲確保整體的利益，有些人一定要作出犧牲。事實上，世界上何嘗會有十全十美的事物呢？就算是伊甸園或可口鄉，也未必會令每一個人感到滿足。所以，烏托邦是它的設計者心目

㉚ George Woodcock, "Utopias in Negative," *Sewanee Review*, 64 (1956), p. 82.

中最理想的、最完善的社會模型罷了。由於是這樣，我們不能單憑我們所覺察到某一個烏托邦的缺點或不令人愜意的地方，便判斷它的設計者不是在建立一個典範的社會模型，而只是描繪一個較現實完善的社會來諷刺現實而已。

（五）

烏托邦雖然標誌著人類的理想，但如果我們細心去檢視它的特性，不難發覺它給我們的幸福和快樂的承諾，不過是一個美麗的謊言。經過計劃而產生出來的烏托邦，意味著它是由文明所操作的。文明的相對者是自然。換言之，文明是一種壓抑人類的自然本性，使他們獲得一些利益與方便的約束力量。例如，耕種雖爲人類的糧食供應提供較多的保證，但要收到預期的效果，他必須努力工作，日出而作，日入而息，依時播種，依時灌溉，依時收割。於是，他便不能到處流移，無拘無束地生活。

其次，烏托邦的建設，亦意味著邦中居民必須遵守一些規矩，來換取社會的安寧和整體的快樂。這些規矩妨礙了人類追求自由和無限制的快樂的天性。馬克思說共產社會最後的境界是每一個人可以自由自在地生活。人們可以今天做這項工作，明天換過另外一項；甚至可以早上打獵，下午捕魚，黃昏養牛，晚餐後從事評論工作，而不需要當職業獵人、漁夫、牧人、或批評家。[31]

在一般的烏托邦裏，就不可以容許這樣的自由。例如在莫爾的烏托邦裏，所有的人都必須學習耕種，又規定要在羊毛整理、麻布製造、水泥建築、金工和木工這五大行業或其他較次要的行業中再學一門技能。㉜這樣看來，在莫爾的烏托邦內，人民沒有什麼選擇職業的自由。

無疑，烏托邦的理想是希望把人類的天性與文明規矩作平衡的處理，但什麼才是平衡，怎樣才算平衡，相信便是見仁見智了。況且，從上述第三個特點可知，烏托邦是一個推行極權主義的靜態社會。俄國大文豪陀思妥耶夫斯基（Fyodor Dostoevsky, 1821-1881）在他的小說《著魔者》（*The Possessed*）裏，塑造了一個烏托邦建造者的典型。書中人物史加洛夫（Shigalov）要寫一個烏托邦計劃，開始時他希望給予烏托邦中的居民無限的自由，但最後卻要按照邏輯而不得已不改變初衷，把他的理想社會建築在極端的專制主義上面。㉝眞正了解烏托邦的人對史加洛夫的計劃不會感到驚奇，因爲烏托邦與極權主義總是纏結著不解的緣。

㉛ Karl Marx & Frederick Engels, *The Germany Ideology* (Moscow: Progress Publishers, 1964), pp. 44-45.

㉜ Thomas More, *Utopia*, ed. Edward, Surtz, S.J. (New Haven: Yale Univ. Press, 1964), pp. 68-69.

㉝ Fyodor Dostoevsky, *The Possessed*, tr. Constance Garnett (New York: The Modern Library, 1963), p. 409.

烏托邦既是爲人類而設的理想國土，設計者的最大困難，自然是怎樣處理人性的弱點，以免與烏托邦計劃互相抵觸。任何計劃烏托邦的人都不能假設人性是全善的，人人都會自律的，否則便不需要他去設計烏托邦了，就算設計了，這個計劃也必然沒有說服力。事實上，正因爲人性有不少缺點，才需要有烏托邦計劃來改善社會，務求達到人人生活快樂的境界。由於一般策劃烏托邦的人都不相信每一個人都能夠自律，他們便屬意於借助極權主義。說清楚的是，他們借助極權主義的其中一個目的，是希望可以透過鐵腕政策來防止人民越軌和犯錯。所以有些烏托邦的政府甚至利用優生學說，企圖以生物學方法來改良人性。雖然法律和刑罰都是一般烏托邦用來維持社會秩序的方法，但人性不是完善的，應由誰去執行施法和審判的工作呢？把國家交托給一小撮精英份子的想法，似乎是歷代烏托邦思想家認爲是最安全的方法。然而，人性本身既存在着缺點，我們根本沒有方法（事實上也不可能）確保任何人，卽使是社會中的精英份子，能夠自始至終緊守崗位和嚴明公正地去處理政事。何況，如果他們一旦有什麼差錯，有誰能夠撥亂返正呢？柏拉圖在《理想國》(*Republic*)中便因爲主張賦予那些接受過特別教育和經過挑選出來的監護人至高無尚和不受監管的權力，而被現代評論家所詬病。既然我們不能確保人性的善惡，爲什麼仍要把極權授予部分的人呢？這樣的方式是否已是統治人類最佳的方法？

至於上述第二、三、七點的烏托邦特性可以合併一起來討論。在理論上，一個烏托邦代表它的作者心目中最完善的社會，但讀者卻不一定認同這個社會。貝拉米的《回歸》一方面得到讀者讚賞，另一方面又受到攻擊和反對，便可以反映一斑。其次，由於寫作上的限制，作者不能全面地，或一絲不苟地把他心目中的理想社會描繪出來，於是更容易引起讀者對有關制度的忖測和懷疑。有時因爲表達得不完整或不夠詳細，會使得一些用心良苦的政策被當爲高壓行爲。如在莫爾筆下的烏托邦，人民必須每十年透過抽簽的方式，轉換房屋一次。由於莫爾沒有解釋這個政策的理由，便被批評爲「眞正的專橫規條」。㉞所以欠缺詳盡解說的烏托邦計劃每每使人有不切實際的觀感。例如，如何把現實社會過渡到理想世界去，就很少有人提及。因此，讀者所看到的是一幅理想世界的圖畫，卻無從把理想變成現實。

至於上述烏托邦的第四點——它的幻想虛構成份——常常被人忽略了。正如剛才所說，我們看到的烏托邦社會，只不過是一套計劃的表面。如果單憑這些表象去實踐，注定會失敗。歷史提供了不少烏托邦實驗失敗的例子。在美國，著名的布路克農場（Brook Farm）和歐奈達計劃（Oneida）都是按照傅立葉的理論而嘗試組織的烏托邦社會，可惜兩者都先後瓦解。㉟

從上面的討論可見，烏托邦雖然是人類一直以來的夢想，但它畢竟只是美麗的謊言。我們既不能保證烏托邦內的生活令人很快樂滿足，也不能肯定烏托邦是否可行。所以，無論是「解脫

㉞ Merritt Abrash, "Missing the Point in More's *Utopia*," *Extrapolation*, 19 (1977), p. 29.

㉟ 同⑰；至於全面討論有關在美國進行過的烏托邦實驗，參 Gaidner and Otto Kraushaar, eds., *Utopias: the American Experience* (Metuchen: The Scarescrow Press, Inc., 1980).

邦」或「重建邦」，不過是海市蜃樓罷了。然而，歷史告訴我們，很多社會的改革運動是由烏托邦思想引起的。中國古代的明教、白蓮教等的起事，都以天下太平爲號召。明朝的建立，更和明教的彌賽亞思想（Messianism）有密切的關係。㊱毛澤東在＜論人民民主專政＞一文也把中國的未來共產社會說成是「大同世界」。㊲因此，如果因爲烏托邦的缺點而一筆抹煞烏托邦思想的價值和它對社會改革的貢獻，肯定是不適當的。但盲目地擁護烏托邦思想，盲目地去按照某一個烏托邦計劃實行，都是愚昧而且危險的行爲。巴狄耶夫（Nikolai Berdyaev, 1874-1948）警告說：

> 烏托邦是可以實現的。生活正朝着烏托邦走。一個新的紀元可能正在開始。這個紀元的知識份子和文化階層都渴望找到一條躲開烏托邦，而又同時回到一個非烏托邦的（non-

---

㊱ 詳參吳晗：＜明教與大明帝國＞，《清華學報》，十三卷（一九四二），頁四九至八五；John W. Dardess, "The Transformation of Messianic Revolt and the Founding of the Ming Dynasty," *Journal of Asian Studies*, 29 (1970), pp. 539-558.

㊲ 毛澤東：《論人民民主專政》，《毛澤東選集》，第四冊（北京：人民出版社，一九六〇），頁一四七四。

utopian）、比較不完善的（less perfect）和較自由的（freer）社會的道路。㊳

事實上，踏入二十世紀以後，烏托邦文學雖然不至於無人問津，但烏托邦思想已經漸漸失去昔日的魅力。代之而起的，是一股反對力量，稱爲「反烏托邦主義」（anti-utopianism）。至於有關「反烏托邦主義」的詳情，只有留待日後專文探討。

㊳ 由於赫胥利把巴狄耶夫這句話的法文翻譯做他的《美好的新世界》的引語，這句說話便成爲了「反烏托邦」思想家爭相傳誦的格言。原文出自 Berdyaev, *The End of Our Time*, Donald Atwater, tr. (New York: Sheed & Ward, Inc., 1937), p. 188.

滄海叢刊已刊行書目(八)

書名	作者	類別
文學欣賞的靈魂	劉述先	西洋文學
西洋兒童文學史	葉詠琍	西洋文學
現代藝術哲學	孫旗 譯	藝術
音樂人生	黃友棣	音樂
音樂與我	趙琴	音樂
音樂伴我遊	趙琴	音樂
爐邊閒話	李抱忱	音樂
琴臺碎語	黃友棣	音樂
音樂隨筆	趙琴	音樂
樂林蓽露	黃友棣	音樂
樂谷鳴泉	黃友棣	音樂
樂韻飄香	黃友棣	音樂
樂圃長春	黃友棣	音樂
色彩基礎	何耀宗	美術
水彩技巧與創作	劉其偉	美術
繪畫隨筆	陳景容	美術
素描的技法	陳景容	美術
人體工學與安全	劉其偉	美術
立體造形基本設計	張長傑	美術
工藝材料	李鈞棫	美術
石膏工藝	李鈞棫	美術
裝飾工藝	張長傑	美術
都市計劃概論	王紀鯤	建築
建築設計方法	陳政雄	建築
建築基本畫	陳榮美 楊麗黛	建築
建築鋼屋架結構設計	王萬雄	建築
中國的建築藝術	張紹載	建築
室內環境設計	李琬琬	建築
現代工藝概論	張長傑	雕刻
藤竹工	張長傑	雕刻
戲劇藝術之發展及其原理	趙如琳 譯	戲劇
戲劇編寫法	方寸	戲劇
時代的經驗	汪琪 彭家發	新聞
大衆傳播的挑戰	石永貴	新聞
書法與心理	高尚仁	心理

滄海叢刊已刊行書目(七)

書名	作者	類別
印度文學歷代名著選(上)(下)	糜文開編譯	文學
寒山子研究	陳慧劍	文學
魯迅這個人	劉心皇	文學
孟學的現代意義	王支洪	文學
比較詩學	葉維廉	比較文學
結構主義與中國文學	周英雄	比較文學
主題學研究論文集	陳鵬翔主編	比較文學
中國小說比較研究	侯健	比較文學
現象學與文學批評	鄭樹森編	比較文學
記號詩學	古添洪	比較文學
中美文學因緣	鄭樹森編	比較文學
文學因緣	鄭樹森	比較文學
比較文學理論與實踐	張漢良	比較文學
韓非子析論	謝雲飛	中國文學
陶淵明評論	李辰冬	中國文學
中國文學論叢	錢穆	中國文學
文學新論	李辰冬	中國文學
離騷九歌九章淺釋	繆天華	中國文學
苕華詞與人間詞話述評	王宗樂	中國文學
杜甫作品繫年	李辰冬	中國文學
元曲六大家	應裕康 王忠林	中國文學
詩經研讀指導	裴普賢	中國文學
迦陵談詩二集	葉嘉瑩	中國文學
莊子及其文學	黃錦鋐	中國文學
歐陽修詩本義研究	裴普賢	中國文學
清真詞研究	王支洪	中國文學
宋儒風範	董金裕	中國文學
紅樓夢的文學價值	羅盤	中國文學
四說論叢	羅盤	中國文學
中國文學鑑賞舉隅	黃慶萱 許家鸞	中國文學
牛李黨爭與唐代文學	傅錫壬	中國文學
增訂江皐集	吳俊升	中國文學
浮士德研究	李辰冬譯	西洋文學
蘇忍尼辛選集	劉安雲譯	西洋文學

滄海叢刊已刊行書目(六)

書名	作者	類別
卡薩爾斯之琴	葉石濤	文學
青囊夜燈	許振江	文學
我永遠年輕	唐文標	文學
分析文學	陳啓佑	文學
思想起	陌上塵	文學
心酸記	李喬	文學
離訣	林蒼鬱	文學
孤獨園	林蒼鬱	文學
托塔少年	林文欽編	文學
北美情逅	卜貴美	文學
女兵自傳	謝冰瑩	文學
抗戰日記	謝冰瑩	文學
我在日本	謝冰瑩	文學
給青年朋友的信(上)(下)	謝冰瑩	文學
冰瑩書柬	謝冰瑩	文學
孤寂中的廻響	洛夫	文學
火天使	趙衞民	文學
無塵的鏡子	張默	文學
大漢心聲	張起鈞	文學
回首叫雲飛起	羊令野	文學
康莊有待	向陽	文學
情愛與文學	周伯乃	文學
湍流偶拾	繆天華	文學
文學之旅	蕭傳文	文學
鼓瑟集	幼柏	文學
種子落地	葉海煙	文學
文學邊緣	周玉山	文學
大陸文藝新探	周玉山	文學
累廬聲氣集	姜超嶽	文學
實用文纂	姜超嶽	文學
林下生涯	姜超嶽	文學
材與不材之間	王邦雄	文學
人生小語(一)(二)	何秀煌	文學
兒童文學	葉詠琍	文學

滄海叢刊已刊行書目(五)

書名	作者	類別
中西文學關係研究	王潤華	文學
文開隨筆	糜文開	文學
知識之劍	陳鼎環	文學
野草詞	韋瀚章	文學
李韶歌詞集	李韶	文學
石頭的研究	戴天	文學
留不住的航渡	葉維廉	文學
三十年詩	葉維廉	文學
現代散文欣賞	鄭明娳	文學
現代文學評論	亞菁	文學
三十年代作家論	姜穆	文學
當代臺灣作家論	何欣	文學
藍天白雲集	梁容若	文學
見賢集	鄭彥棻	文學
思齊集	鄭彥棻	文學
寫作是藝術	張秀亞	文學
孟武自選文集	薩孟武	文學
小說創作論	羅盤	文學
細讀現代小說	張素貞	文學
往日旋律	幼柏	文學
城市筆記	巴斯	文學
歐羅巴的蘆笛	葉維廉	文學
一個中國的海	葉維廉	文學
山外有山	李英豪	文學
現實的探索	陳銘磻編	文學
金排附	鍾延豪	文學
放鷹	吳錦發	文學
黃巢殺人八百萬	宋澤萊	文學
燈下燈	蕭蕭	文學
陽關千唱	陳煌	文學
種籽	向陽	文學
泥土的香味	彭瑞金	文學
無緣廟	陳艷秋	文學
鄉事	林清玄	文學
余忠雄的春天	鍾鐵民	文學
吳煦斌小說集	吳煦斌	文學

滄海叢刊已刊行書目㈣

書名	作者	類別
歷史圈外	朱桂	歷史
中國人的故事	夏雨人	歷史
老臺灣	陳冠學	歷史
古史地理論叢	錢穆	歷史
秦漢史	錢穆	歷史
秦漢史論稿	刑義田	歷史
我這半生	毛振翔	歷史
三生有幸	吳相湘	傳記
弘一大師傳	陳慧劍	傳記
蘇曼殊大師新傳	劉心皇	傳記
當代佛門人物	陳慧劍	傳記
孤兒心影錄	張國柱	傳記
精忠岳飛傳	李安	傳記
八十憶雙親 師友雜憶 合刊	錢穆	傳記
困勉強狷八十年	陶百川	傳記
中國歷史精神	錢穆	史學
國史新論	錢穆	史學
與西方史家論中國史學	杜維運	史學
清代史學與史家	杜維運	史學
中國文字學	潘重規	語言
中國聲韻學	潘重規 陳紹棠	語言
文學與音律	謝雲飛	語言
還鄉夢的幻滅	賴景瑚	文學
葫蘆・再見	鄭明娳	文學
大地之歌	大地詩社	文學
青春	葉蟬貞	文學
比較文學的墾拓在臺灣	古添洪 陳慧樺 主編	文學
從比較神話到文學	古添洪 陳慧樺	文學
解構批評論集	廖炳惠	文學
牧場的情思	張媛媛	文學
萍踪憶語	賴景瑚	文學
讀書與生活	琦君	文學

滄海叢刊已刊行書目㈢

書名	作者	類別
不疑不懼	王洪鈞	教育
文化與教育	錢穆	教育
教育叢談	上官業佑	教育
印度文化十八篇	糜文開	社會
中華文化十二講	錢穆	社會
清代科舉	劉兆璸	社會
世界局勢與中國文化	錢穆	社會
國家論	薩孟武譯	社會
紅樓夢與中國舊家庭	薩孟武	社會
社會學與中國研究	蔡文輝	社會
我國社會的變遷與發展	朱岑樓主編	社會
開放的多元社會	楊國樞	社會
社會、文化和知識份子	葉啓政	社會
臺灣與美國社會問題	蔡文輝 蕭新煌 主編	社會
日本社會的結構	福武直 著 王世雄 譯	社會
三十年來我國人文及社會科學之回顧與展望		社會
財經文存	王作榮	經濟
財經時論	楊道淮	經濟
中國歷代政治得失	錢穆	政治
周禮的政治思想	周世輔 周文湘	政治
儒家政論衍義	薩孟武	政治
先秦政治思想史	梁啓超原著 賈馥茗標點	政治
當代中國與民主	周陽山	政治
中國現代軍事史	劉馥 著 梅寅生 譯	軍事
憲法論集	林紀東	法律
憲法論叢	鄭彥棻	法律
師友風義	鄭彥棻	歷史
黃帝	錢穆	歷史
歷史與人物	吳相湘	歷史
歷史與文化論叢	錢穆	歷史

滄海叢刊已刊行書目㈡

書名	作者	類別
語言哲學	劉福增	哲學
邏輯與設基法	劉福增	哲學
知識・邏輯・科學哲學	林正弘	哲學
中國管理哲學	曾仕强	哲學
老子的哲學	王邦雄	中國哲學
孔學漫談	余家菊	中國哲學
中庸誠的哲學	吳怡	中國哲學
哲學演講錄	吳怡	中國哲學
墨家的哲學方法	鐘友聯	中國哲學
韓非子的哲學	王邦雄	中國哲學
墨家哲學	蔡仁厚	中國哲學
知識、理性與生命	孫寶琛	中國哲學
逍遙的莊子	吳怡	中國哲學
中國哲學的生命和方法	吳怡	中國哲學
儒家與現代中國	韋政通	中國哲學
希臘哲學趣談	鄔昆如	西洋哲學
中世哲學趣談	鄔昆如	西洋哲學
近代哲學趣談	鄔昆如	西洋哲學
現代哲學趣談	鄔昆如	西洋哲學
現代哲學述評㈠	傅佩榮譯	西洋哲學
懷海德哲學	楊士毅	西洋哲學
思想的貧困	韋政通	思想
不以規矩不能成方圓	劉君燦	思想
佛學研究	周中一	佛學
佛學論著	周中一	佛學
現代佛學原理	鄭金德	佛學
禪話	周中一	佛學
天人之際	李杏邨	佛學
公案禪語	吳怡	佛學
佛教思想新論	楊惠南	佛學
禪學講話	芝峯法師譯	佛學
圓滿生命的實現（布施波羅蜜）	陳柏達	佛學
絶對與圓融	霍韜晦	佛學
佛學研究指南	關世謙譯	佛學
當代學人談佛教	楊惠南編	佛學

滄海叢刊已刊行書目(一)

書名	作者	類別
國父道德言論類輯	陳立夫	國父遺教
中國學術思想史論叢(一)(二)(三)(四)(五)(六)(七)(八)	錢穆	國學
現代中國學術論衡	錢穆	國學
兩漢經學今古文平議	錢穆	國學
朱子學提綱	錢穆	國學
先秦諸子繫年	錢穆	國學
先秦諸子論叢	唐端正	國學
先秦諸子論叢(續篇)	唐端正	國學
儒學傳統與文化創新	黃俊傑	國學
宋代理學三書隨劄	錢穆	國學
莊子纂箋	錢穆	國學
湖上閒思錄	錢穆	哲學
人生十論	錢穆	哲學
晚學盲言	錢穆	哲學
中國百位哲學家	黎建球	哲學
西洋百位哲學家	鄔昆如	哲學
現代存在思想家	項退結	哲學
比較哲學與文化(一)(二)	吳森	哲學
文化哲學講錄(一)(二)(三)(四)	鄔昆如	哲學
哲學淺論	張康譯	哲學
哲學十大問題	鄔昆如	哲學
哲學智慧的尋求	何秀煌	哲學
哲學的智慧與歷史的聰明	何秀煌	哲學
內心悅樂之源泉	吳經熊	哲學
從西方哲學到禪佛教——「哲學與宗教」一集—	傅偉勳	哲學
批判的繼承與創造的發展——「哲學與宗教」二集—	傅偉勳	哲學
愛的哲學	蘇昌美	哲學
是與非	張身華譯	哲學